新潮文庫

アソシエイト

上巻

ジョン・グリシャム
白石　朗訳

スティーヴ・ルービン、スザンヌ・ハーツ、ジョン・ピッツ、
アリスン・リッチ、レベッカ・ホランド、ジョン・フォンタナ、
そのほか、ダブルデイ社のおなじみの面々に。

アソシエイト 上巻

主要登場人物

カイル・マカヴォイ…………イェール大学ロースクールの学生
ジョン…………………………カイルの父
パティ…………………………　〃　母

ボブ・プラント………………ＦＢＩ捜査官
ネルスン・ギンヤード………　〃
ベニー・ライト………………ピッツバーグ警察の刑事

エレイン・キーナン…………カイルの大学時代の友人
アラン・ストロック…………　〃
ジョーイ・バーナード………　〃
バクスター・テイト…………　〃
ウォルター……………………バクスターの伯父
オリヴィア……………………イェール大学ロースクールの学生

ダグ・ペッカム………………〈スカリー＆パーシング〉のパートナー
ウィルスン・ラッシュ………　〃
ジェフ・テイバー……………新人アソシエイト
デイル・アームストロング…　〃
ティム・レナルズ……………　〃

1

ニューヘイヴン・ユースリーグの規則では、どんな試合でも選手全員が最低十分はプレーするよう定められていた。例外が認められるのは、練習をサボったり、ほかの規則に違反したりしてコーチを怒らせた少年である。その場合コーチは試合前にスコア記録係にその旨《むね》を報告、これこれの選手がこれこれの違反行為で出場時間が減るか、あるいはまったく出場しないこともある、と知らせておくことになっていた。この規則は、リーグ内で煙たがられていた――なんといっても真剣な競技目的ではなく、あくまでもレクリエーションが主眼だからだ。

試合の残り時間が四分になったところで、チームのコーチをつとめるカイルはベンチを見おろし、浮かない仏頂面《ぶっちょうづら》を見せているマーキスという少年にうなずきかけた。

「試合に出たいか?」

マーキスは無言のままスコア係のテーブルに近づき、ホイッスルを待った。少年の違反行為は無数だった――練習の無断欠席、学校の無断欠席、成績不良、ユニフォーム紛失、乱暴な言葉づかい。じっさいこれまでの十週間で十五回の試合に出場したマーキスは、コーチのカイルが遵守《じゅんしゅ》を迫った新しい規則のすべてに違反していた。カイルはもうずいぶん前から、どんな新しい規則を定めたところで、この花形選手がすぐさま違反するに決まっていることを認め、規則追加の誘惑をしりぞけていたばかりか、規則を減らしてもいた。ところが、これには効果がなかった。十人もの都会の少年集団をソフトな流儀でまとめあげようとした結果、レッドナイツはこの冬のリーグ戦の十二歳以下部門で最下位になってしまったのだ。

マーキスはまだ十一歳だったが、コートではまぎれもなく最高の選手だった。パスやディフェンスよりもシュートで得点をあげることを好むマーキスは、それから二分のうちにレーンに切りこみ、自分よりもずっと体の大きな選手たちを巧みにかわし、彼らのあいだをすり抜けて圧倒的なテクニックを見せ、六点を稼いでいた。一試合あたりの平均得点は十四点、出場時間が半分でなかったら一試合三十点も不可能ではない。十一歳という若さなりの本人の意見では、練習はもう必要ではなかった。

このワンマンショーにもかかわらず、勝利は手の届かないものになっていた。カイル・マカヴォイは静かにベンチに腰かけ試合を見まもりながら、時計の針が進むのを待っていただけだった。あと一試合で今シーズンはおわり、バスケットのコーチとしての任期もおわる。二年間で、カイルのチームは十二勝二十四敗の成績だった。およそまともな頭をもった人間が、どんなレベルであれ、なぜコーチなど引きうけるのかと疑問を感じてもいた。コーチをしているのは子どもたちのためだ……と自分に語りかけたことは千回にもなる。父親のいない子どもたち、家庭環境の劣悪な子どもたち、成人男性からの好ましい影響を必要としている子どもたちのためだ、と。いまでも、本気でそう信じてもいた。しかし、かれこれ二年間も子守りをし、たまに姿を見せる保護者たちと口論し、不正行為を恥じることのないほかのコーチたちと角突きあわせ、ブロックとチャージの区別もつかない十代の審判を無視しようとつとめるばかりの日々がつづくと、もうたくさんだという気分にもなっていた。とにかく自分は社会奉仕の義務をやりおえた——とにもかくにも、この街では。

カイルは試合経過を見まもりつつ、おりおりに大声で叫びかけた——それがコーチたる者のするべきことに思われているからだ。ついでカイルは、がらんとした体育館を見まわした。ニューヘイヴンのダウンタウンに位置する古い煉瓦《れんが》づくりのこの建物は、過去五十年にわたってユースリーグの本拠地だった。観客席にはひと握りの保護者たちがそこかしこにすわり、みんな試合終了を告げるホイッスルを待っていた。マーキスがふたたび得点。拍手喝采《かっさい》をする者はいない。試合時間は残り二分、レッドナイツは相手に十二点のリードを許していた。

コートの反対側、ちょうど年代物のスコアボードの下にあるドアがあいて、ひとりのダークスーツ姿の男が体育館にはいってきた。男は足をとめ、可動式の観覧席によりかかった。男の姿はよく目立った——白人だったからだ。どちらのチームにも白人選手はひとりもいない。スーツ姿だったことも、男が目立った理由だ。スーツは黒か濃紺、ホワイトシャツに臙脂《えんじ》色《いろ》のネクタイ、その上にトレンチコートを着ているという服装は、どこからどう見ても、この男がなんらかの捜査官か警察関係者であることを物語っていた。

コーチのカイルもたまたま男が体育館にはいってくるところを目にとめ、どうにも場ちがいな男だ、と胸の裡《うち》で思った。刑事かなにかだろうか。あるいは売人をさがしている麻薬取締官か。体育館内や周辺で逮捕者が出るにしろ、先例がないわけではなかった。

捜査官／警官は可動式の観覧席によりかかる体勢をとると、レッドナイツのベンチに疑いのこもった視線を長々とむけてきた——視線はカイルに据えられているかに見えた。一秒ほど視線を返しただけで、カイルは落ち着かない気分になってきた。マーキスがコート中央あたりからボールを投げたが、バックボードにかすりもしないシュートにおわった。カイルはすかさずベンチから立ちあがると、両手を大きく広げ、〝どうしてそんな真似《まね》を？〟とたずねるように頭を左右にふった。マーキスはカイルを無視したまま、ディフェンスに引き返した。凡ミスのファウルのせいで時計がとめられ、恥辱がそれだけ長びくことになった。フリースローをする選手に目をむけながら、カイルはさらにその先をちらりと一瞥《いちべつ》した。背景には例の捜査官／警官が立っており、あいかわらず視線をむけていた――試合の動きにではなく、コーチその人に。なんらかの捜査機関に所属していることを全身で物語る男がこの場にあらわれ、じろじろと視線をむけてきたところで、犯罪歴もなく、違法物質の濫用《らんよう》習慣や悪癖もない二十五歳のロースクール学生には痛くも痒《かゆ》くもないはずだ。ところが、カイル・マカヴォイの場合には事情がちがった。いや、パトロール中の警官や州警察の警官を見ても、胸騒ぎを感じることはない。彼らは事故や事件が発生したら、その場その場ですぐに対応することで給料をもらっているだけの者たちだ。しかしダークスーツ姿の男たち、すなわち刑事や捜査官といった、物事を深く追及して秘密をあばく訓練を受けている男たちの姿が目にはいると、カイルはいまも動揺を抑えられなかった。

残り時間三十秒、マーキスはいま審判と口論していた。二週間前、マーキスは審判にいってはならない野卑な罵倒《ばとう》を投げつけ、出場停止処分になっていた。カイルは、一貫してきく耳をもたない花形選手にむかって、コーチとして大声で叫びかけた。ついですばやく体育館全体に視線を走らせ、くだんの捜査官／警官一号が単身なのか、それとも捜査官／警官二号をともなっているのかを確かめた。ひとりで来ているようだった。

またしても、凡ミスによるファウル。カイルは審判に、あとは成り行きにまかせろと叫んだ。それからベンチに腰をおろし、首すじに指を這《は》わせて、噴きでてきた汗を手から払い落とした。いまは二月初旬、体育館の内部はいつもどおり、かなりの肌寒さだった。

それなら、自分はなぜ汗をかいているのか？

捜査官／警官は、その場を一センチも動いていなかった——そればかりか、カイルをじっと見つめることを楽しんでいるようにさえ見えた。

古くなってがたがきているブザーが、ようやく耳ざわりな音で鳴ってくれた。ありがたいことに試合がおわったのだ。片方のチームは勝利の喜びに湧《わ》き、残るチームは本心からどうでもいいという顔をしていた。両チームはそれぞれ整列して、義務になっている形ばかりのハイタッチをかわし、口々に「いい試合だった、いい試合だった」といいあったが、十二歳同士の試合でも大学チームの試合とおなじで無意味な儀式だった。カイルは相手チームに勝利を祝う言葉をかけながら、コートの先にすばやく目を走らせた。先ほどの白人男はいなくなっていた。

あの男が外で待ちかまえている可能性は、どのくらいあるだろう？　そんな思いは疑心暗鬼の産物に決まっている。しかし疑心暗鬼はもうずいぶん前から生活にしっかりと根を張っており、いまでは本人もそれを当然のこととして認め、うまくやりすごし、先に進むようになっていた。

レッドナイツの面々は、ロッカールームで再集合した――ロッカールームといっても、ホームサイドの古くなってたわみかけた据付式観覧席の下にある、ごみごみした狭苦しい小部屋だった。ここでカイルは、コーチならではの言葉のありったけをならべたてた。きみたちはよくがんばった、意欲満々だった、きみたちの試合運びはいくつかの分野で確実に上達している、だから土曜日の試合は勝利でしめくくろうじゃないか。少年たちは着替えをしていて、ろくに話をきいていなかった。彼らはもうバスケットボールにうんざりし、負けることにうんざりしていたからだ。いうまでもなく、すべての責任はコーチの肩にのしかかっていた。コーチはあまりにも若すぎるし、顔も白すぎるうえ、あまりにもアイヴィーリーグ的だからだ。

試合を見にきていたひと握りの保護者たちが、ロッカールームの外でわが子を待っていた。カイルがこの地域社会への奉仕活動でいちばんきらっていたのが、チームが外に出ていく瞬間だった。試合への出場時間にまつわる苦情が寄せられるのはいつものことだ。マーキスには二十二歳になる叔父がいる――州選抜チームの一員だった口の減らない男で、カイル・コーチが〝リーグ屈指の名選手〟マーキスを不当に扱っているという悪口を叩《たた》く趣味があった。

ロッカールームにはもうひとつドアがあって、こちらはホームスタンドの裏を抜ける薄暗くて細い廊下に通じている。廊下を進むと、体育館の外に出る扉があって、外の路地に出ることができた。この脱出ルートを見つけたコーチは、カイルが最初ではなかった。今夜カイルは、家族とその苦情を避けたかっただけではなく、先ほどの捜査官／警官をも避けたかった。そこで少年たちにそそくさと別れの言葉をかけ、彼らがロッカールームから出ていくのにあわせて、この脱出ルートをつかった。ほんの数秒で、体育館から路地に出ることができた。そのあと、凍《い》てついた歩道を足早に歩いていく。降り積もった大雪が除雪されたあとで氷の張った歩道は、歩くだけでもひと苦労だった。気温は氷点下をかなり下まわっている。きょうは水曜日、時刻は午後八時半。カイルは、イェール大学ロースクールの学内法律評論誌の編集室を目ざしていた。そこで、早くても日付が変わる時間までは仕事をするつもりだった。

しかし、そのプランが実現することはなかった。

例の捜査官が、道路と平行にとめてあった赤いジープ・チェロキーのボンネットによりかかって立っていた。書類上はペンシルヴェニア州ヨーク在住のジョン・マカヴォイが車輛《しゃりょう》所有者だったが、過去六年間はジョンの息子であり真の所有者であるカイルの伴侶《はんりょ》になっている車だった。

両足がいきなり煉瓦なみに重くなり、膝《ひざ》から力が抜けたように思えたが、それでもカイルはなにもなかったような顔で歩きつづけた。連中はぼくを見つけだしただけじゃない――頭を明晰《めいせき》にたもとうとしながら、そう自分にいきかせる――あいつらは下調べをちゃんとすませ、ぼくのジープも見つけだした。ただし、高度な捜査というほどではない。だいたい、ぼくにはうしろ暗いことがないんだ――カイルはくりかえし自分に語りかけた。

「しんどい試合だったな、コーチ」カイルが三メートルの距離にまで近づいて足どりをゆるめると、捜査官が声をかけてきた。

カイルは足をとめ、体育館で自分をじっと見ていた体格のいい男を――赤い頬をもち、赤毛の前髪を切りそろえた男を――ながめやった。

「なにか用か？」そう質問すると同時に、すばやく道路を横切ってくる二号の影が目にはいった。連中はいつだってペアで行動する。

一号がポケットに手を入れ、「ああ、用なら大ありだ」といいながら、革の財布を抜きだしてひらいた。「ボブ・プラント、ＦＢＩ」

「それは光栄だな」カイルはいったが、同時に脳からすべての血液がひいていき、思わず恐怖に体が縮みあがるのを抑えられなかった。

この構図のあいだに、二号が割りこんできた。最初の男よりもずっと痩《や》せていて十歳は年かさ、鬢《びん》には白いものが混じっていた。この男もポケットにいろいろなものを詰めこんでおり、充分に練習を重ねたバッジの提示パフォーマンスをやすやすとやってのけた。「ネルスン・ギンヤード、ＦＢＩ」

ボブとネルスン。どちらもアイリッシュ。どちらも北東部出身だ。

「ほかにも仲間がいるのかい？」カイルはたずねた。

「いない。話しあいの時間をとれるか？」

「時間はないね」

「話したくなるかもしれないぞ」ギンヤードがいった。「すこぶる実り多い話しあいになってもおかしくないんだ」

「さあ、それはどうだか」

「きみがこの場を立ち去っても、われわれが尾行するだけだ」ボブ・プラントはそういいながら、よりかかっていた体をまっすぐに起こして近づいてきた。「われわれがキャンパスに出没したら困るだろう？」

「それは脅迫か？」カイルはたずねた。またしても汗が噴きだしていた——いま汗は腋《わき》の下を濡《ぬ》らし、戸外は極地を思わせる寒さだというのに、一、二滴の汗があばらのあたりを伝い落ちていった。

「いや、まだ脅迫はしていないよ」プラントが薄笑いをたたえていった。

「どうだろう、コーヒーでも飲みながら十分だけ話につきあってもらえないか」ギンヤードがいった。「そこの角を曲がってすぐのところにサンドイッチ屋があった。あそこのほうが暖かいと思うな」

「ぼくは弁護士を呼ぶべきか？」

「いいや」

「おまえたちは決まって、弁護士は必要ないというんだ。父が弁護士だから、ぼくは法律事務所で育ったようなものでね。おまえたちの手管はわかってる」

「手管などつかっていないよ。誓ってもいい」ギンヤードがいった。なにはともあれ、嘘《うそ》いつわりない言葉に思えた。「十分だけ時間をくれ。後悔させないことは約束する」

「話しあいのテーマは？」

「十分間。それだけでいい」

「せめてヒントだけでも教えてくれ。なにも教えてくれないなら、答えはノーだ」

プラントとギンヤードが目を見かわした。両者が同時に肩をすくめる――いいじゃないか、どのみちこの男に話すことになるんだから、というジェスチャー。ギンヤードは体の向きを変えて通りの先を見やりながら、風にむかって話しかけた。「デュケイン大学。五年前。酒に酔った大学生男女」

カイルの精神と肉体は、それぞれ異なる反応を見せた。体のほうは屈した――たちまち肩がわずかに落ち、小さなあえぎが口から洩《も》れ、両足がはたから見てもわかるほどびくんと動いたのだ。しかし、精神はただちに反撃に転じた。

「あれはぜんぶ出まかせだ！」カイルはそういって、歩道に唾《つば》を吐いた。「あの件はもうすっかりおわってる。なにもなかった。おまえたちだって知ってるだろう？」

沈黙の時間が長くつづくあいだ、ギンヤードはあいかわらず通りの先をじっと見つめ、プラントは捜査対象の青年の一挙手一投足を注視していた。カイルは忙しく頭を回転させて考えていた。そもそも犯罪だとされている件は州法で裁かれるべきものであり、そこにどうしてFBIがしゃしゃり出てくるのか？　ロースクール二年めに受けた刑事訴訟手続の授業では、FBIの事情聴取や尋問方法についての新しい法律を学んでいた。まさしくこういった情況下では、捜査官にひとつ嘘をつくだけでも起訴可能な犯罪を構成する。だったら口を閉ざすべきか？　父親に電話をかける？　いや、たとえどんな場合であろうと、父親には電話をかけまい。

ギンヤードがむきなおって三歩進み、大根役者そっくりに歯を食いしばって見せ、タフガイにこそ似つかわしい科白《せりふ》をうなろうとした。「とっとと本題にかかろうじゃないか、マカヴォイくん。わたしは凍えそうなんでね。ピッツバーグで起訴状が出ている。いいな。罪状は強姦《ごうかん》だ。このままきみが、ロースクールの鼻っ柱の強い小生意気な学生のふるまいをつづけ、どこかで弁護士を調達してきたり、それどころか父親に電話をかけるだけでも……そうなればあしたには起訴状がこっちに来て、きみが思い描いていた生活はすべてクソまみれになるぞ。しかし、いまここで貴重な時間のわずか十分だけなりとも、その先のサンドイッチ屋でわれわれに割いてくれたら、起訴状は——まったく忘れられることはないにしろ——さしあたり保留になる」

「そのあとは立ち去ってくれてもいい」プラントが横から口をはさんだ。「ひとこともいわずにね」

「どうしてぼくがおまえたちを信用しなくちゃいけない？」カイルはひからびたようになった口で、ようやくそれだけの言葉を押しだした。

「十分間だ」

「ボイスレコーダーをもってきているのか？」

「もちろん」

「だったら、テーブルにレコーダーを載せていてほしい。わかったな？　会話をすべて録音してくれ。おまえたちを信用していないからだ」

「もっともな話だね」

ふたりの男はそろいのトレンチコートのポケットに手を深く突き入れ、その場を離れはじめた。カイルはジープのドアロックを解除して、車内に乗りこんだ。エンジンをかけてヒーターを強くしてから、ふっとこのまま走り去ってしまおうかと思った。

2

〈バスターズ・デリ〉は奥ゆきのある細長い店で、右の壁にそって赤いビニール張りのボックス席がならんでいた。左側はバー。カウンターの裏がグリルで、ピンボールマシンもならんでいた。店内の壁には、イェール大学のありとあらゆる記念品のたぐいが貼《は》りつけてある。カイルもロースクールの一年生だったころには――もうずいぶん昔のことだ――この店で何度か食事をとったものだ。

どうやらボックス席の奥ふたつは、連邦政府が確保していたらしい。いちばん奥のテーブルで、おなじくトレンチコート姿の男がプラントとギンヤードのふたりと話をしながら待っていた。カイルがゆっくりと近づいていくと、三人めの捜査官はお決まりの薄笑いをのぞかせ、ひとつ手前のボックス席に移動した。そちらのテーブルでは、四号がコーヒーをちびちび飲みながら待機していた。プラントとギンヤードはサンドイッチ・プレートを注文していたが、サブマリンサンドもフライドポテトもピクルスも手つかずだった。テーブルの上は、料理の皿とコーヒーのカップで埋めつくされている。プラントが立ちあがって、反対側の席に移動した。捜査官ふたりが、獲物の姿を同時に観察できるようにだ。肩を接するようにすわっているふたりは、いまもまだトレンチコートを着たままだった。カイルは向かいの席に身を滑りこませた。

店内の照明は古く、光は貧弱だった。そのせいで店の奥は薄暗くなっている。ピンボールマシンの騒音に、バーテンダーが見ている薄型テレビから流れるスポーツ専門局の音声が混じっていた。

「四人も必要なのか？」カイルは背後のボックス席をあごで示して、そうたずねた。

「四人というのは、きみに見えている範囲だね」ギンヤードがいった。

「サンドイッチを食べるか？」プラントがたずねた。

「断わる」つい一時間前は腹ぺこだった。しかしいまは、消化器と排泄《はいせつ》器官と神経組織のすべてがメルトダウン寸前だった。平静な顔を必死にとりつくろっている一方、なんとか普通に呼吸をしようと内心がむしゃらになっていた。カイルはボールペンとメモカードをとりだし、あらんかぎりの気力をふりしぼっていった。「もう一度、バッジつきの身分証を見せてほしいな」

ふたりはまったく同一の反応を見せた――信じられないといった顔つき、侮辱もはなはだしいといった顔つき、そして〝それならそれでけっこう〟という顔。ふたりはゆっくりとポケットに手を差し入れて、いちばん大事な所持品をとりだし、テーブルに置いた。カイルはギンヤードの身分証から手にとった。まずフルネーム――ネルスン・エドワード・ギンヤード――を書き写し、捜査官番号を添える。ペン先を強く紙に押しつけ、慎重に書き移した。手が震えてはいたが、気づかれてはいないだろう。ついでカイルは真鍮《しんちゅう》のバッジの表面を指でこすった。自分がなにをさがしているのかはさだかではなかったが、それでも時間を稼いだのだ。「写真つきの身分証を見せてもらえるか？」

「なんでまた？」ギンヤードは心外な口ぶりだった。

「とにかく、写真つきの身分証を」

「断わる」

「この手の予備作業をすませないうちは、ぼくはひとことだってしゃべらない。運転免許証を見せてくれるだけでいい。ぼくのも見せる」

「コピーを入手ずみだよ」

「なんだっていい。とにかく見せてくれ」

ギンヤードは目玉をぎょろりと剝《む》きながら、ズボンの尻《しり》ポケットに手を伸ばした。よくつかいこまれた札入れから、この男自身の不気味な顔写真が添えてあるコネティカット州発行の運転免許証を抜きだす。カイルは免許証を調べ、生年月日と交付年月日をメモに書きとめた。

「パスポートの写真以上に写りがわるいな」カイルはいった。

「ついでだから、女房と子どもたちの写真も見るか？」ギンヤードはいいながらカラー写真を引きだし、テーブルに投げた。

「いや、遠慮する。で、おまえたちはどこの支局から？」

「ハートフォード」ギンヤードはいい、隣のボックス席をあごで示した。「あっちのふたりはピッツバーグ支局の者だ」

「なるほど」

ついでカイルはプラントのバッジつき身分証と運転免許証を調べ、それがすむと自分の携帯電話をとりだしてキーを打ちはじめた。

「なにをする？」ギンヤードがたずねた。

「おまえたちの身元をオンラインでチェックさせてもらうよ」

「まさか、われわれの名前が小ぎれいなＦＢＩのサイトあたりに掲載されているとでも思っているのか?」プラントがちらりと怒りをのぞかせた。ふたりとも冗談だと思っているらしい。どちらにも不安の色はなかった。

「どこのサイトで確認すればいいかはわかってる」カイルはいいながら、連邦政府関係の職員名簿がある、あまり知られていないサイトのアドレスを打ちこんだ。

「われわれが見つかるとは思えないな」と、ギンヤード。

「ちょっと時間がかかるかもしれない。ところでレコーダーは?」

プラントは電動歯ブラシほどのサイズの細長いデジタル式ボイスレコーダーをとりだし、フリップをひらいた。

「きょうの日付と時間、それにここの場所を吹きこんでくれ」カイルの言葉には、自分自身も驚いたほどの権威の響きがあった。「それから、現時点ではまだ尋問ははじまっておらず、それゆえいかなる供述もなされてはいない旨《むね》も吹きこんでほしい」

「はい、はい、かしこまりました。これだからロースクールの学生は好きにならずにいられないね」プラントがいった。

「きみはテレビの見すぎだ」ギンヤードがいった。

「さあ早くしろよ」

プラントはレコーダーをテーブル中央――パストラミとチェダーチーズのサンドイ

ッチの皿と、スモークツナのサンドイッチの皿のあいだに置くと、予備的な情報を機械に吹きこみはじめた。カイルは携帯の画面を見つめ、ウェブサイトが表示されると、まずネルスン・エドワード・ギンヤードの名前を入力した。数秒後——この場のだれも驚かなかったが——ギンヤード捜査官がFBIハートフォード支局に所属する捜査官であることが裏づけられた。

「見るか？」カイルは携帯をかかげ、小さなスクリーンをふたりにむけた。

「おめでとう」ギンヤードがいいかえした。「満足したか？」

「いや。できれば、こんなところにはいたくない」

「いつでも、好きなときに出ていけばいい」プラントがいった。

「おまえたちの希望は十分間だったな」カイルは腕時計に目を落とした。

ふたりの捜査官がそろって身を乗りだしてきた。四本の肘《ひじ》が一列にならび、ボックス席がいきなり狭くなった。

「ベニー・ライトという男を覚えているな？　ピッツバーグ警察の性犯罪課所属の主任捜査官だ」しゃべっているのはギンヤードだったが、ふたりとも目を見ひらき、カイルの瞼《まぶた》が神経質にひくひくと動くさまを見つめていた。

「いや、知らない」

「五年前の捜査中に会わなかったのか？」

「ベニー・ライトなる人物と会った記憶はない。会ったはずだが、あいにくその名前は覚えていない。なんといっても、なにも起こらなかったあのときから、もう五年もたっているんだからね」

ふたりはじっとカイルと目をあわせたまま、この発言を受けとめ、ゆっくりと咀嚼《そしゃく》していた。カイルには、それが〝おまえは嘘《うそ》をついているぞ〟といっているように見えた。

しかし、実際にギンヤードが口にした言葉はこうだった。「とにかく、そのライト刑事がいまこの街に来ていて、一時間ばかりあとできみに会いたがっている」

「もうひとつ会合に出ろということか？」

「きみがいやでなければ。なに、長くはかからないし、きみが起訴をまぬがれる見こみも大いにある」

「どんな容疑での起訴なんだ？」

「強姦」

「強姦行為はなかった。ピッツバーグ警察が五年も前にそう結論を出したんだ」

「それが、どうやらあの女がもどってきたようでね」ギンヤードがいった。「例の女は自分の生活を立てなおし、徹底的なセラピーを受けたばかりか、いまではちゃんと弁護士がついているよ」

ギンヤードが質問せずに口をつぐんだので、なにか答える必要はなかった。しかしカイルは、体が数センチばかり沈むのを抑えられなかった。カウンターと無人のスツールにちらりと目を走らせ、薄型テレビにも目を走らせた。大学チームの試合が放映されていた。スタンドは大声で叫ぶ学生たちで超満員……それなのに自分はなぜいまここにすわっているのだろうか、という疑問が頭に湧《わ》いてきた。

話しつづけるんだ――カイルは自分にいった――しかし、なにもいうな。

「質問をしてもいいか？」カイルはたずねた。

「もちろん」

「起訴状がすでに発行されたのなら、どうして執行を停止できるんだ？　なぜこんなふうに話しあいをしてる？」

「いまのところ、起訴状は裁判所命令で封印されていてね」ギンヤードがいった。「ライト刑事によれば、検察官はきみに取引をもちかける意向らしい。被害者女性の弁護士が作成した内容で、この話がまとまれば、きみはこの泥沼から離れられる。きみが話に応じさえすれば、起訴状は決して表沙汰《おもてざた》にはならない」

「まだ話がわからないな。やっぱり、父に電話をかけるべきなのかも」

「きみの考え次第だ。しかし、もしきみが賢明なら、ライト刑事との話しあいがおわるまで待ったほうがいい」

「おまえたちからは、まだミランダ準則の文句をきかされていないぞ」カイルは、取り調べの前に捜査担当者が被疑者に告知するべき権利の件を問いただした。

「これは尋問ではないからね」プラントがようやく口をひらき、「正式な捜査ではないよ」といってから、スモークツナのバスケットに手を伸ばして、油ぎったフライをひとつつまみあげた。

「だったら、これはいったいなんだ？」

「会合だよ」

ギンヤードが咳《せき》ばらいをし、数センチばかり体をうしろに倒してから、話をつづけた。「強姦《ごうかん》は州法で裁かれるべき犯罪だし、そのことはわれわれも百も承知だ。本来であれば、われわれも関与したりするものか。しかし、きみはいまコネティカットにおり、起訴状はペンシルヴェニアにある。そんなこんなでピッツバーグの連中が、この次の会合の段どりをわれわれに依頼してきたわけだ。それがすんだら、われわれは引きさがる」

「それでもまだ、話がわからない」

「なにをいう。きみのように成績優秀な法律学徒が、そこまで物わかりがわるいはずないぞ」

そのあと長い間《ま》がつづいて、三人のだれもが次の出方をうかがっていた。プラントはふたつめのフライを口に入れて噛《か》んでいたが、その目は片時もカイルから離れなかった。ギンヤードはコーヒーをひと口飲んで、味に顔をしかめ、じっとカイルを見つづけていた。ピンボールマシンは静かになっていた。デリカテッセンの店内にいるのは、四人のＦＢＩ捜査官と試合中継に夢中になっているバーテンダー、それにカイルの六人だけだった。

やがてカイルはテーブルに肘を載せて身を乗りだし、ボイスレコーダーから十センチも離れていないところでこういった。「強姦はなかったし、犯罪行為も存在しなかった。ぼくはなにもしていない」

「けっこう。ライトにそう話すんだな」

「そのライトはいまどこに？」

「午後十時、ソウミル・ロードのホリデイインの二二一号室にいる」

「感心できる話じゃないな。ぼくには弁護士が必要だ」

「必要かもしれないし、必要ないかもしれない」ギンヤードも身を乗りだしてきたので、ふたりの顔は三十センチほどにまで近づいた。「いいか、きみがわれわれを信用していないことくらいわかっている。しかし、われわれが〝きみはほかのだれかと話をする前に、とにかくライトと話をする必要がある〟といったら、その言葉を信じてほしい。十二時になって日付が変わったら、弁護士でもお父さんでも電話をかけるがいい。あるいは、あしたにでも。いまここできみが過剰な反応を見せたら、すべてが目茶苦茶になるかもしれないんだ」

「帰らせてもらう。会話はここでおわりだ。レコーダーを切ってくれ」

ふたりとも、ボイスレコーダーに手を伸ばすそぶりさえ見せなかった。カイルはしばしレコーダーを見つめたのちに顔を近づけ、すこぶる明瞭《めいりょう》な発音でこう話しかけた。「ぼくはカイル・マカヴォイ。現在の時刻は八時五十分。それ以外に話すことはなにもない。ぼくはいかなる供述もしておらず、いますぐにこの〈バスターズ・デリ〉をあとにする」

カイルが立ちあがってボックス席から出ていこうとしたその瞬間、プラントがいいはなった。「ライトはビデオをもっているぞ」

たとえ馬に腹を蹴《け》りつけられても、これほどの衝撃は感じなかっただろう。赤いビニールの椅子《いす》をつかんだカイルは、はた目には気絶しかけているように見えたはずだ。カイルはゆっくりと椅子にかけなおした。のろのろとプラスティックのコップに手を伸ばし、時間をかけて水をひと口飲む。唇も舌も乾燥しきっていて、その程度の水ではなんの役にも立たなかった。

ビデオ。友愛会の先輩にあたる男子学生——例のちょっとしたパーティーに来ていた酔っぱらいのひとり——が、携帯電話でなんらかの場面を撮影していたという話はあった。そんな映像があったとすれば、そこには裸でソファに横たわったまま、飲みすぎでもう身動きもできなくなった女子大生が写っていたはずだ。その女子学生をほれぼれと見つめているのは、やはり裸か、そうでなければ服を脱いでいる途中にある三、四人のベータ・クラブ所属の男子学生。その光景を漠然と覚えていたが、ビデオを見たことはなかった。クラブの伝説では、ビデオは消去されたことになっていた。ピッツバーグ警察がさがしたが、結局は見つからずにおわったのだ。ビデオは消え、忘れられ、ベータ・クラブの兄弟愛の秘密主義に深く埋もれた。

プラントとギンヤードは、ふたたびテーブルに肘と肘をならべる姿勢をとっていた。合計で四つの目玉がまばたきもせず、カイルひとりに焦点をあわせていた。

「なんのビデオだ?」カイルはやっとの思いでたずねたが、あまりにも弱々しく説得力のない声に、自分自身のことさえ信じられなくなった。

「きみたち大学生が警察から隠していたビデオだ」プラントがろくに唇を動かさぬまま
いった。「きみが犯罪の現場にいたことを裏づけるビデオだ。さらにいえば、きみ
の人生を破壊し、きみに懲役二十年を科すに足るビデオだよ」

ああ、あのビデオか。

「なんの話か、さっぱりわからないな」カイルはいい、また水を飲んで口を湿した。
腹と頭を吐き気が波のように駆けぬけていき、このまま吐いてしまうと思った。

「いや、わかっているはずだ」ギンヤードがいった。

「そのビデオを見たのか？」カイルはたずねた。

ふたりがそろってうなずいた。

「だったら、ぼくがあの子に指一本触れていないこともわかったはずだぞ」

「そうかもしれないし、ちがうかもしれない。しかし、きみは現場にいた」ギンヤー
ドはいった。「つまり共犯者だ」

吐くのをこらえたい一心でカイルは目を閉じ、こめかみを揉《も》みはじめた。話に出た
女子学生はかなり奔放な娘で、寄宿舎の自分の部屋で過ごすより、クラブハウスで過
ごすことのほうが多かった。グルーピーとしてつきまとっていた女の子、いつでも父

親からの仕送りの現金をたんまりともっていたパーティーマニア。クラブ所属の男子学生たちは、この女子大生と順番に寝た。女子大生が強姦されたと大声で主張すると、メンバーは即座に口をつぐみ、一致団結して否定と無実を盾に突破不可能な壁を形づくった。この醜悪でささやかな秘密に驚くべき奇跡があるとするなら、この件がいままで秘密に保たれていたことだった。それゆえ、だれかの人生が破滅することはなかった。

「起訴状には、きみのほかに三人の名前が書かれている」ギンヤードがいった。

「強姦はなかったんだ」カイルはこめかみを揉む手を休めずにいった。「あの女がセックスをしたというのなら、あくまでも合意のうえの行為だったと断言したいね」

「ただし、その女子学生が意識をうしなっていれば話はべつだ」ギンヤードがいった。

「われわれは事実にまつわる議論をしにきているわけではないのだよ、カイル」プラントがいった。「そんなことは弁護士にまかせればいい。われわれが来ているのは、取引をまとめる力になりたいからだ。きみが協力さえすれば、この件はきみのもとを離れる——少なくともきみの側からはね」

「どんな取引だ？」

「それについては、ライト刑事が対応することになっている」

　カイルはゆっくりと体をうしろに傾かせ、背後の赤いビニール張りの背もたれに頭を打ちつけはじめた。内心では三拝九拝して頼みこみたかった。こんなひどい話はない、自分はまもなくロースクールを卒業、司法試験に合格したら実社会でのキャリアを積みはじめるところだと、そう説明したかった。前途は洋々、可能性に満ちていた。過去には汚点などない。いや……ほとんどないというべきか。

　しかし、この連中はすでに知っているのでは？　カイルはボイスレコーダーに目をむけ、ふたりになにも話すまいと決めた。「わかった。ああ、わかったよ。そこに行く」

　ギンヤードがさらに身を乗りだしてきた。「あと一時間の余裕がある。そのあいだにきみがどこかに電話をかければ、われわれにはすぐにわかる。逃亡を試みても、あとを追う。わかったね？　小賢《こざか》しい真似《まね》は禁物だ。誓っていうが、いまここできみは正しい決断をくだしつつある。だから、このまま進め。そうすれば、すべてはなかったことになる」

「信じられないね」

「いずれわかるさ」

　カイルは、冷めたサンドイッチと苦いコーヒーのもとに男たちを残して店を出た。

自分のジープにたどりつき、キャンパスから三ブロックのところにあるアパートメントに帰りつく。ついでルームメイトのバスルームの棚をかきまわし、精神安定剤のヴァリアムを見つけだした。そのあと自室の扉に鍵《かぎ》をかけると、明かりを消して、床に横たわった。

3

ホリデイインは、モーテルやファーストフードのチェーン店が幹線道路やその側道に競って出店していた一九六〇年代に建てられた古い建物だった。カイル自身もホテルの前をこれまでに百回は通っていながら、まったく目にとめていなかった。ホテルの裏手はパンケーキ・ショップ、隣は日用品の大型ディスカウント店だった。

駐車場は暗く、カイルがインディアナ州のナンバーのついたミニヴァンの隣にジープをバックで入れたときには、三分の一程度しか埋まっていなかった。とりあえずライトは消したが、エンジンとヒーターはそのままにした。雪がちらつきはじめていた。どうせなら、いっそブリザードにならないものか。いや、このシナリオを中断してくれるものなら、洪水でも大地震でも、宇宙人の侵略でも大歓迎だ。そもそも自分はなぜ、連中のちょっとした計画に沿って、ふらふらと夢遊病のように歩いているのか？

ビデオ。

過去一時間のあいだには、父親ジョン・マカヴォイに電話をかけることも考えたが、いざ話しだせば時間を食われるのはわかっていた。父なら堅実な法的助言をただちにさずけてくれるはずだが、この話は背景事情がかなりこみいっている。バート・マロリー教授に電話をかけることも考えた。日ごろからアドバイスを求めている相手であり友人、才気煥発《かんぱつ》な刑事訴訟法の教師であり、こういう場合の立ちまわり方を心得ている元判事だ。しかしその場合も、埋めなくてはならない空欄があまりにも多すぎて、時間がかかることは目に見えていた。デュケイン大学ベータ・クラブの仲間ふたりに電話をかけることも思わないではなかったが……それでどうなる？　彼らからアドバイスをもらったところで、いま自分の頭をかけめぐっている考えと似たりよったり、あやふやなものでしかあるまい。彼らの生活を破壊しても意味はない。恐怖の一瞬のあいだ、姿を消すために利用できるさまざまな策略に思いを馳《は》せもした。こっそりと車でバスターミナルに行く。あるいは、高い橋の上からロングジャンプを決める。

しかし、あの連中が監視しているのではなかったか？　おそらく盗聴もしているだろう。電話での会話はすべて筒抜けになるはずだ。いまこの瞬間にも、何者かが自分を監視していることは確実だ。インディアナ州のプレートをつけたミニヴァンの車内にヘッドセットと暗視ゴーグルを装着したふたりの悪党がいて、いまごろこちらの行動を監視し、納税者の金を湯水のようにつかいながら楽しいひとときを過ごしているのだろう。

ヴァリアムが効いているのかどうか、カイルにはわからなかった。カーラジオのデジタル時計が九時五十八分を表示すると同時に、カイルはエンジンを切って雪の降るなかに降り立った。ひと足ごとに靴のあとを残しながら、胸を張った堂々とした足どりで駐車場のアスファルトの上を歩いていく。これが、自由でいられる最後の時間になるのか？　これまでにも刑事被告人が、ほんの二、三の質問に答えるだけだと思って気軽に警察署に足を踏みいれたところ、あっという間に起訴手続をとられ、手錠をかけられ、牢屋《ろうや》に叩《たた》きこまれ、社会制度によって有罪にされてしまった事例をいくつも読んできた。いまなら、まだ逃げられる――どこかに。

ガラスのドアが背後で閉まると、カイルは人けのないロビーでしばし足をとめた。監房棟の鉄扉《てっぴ》が、背後でがしゃんと鳴って閉じられたような気分だった。きこえない音がきこえ、見えないものが見え、あれこれ想像をたくましくしてしまう。どうやらヴァリアムが効能と反対に作用したらしく、いまでは自分の影にさえ怯《おび》えて飛びあがってしまいそうだ。カイルは、フロントカウンターに立つ高齢のフロント係にうなずきかけたが、耳にきこえる答えは返ってこなかった。かびくさいエレベーターで二階にあがるあいだ、カイルはこんなことを考えていた——ありもしなかった事件で自分に濡《ぬ》れ衣《ぎぬ》を着せたい一心の警官だの捜査官だのが群れているホテルに、自分から足を踏みいれるとは、いったいどんな愚か者なのか？　自分はなぜこんなことをしているのか？

ビデオ。

カイル自身はビデオを見たことがなかった。見たという人間をひとりも知らなかった。ベータ・クラブという秘密の世界では、噂《うわさ》や否定の言葉、さらには脅迫の言葉も流れていたが、〝エレインとのあれ〟が本当に映像として記録されていたのかどうかを確実に知っている者はいなかった。しかし現実にあの場がビデオに記録されていたばかりか、その証拠をピッツバーグ警察とＦＢＩが所有しているという事実を前にして、カイルは橋から飛びおりるという選択肢を検討せざるをえなかった。

いや、ちょっと待て。ぼくはなにもしていない。あの子には指一本触れてないんだ——少なくとも、問題になっている晩は。

そう、だれも指一本触れなかった。少なくともそれが、ベータ・クラブという友愛会内部でみんなが誓いあい、徹底的に議論した末の結論だった。しかしビデオによって、それが事実に反すると証明されたら？　とにかく、現物を目にするまではなんともいえなかった。

二階の廊下に足を踏みだすと、塗ったばかりのペンキの有毒物質めいた悪臭が襲いかかってきた。二二二号室の前で足をとめ、時計を見やる。自分が一分たりとも早く来すぎてはいないことを確かめたのだ。ノックを三回すると、室内から人が動く気配とくぐもった話し声がきこえてきた。金属音とともにドアチェーンがはずされ、ドアが一気にひらき、ネルスン・エドワード・ギンヤード捜査官が顔を出した。「間にあってくれて安心したよ」

カイルは室内に足を踏みいれることで、これまでの世界をあとにした。新しい世界は、いきなり恐怖に満ちたものになっていた。

ギンヤードは上着を脱いだシャツ姿だった。白いシャツの上にショルダーハーネスを装着し、左の腋《わき》の下に黒いホルスターを吊《つ》っている。プラント捜査官と、先ほど〈バスターズ〉にいた残る二名の捜査官がじっと視線を注いできた。この三人もまた上着を脱いでいたので、若きカイルにも彼らが帯びている火器がはっきり見えた。いずれも同一、口径九ミリのベレッタで、そればかりかホルスターも黒革のハーネスも同一の品だった。しっかりと武装した男たちの全員が、強姦《ごうかん》犯人を射殺することに無上の喜びを感じてもおかしくないような渋面を見せていた。

「賢明な身の処し方だな」プラントがうなずきながらいった。

それどころか——カイルはこの瞬間立ちこめていた靄《もや》のなかで思った——こんなところに来るなんて、愚行の極致だよ。

二二二号室は、現場作戦指令室に改装されていた。キングサイズのベッドは部屋の片隅に押しつけられている。カーテンはしっかりと閉ざされ、運びこまれたとおぼしき二脚の折りたたみ式テーブルは多忙な仕事ぶりを裏づける証拠で覆《おお》われていた——ファイル、分厚く膨らんだ封筒類、手帳。三台のノートパソコンがひらかれて稼働《かどう》中であり、そのひとつ——いちばんドアに近いパソコン——の液晶画面を見ると、ハイスクールの卒業アルバムからとられたカイルの写真が表示されていた。セントラル・ヨーク・ハイスクール、二〇〇一年度卒業生のアルバムだ。折りたたみ式テーブルのうしろの壁には、写真館で撮影された三枚の大判の顔写真が貼《は》ってあった。いずれも、ベータ・クラブの同期生だ。いちばん奥、カーテンに触れそうなところに、エレイン・キーナンの写真が貼ってあった。

この客室と隣室をつなぐドアはあいたままになっていた。いまそのドアを通って、五号が姿をあらわし——拳銃《けんじゅう》もおなじならホルスターもおなじだ——カイルをにらみつけた。捜査官が五人も？　客室ふたつ。一トンにはなろうかという書類。ぼくひとりをつかまえるためだけに、これだけの労力とこれだけの仕事、これだけの職員が投入されているのか？　自国の政府がいざ行動を起こしたときのパワーをまざまざと見せつけられて、カイルはふっと気が遠くなるのを感じた。

「よかったら、ポケットの中身を残らずここに出してもらえないか？」ギンヤードが小さなボール紙の箱をさしだしながらいった。

「なぜ？」

「頼む」

「ぼくが武器を隠しているといいたいのか？　いきなりナイフを抜いて、おまえたちを刺すとでも思っているのか？」

捜査官五号がこの発言をジョークだと思ったらしく、高笑いをあげて場の緊張をほぐした。カイルはキーホルダーをとりだし、ギンヤードにむけてかちゃかちゃと鳴らして見せてから、ふたたびポケットにしまいこんだ。

「体を叩いて確認させてもらってもいいかな？」プラントがそういいつつ、早くもカイルに近づいてきた。

「いいとも」カイルは両腕をもちあげた。「イェール大学の学生なら、危険きわまる武器を身に帯びていると決まっているからね」

プラントは手早くソフトタッチの検査をはじめた。しかし、わずか数秒で服の上からの所持品検査をおえ、すぐ隣の部屋にひっこんで姿を消した。

「ライト刑事は廊下を出て向かいの部屋にいる」ギンヤードがいった。ほかにも客室を押さえてあるのだ。

カイルはギンヤードのあとについて最初の客室から狭苦しい廊下に出ると、この捜査官が二二五号室のドアをそっとノックするあいだ待っていた。ドアがあき、カイルひとりが室内に招きいれられた。

ベニー・ライトは、いかなる種類の武器も身に帯びてはいなかった。すばやく握手の手を突きだしながら、早口でこういった。「ピッツバーグ警察のライト刑事だ」

これは恐悦なことだ――カイルは思ったが、なにもいわなかった。ぼくはここでなにをしている？

ライトは年のころ四十代後半、背が低く、こざっぱりした感じ、耳の上にある申しわけ程度の黒髪をうしろに撫《な》でつけている以外は、きれいに禿《は》げあがった頭のもちぬしだった。髪とおなじく目も黒。細い鼻の途中にひっかかっている小さな読書用眼鏡が、目の一部を隠していた。カイルが部屋にはいると、ライトはドアを閉め、カイル用に確保してあったとおぼしき椅子《いす》にむかって手をふった。「さあ、すわってくれ」

「いったいなにを企《たくら》んでる？」カイルはその場を動かずにたずねた。

ライトはベッドのそばを通りすぎ、この部屋にも設置されていた折りたたみ式テーブルの横で足をとめた。

「話をしようじゃないか、カイル」ライトが愛想のいい口調でいい、カイルはそこにわずかな訛《なまり》をききとった。英語は、この男の生まれつきの言葉ではない――しかし、母国語の痕跡《こんせき》はないに等しかった。これは奇妙だった。ピッツバーグから来たベニー・ライトなる姓名の人物なら、外国語訛があるはずがない。

部屋の片隅に三脚があり、小型ビデオカメラが設置されていた。カメラから伸びているケーブルは、テーブルの上にある十二インチのディスプレイをそなえたノートパソコンに接続されていた。

「とにかく、すわってくれ」ライトはいいながら椅子に手をふり、自分はもう一脚の椅子に腰をおろした。

「この会合のもようを、動画ですべて記録してほしい」カイルはいった。

ライトはうしろに顔をむけて、カメラを見やった。「いいとも」

カイルはゆっくりと椅子に近づいて、腰をおろした。ライトはワイシャツの袖《そで》をめくりあげていた。ネクタイは最初からゆるめられていた。

カイルの右側に、ディスプレイが暗いままのノートパソコンがあった。左側には閉じてある分厚いファイル。テーブル中央には未使用の新しい法律用箋《ようせん》があり、上にペンが置かれて待機中だった。

「カメラのスイッチを入れてくれ」カイルはいった。ライトがノートパソコンを操作すると、ディスプレイが明るくなってカイル自身の顔が映しだされた。画面上の自分自身の顔には、恐怖以外なんの表情も見つからなかった。

ライトはてきぱきした手さばきでファイルを繰り、必要な書類を抜きだした――若きカイルが、学生用クレジットカードの申込みに来ているだけだといわんばかりの態度だった。必要な書類がすべて見つかると、ライトはテーブル中央に書類をそろえた。

「まず最初に、きみにミランダ準則の告知をおこないたい」

「ちがうな」カイルは答えた。「まず最初に、そちらのバッジつき身分証、およびそれ以外にも身元を証明するものを見せてほしいね」

ライト刑事は苛立《いらだ》ちをのぞかせたが、それもほんの数秒だった。無言でスラックスの尻《しり》ポケットから茶色い革の財布を抜きだすと、それをひらいていう。「これをもち歩くようになって、もう二十二年になるよ」

カイルは真鍮《しんちゅう》製の警察バッジを調べた。なるほど、それだけの歳月の痕跡がのぞいていた。ベンジャミン・J・ライト、ピッツバーグ警察署、警察官番号は六六五八。

「運転免許証は？」

ライトは財布を自分のほうに引きもどして別の箇所をひらき、数枚のカードを手で繰ってから写真いりのペンシルヴェニア州の運転免許証をぽんと投げだし、棘々《とげとげ》しくいった。「これで満足か？」

カイルは免許証を返してからたずねた。「なぜこの件にＦＢＩが首を突っこんでる？」

「まずミランダ準則の告知をおわらせたい」ライトは書類をならべなおしながらいった。

「いいとも。ミランダ準則なら理解しているし」

「きみなら当然だね。わが国有数のロースクールで学ぶトップクラスの学生なんだから。じつに明敏な若者だよ、きみは」ライトが話しているあいだ、カイルはわたされた書類に目を通していた。「きみには黙秘する権利がある。きみのこれからの発言は、法廷においてきみに不利な証拠として利用される可能性がある。きみには弁護士をつける権利がある。金銭的事情で無理なら、州が公選弁護人をきみにつける。なにか質問は?」

「ない」カイルは二枚の書類にサインをして、ライトに返した。

「嘘《うそ》いつわりなくいうんだがね、カイル、きみの多くの問題のなかでは、FBIはいちばん小さな問題だよ」ライトの毛深い両手はじっと動かない。法律用箋の上で、両手の指を組みあわせたままだ。話しぶりはゆっくりで、いかにも権威に満ちている。ライトが会合の主導権を握っていることに疑いはなかった。「そこで、わたしからひとつ提案したい。わたしたちはまだまだ多くのことを調べねばならず、時間は飛ぶように過ぎていく。これまでにフットボールをしたことは?」

「ある」

「だったら、このテーブルをフットボールのフィールドだとしようか。お世辞にも最高の比喩《ひゆ》とはいえないが、当座の役には立つ。いまきみがいるのはここ、ゴールラインだ」ライトは左手で、ノートパソコンのすぐ横に想像上のラインを引いた。「きみが得点を稼いでゲームに勝ち、無事にフィールドから外に出るためには、あと百ヤード進まなくてはならない」反対の右の手で、分厚いファイルの横にもう一本のゴールラインを引く。左右の手は一メートル二十センチほど離れていた。「百ヤードだよ、カイル。もう少し話につきあってもらえるね?」

「オーケイ」

ライトは両手をあわせて、法律用箋をとんとんと叩《たた》いた。「おおざっぱにここ、五十ヤードあたりに達したら、今回のトラブルの原因になっているビデオをきみに見せようと思う。きみには不愉快だろう。気分がわるくなると思う。吐き気に襲われるはずだ。胃がむかむかするかもしれん。しかし、もしも可能であれば、そのあともきみを前に進めさせたいし、いざゴールラインにたどりついたあかつきには、きみも心の底から安堵《あんど》するはずだ。そうなれば、きみはふたたびゴールデンボーイ気分を味わえる——自分は過去に汚点ひとつなく、未来に無限の可能性を秘めたハンサムな若者なんだ、とね。わたしを信じたまえ、カイル。わたしをボスだと思い、コーチだと思い、プレーを指示する立場の者だと思うことだ。そうすれば、わたしたちはともに約束の地にたどりつける」いいながら、右手でゴールラインを叩く。

「起訴状はどうなる？」

ライトはファイルに手を置いた。「現物がここにあるよ」

「いつ見せてもらえる？」

「質問はやめたまえ、カイル。質問するのはわたしだ。できれば、きみにはちゃんと答えてほしい」

ヒスパニック系の訛ではない。おそらく東欧系の訛だ。訛がほとんど消え去って、まったくききとれないこともあった。

ライトは右手で、ノートパソコンの前のゴールラインに触れた。「さて、まず手はじめに、基本的な情報を確かめる必要がある。なに、ただの背景情報のたぐいだ。いいね？」

「なんでもいい」

ライトはファイルから数枚の書類を抜きだしてざっと目を通してから、ペンを手にとった。「きみは一九八三年二月四日、ペンシルヴェニア州ヨークで、ジョンとパティのマカヴォイ夫妻の第三子であり長男として生まれた。なお夫妻はきみが六歳のとき、一九八九年に離婚、その後はどちらも再婚していない。まちがいないね？」

「まちがいない」

ライトは書類にチェックを書きこみ、家族のそれぞれについての質問を矢つぎ早に発しはじめた。質問は生年月日、学歴、職歴、現住所、趣味、所属教会、さらには政治的な立場にまでおよんだ。質問項目が増えると、ライトは書類の順序を入れかえ、チェックマークがさらに増えていった。ライトは事実をひとつ残らず、正確に把握していた。サンタモニカにいる現在二歳のカイルの甥《おい》の生年月日と出生地まで知っていた。家族関係の質問をおえると、ライトはまたちがう書類をとりだした。カイルはこのときはじめて、疲労の第一波を感じた。いっておけば、これはまだウォームアップにすぎなかった。

「なにか飲むかね？」ライトがたずねた。

「いらない」

「きみの父親は弁護士として、ヨークで特に専門をさだめない総合法律事務所をかまえているな？」これは事実を述べた言葉だったが、質問の意味あいも濃かった。

カイルはうなずいただけだった。つづいて、父親についての質問の集中砲火がはじまった——生まれ育ち、職歴、趣味など。カイルは四つか五つの質問ごとに、「いったいなんの関係があるんだ？」と問いただしたい気持ちに駆られたが、とりあえず我慢して口をつぐんでいた。ライトはあらゆるデータを把握していた。カイルはただ、他人が裏づけをとっているデータを追認しているだけだった。

「きみのお母さんは、たしか芸術家だったね？」そうたずねるライトの声がきこえた。

「そのとおり。で、いまぼくはフットボールでどのあたりにいる？」

「十ヤードばかり稼いだところだ。どんな芸術家かね？」

「画家だよ」

ふたりはそれから十分かけて、カイルの母親であるパティ・マカヴォイの生涯を仔《し》細《さい》にさぐっていった。

そして刑事はようやく家族関係の質問をおわらせ、いよいよ捜査対象本人にとりかかった。最初は子ども時代にまつわる簡単な質問がつづいたが、時間はあまりかけない。こいつはすべて知ってるんだ——カイルはひとりごちた。

「セントラル・ヨーク・ハイスクールを優等で卒業。花形スポーツ選手。イーグルスカウト団員。進学先にデュケイン大学を選んだ理由は？」

「バスケットボール選手としての奨学金を提示されたからだ」

「ほかにも同種の申し出が？」

「二件ばかり。いずれも、もっと小さな学校だったな」

「しかし、デュケイン大学ではバスケットボールをしていなかったね？」

「一年生のとき、試合に十三分だけ出場した。その最後の試合の最後の一分で、前十字靱《じん》帯《たい》を切ってしまってね」

「手術は？」

「したよ。しかし、膝《ひざ》は元どおりにはならなかった。それでバスケットボールをあきらめ、友愛会にはいったんだ」

「友愛会の件については、またあとで話をきこう。バスケットボール・チームから、再加入の誘いがあったかね？」

「まあね。でも関係はなかったな。膝がすっかり駄目になってたし」

「きみは経済学を専攻し、ほぼ完璧《かんぺき》といっていい成績をおさめた。二年のときのスペイン語はどうしたんだ？　Aをとれなかったじゃないか」

「まあ、ドイツ語をとるべきだったんだろうね」

「四年間でBがひとつだけとは、わるい成績じゃない」

ライトはページをめくって、なにか書きこんでいた。カイルはノートパソコンの画面に目をむけて、肩の力を抜けと自分にいった。

「優等生、十以上の学生団体でも活動、学内ソフトボールで優勝、友愛会の書記になり、のちに会長にもなった。大学でのきみの記録には目をみはらざるをえない。それでいてきみは、遊びのほうも活発だったね。最初の逮捕について話してくれ」

「どうせ、そのときの記録もファイルにはいってるんだろう？」

「最初に逮捕されたときの話だよ、カイル」

「そのときだけ、一回きりだ。二度めはない。いや、これまでは——というべきかな」

「なにがあった?」

「典型的な友愛会がらみの話だよ。パーティーが騒々しく盛りあがるうちに、警官が来ておひらきになった。ぼくは、公共の場所で飲みかけの酒を人目にふれるよう所持していたことで逮捕された。瓶ビールだった。あらさがしの罪状だよ。軽罪だ。罰金三百ドル、および六カ月間の保護観察処分。そのあと記録は抹消されたし、イェール大学当局が知ることもなかった」

「お父さんが交渉にあたったのかな?」

「たしかに父も関与してはいたが、ぼくはピッツバーグの弁護士をつけた」

「弁護士の名前は?」

「シルヴィア・マークスという女性だ」

「その名前はきき覚えがある。友愛会がらみの学生の愚行のあと始末が専門じゃなかったか?」

「たしかに。ただし、専門分野については詳しい弁護士だよ」

「たしか、きみにはあと一回、逮捕歴があると思ったが」

「いや。キャンパスで警官に一回だけ職務質問を受けたことがあるだけで、逮捕はされてない。警告にとどまった」

「なにをしていた？」

「なにも」

「だったら、どうして警官に声をかけられた？」

「友愛会のメンバーふたりが、ペットボトルロケットの射《う》ちあいをしていたんだ。頭の切れる連中だよ。ぼくは関係していない。だから記録にはなにも残っていない。それどころか、どうしておまえたちがその話を知っているのか、不思議に思っているくらいだ」

ライトはこれを無視して法律用箋にメモを書きつけ、それをおえるとこういった。

「ロースクールに行くと決めた動機は？」

「決めたのは十二歳のとき。前々から弁護士になりたかった。ぼくの最初の仕事は、父の事務所でのコピーとりだった。ある意味では、父の法律事務所で育ったようなものだね」

「願書を提出したロースクールは？」

「ペンシルヴェニア、イェール、コーネル、スタンフォード」

「入学許可が出たのは？」

「四校すべて」

「なぜイェールに？」

「昔からの第一志望校だったから」

「イェールから奨学金の申し出は？」

「奨励金のかたちで。ほかの三校からもね」

「借金は？」

「ある」

「金額は？」

「そんな情報が本当に必要なのか？」

「知る必要がなかったら、最初から質問などするものか。もしやきみは、わたしがひとりごとを耳にしたい一心でしゃべっていると思っているのか？」

「その質問には答えられないな」

「学資ローンに話をもどそう」

「五月に卒業する時点では、ローンの残高が六万ドルになるはずだ」

ライトは、正確な金額だと認めてでもいるかのようにうなずいていた。ついでページをめくる。カイルは、そのページにも質問が満載されていることを見てとった。

「きみは、学内の法律評論誌に原稿を寄せているな？」

「イェール法律評論誌の編集長だからね」

「ロースクール内では、もっとも栄誉ある地位では？」

「そう考える向きもある」

「夏にはニューヨークで研修生として働いた。そのときのことを話してくれ」

「研修先は〈スカリー＆パーシング法律事務所〉、ウォール街にある巨大法律事務所のひとつで、仕事の中身は夏休みの就業体験としては典型的なものだったよ。ワインつきの夕食をふるまわれ、数時間ばかり楽な仕事をさせられる。あの手の大きな事務所が例外なく利用する勧誘術だね。あいつらは研修生を大いに甘やかして誘いこみ、いざアソシエイトにしたら死ぬほどこきつかうんだ」

「その〈スカリー＆パーシング法律事務所〉からは、卒業後の就職の勧誘をうけたかね？」

「受けた」

「その申し出を受けたのか、それとも断わった？」

「どちらでもない。まだ最終的に決めていないんだ。事務所からは、決定期限を特別に延長してもらっている」

「ほかにも就職を誘われているのかね？」

「ああ、ほかからも声をかけられている」

「その件について話してもらおう」

「そんな話が関係あるのか？」

「わたしは関係のあることしか話さないんだよ、カイル」

「水をもらえるか？」

「バスルームに行けばあるはずだ」

カイルはすぐさま立ちあがってベッドとライティングデスクのあいだを通り、狭苦しいバスルームの照明のスイッチを押してから、薄っぺらいプラスティックのコップに水道の水を流し入れた。がぶがぶと飲みほし、さらに水を注ぎ入れる。ついでテーブルに引き返すと、自陣の二十一ヤードラインとおぼしきあたりにコップを置き、ノートパソコンのディスプレイで自分の顔をチェックした。

「ただの好奇心できくんだが」と、ライトに質問する。「フットボールでいうと、いまはどのあたりにいる？」

「サードアンドロング。まだまだ先は長いよ。ほかの就職口からの勧誘、ほかの法律事務所のことを話してくれ」

「いっそ問題のビデオをぼくに見せて、こんなどうでもいい話をすっ飛ばすわけにはいかないのか？　もしビデオが現実に存在し、ビデオでぼくが犯罪に関係しているとわかれば、ここを失礼して弁護士を雇いにいきたいんでね」

ライトが身を乗りだしてテーブルに載せた肘《ひじ》の位置をなおし、静かに指先を叩《たた》きあわせはじめた。顔の下半分はごく自然に笑みをかたちづくっていたが、上半分はまったくの無表情だった。冷ややかそのものの声で、ライトはいった。「癇癪《かんしゃく》を起こすのもけっこうだが、ときには命とりになるぞ」

命といっても、それが死体同然の命なら？　あるいは、輝かしい未来をそなえた命であれば？　カイルは深々と息を吸ってから、またコップの水をがぶ飲みした。怒りの発作はあっという間に過ぎ去り、代わって困惑と恐怖の大波が襲いかかってきた。

つくりものの笑顔をなお盛大に広げて、ライトはつづけた。「頼むよ、カイル、きみはここまで立派にやっている。あとほんの三、四の質問をおわらせれば、もっと荒れ模様の領域に進めるんだ。ほかの事務所とは？」

「ぼくに就職を勧めてきたのは、まずニューヨークの〈ローガン＆キューペック〉、サンフランシスコの〈ベイカーポッツ〉、それにロンドンの〈ガートン〉だ。この三つの事務所には、すべてノーと返事をした。いまでも、公益活動を専門にしている事務所を検討しているんでね」

「なにをしているところだ？　どこにある？」

「ヴァージニア州。もっぱら移民労働者にまつわる法律扶助が専門だ」

「そこでどのくらい働くつもりだね？」

「まあ、二年といったところかな。断言はできない。選択肢のひとつというだけだ」

「かなり安い給与で？」

「ああ、そうだ。かなり安い給料でね」

「それで、どうやって学資ローンを返済するつもりだ？」

「いずれ考えるさ」

この小生意気な答えが気にさわったが、ライトはさしあたり不問に付すことに決めた。ちらりとノートに目を落とす。しかし、確かめる必要はまったくなかった。カイルの学資ローンの残高が六万一千ドルであることはもちろん、カイルが卒業後の三年間を貧困層や差別されている者や虐待《ぎゃくたい》された者、自然環境などを守るという最低賃金の仕事についやせば、イェール大学が借金を棒引きにする予定であることも、すでにライトは把握していた。カイルは、ピードモント法律扶助協会から勧誘されていた。協会の研修生の給与に補助金を提供しているのは、シカゴの巨大法律事務所だ。ライトの情報源によれば、カイルは就職を口頭で承諾したという。年間給与は三万二千ドル。急いでウォール街に行くことはない。ウォール街は逃げていかないからだ。また父親はカイルに、現場という塹壕《ざんごう》を数年ほど体験することをすすめていた——父親は大企業スタイルの法律実務を軽蔑《けいべつ》しており、正反対の世界でカイルがあえて汚れ仕事を体験することを望んでいた。

ファイル内の資料によれば、〈スカリー＆パーシング〉は二十万ドル以上の基本年俸に、お決まりの手当てを上乗せするという条件を出していた。ほかの事務所も似たような条件を示していた。

「いつになったら就職先を決める？」

「まもなく」

「どちらに傾いてる？」

「自分でもわからないね」

「本当に？」

「ああ、本当だよ」

ライトはファイルに手を伸ばしながら、侮辱されたかのように深刻な渋面でかぶりをふった。それからまた数枚の書類をとりだし、手早くめくって目を通すと、カイルをにらみつけた。「きみは、ヴァージニア州ウィンチェスターにあるピードモント法律扶助協会に、今年の九月二日から働きはじめると口頭で承諾したのではなかったかな？」

カイルの干からびた唇のあいだから、生ぬるい空気がしゅっと一気に逃げだしていった。いまの言葉を頭で嚙《か》みしめつつ、横のノートパソコンのディスプレイを確かめると……しかり、いまの気分どおりの弱々しい表情だった。思わず口から、「なんでそのことを知っているんだ？」という言葉がほとばしりかけたが、そんなことをいえば真実を認めたことになる。かといって、真実を否定する道も封じられていた。ライトはもう知っているのだ。

カイルが手さぐりで力ない反論の言葉をさがしているあいだにも、敵はとどめの一撃を繰りだすために迫ってきた。

「では、これを一番めの嘘《うそ》と呼ぼう。いいね、カイル？」ライトは薄笑いとともにいった。「一番めの嘘が出たら、カメラを消して〝おやすみ〟をいいあい、あした改めて会おうじゃないか――逮捕手続のためにね。手錠をかけられ、衆人環視のなかを連行され、逮捕写真を撮られる。記者もひとりやふたりは来るかもしれない。そうなれば、きみは不法移民を守ることなんか考えられなくなる。ウォール街のことも頭から吹き飛ぶ。わたしに嘘をつくな、カイル。こっちは知りすぎるほど知ってるんだ」

カイルは思わず、「イエス・サー」とかしこまった返事をしてしまいかけたが、小さくうなずいて了解したと伝えるだけにとどめた。

「つまりきみは、この先二年ばかり奉仕活動のような仕事をするつもりだね？」

「ああ」

「そのあとは？」

「まだわからない。ただし、どこかの法律事務所にはいって、キャリアをスタートさせることになるのはまちがいないな」

「〈スカリー&パーシング〉をどう思う？」

「大規模で影響力も大きく、資金も豊富な事務所。きのうのうちに、どことどこが合併し、どこがどこに吸収されたかにもよるが、たしか世界最大の法律事務所じゃなかったかな。五大陸の三十都市に支社がある。骨をおしまず仕事に打ちこむ真の切れ者がそろってるよ――おたがいにプレッシャーをかけあい、部下の若いアソシエイトにプレッシャーをかけるのを得意にしている弁護士がね」

「きみに向いている仕事かな？」

「なんともいえない。給料は最高だ。仕事はものすごくハードでね。でも、とにかく法律の世界のメジャーリーグだ。最終的に腰を落ち着けるのもいいだろうね」

「昨年の夏には、どのセクションで働いていたのかね？」

「あちこちで働いたけど、大半は訴訟部で」

「訴訟が好きなのか？」

「とくに好きというわけでもないよ。ところで、こうした質問がピッツバーグ時代の出来ごととどんな関係があるのかを質問してもいいかな？」

ライトはテーブルに載せていた肘をもちあげると、折りたたみ椅子《いす》にもっと体をあずけ、少しでもリラックスしようとした。足を組みあわせ、左の腿《もも》に法律用箋《ようせん》を置いて、ペン軸の尻《しり》を嚙みつつ、患者を分析している精神科医のような顔つきでしばしカイルを見つめる。「では、デュケイン大学の友愛会の話をしよう」

「いいとも」

「きみが所属していた友愛会の同期のメンバーは十人ほどだったね？」

「九人だ」

「その全員と、いまでも連絡をとりあっているのか？」

「ある程度はね」

「起訴状には、きみ以外にも三人の名前が記載されている。その三人の話をしよう。アラン・ストロックはいまどこにいる？」

起訴状。いまの自分から一メートルも離れていないあのファイルのなかに、起訴状があるのだ。どうして自分の名前が被告人として記載されるようなことがあるのか？　そもそも自分は、あの女には手を触れてもいない。強姦《ごうかん》の現場を目撃していたわけでもない。だれかがセックスをしているところを見たのでもない。問題の部屋にいた記憶こそあれ、夜のあいだに……その出来ごとがあったとされているあいだに……いつしか完全に意識をなくしていた。意識がなかったとしたら、どうして共犯者になれる？　公判でも、その線で弁護を展開することになるだろう。堅実な弁護方針になるにはなるだろうが、公判という恐怖は想像するのも尻ごみしたくなるほどだった。しかも公判がひらかれるのは、逮捕があってマスコミに報道され、自分の写真が新聞や雑誌に掲載されるという恐怖の時間が過ぎてから、ずっと先のことだ。カイルは目を閉じて、こめかみを揉《も》み、ふっと家に電話をしようかと思った――最初は父親に話し、つぎに母親。そのあとにも、かけるべき電話がある。就職の勧誘を寄せてくれた事務所それぞれの人事担当の責任者、そのあとふたりの姉への電話。電話では自分の無実だのなんだのを訴えることになるが、なに、そんなことをしても強姦疑惑を払拭《ふっしょく》するのは不可能だろう。

いまこの瞬間、カイルはライト刑事のことも、この刑事が胸に秘めているという取引のこともまったく信用できなかった。起訴状が実在するのなら、いくら手をつくしても隠しとおすことは無理だ。

「アラン・ストロックは？」

「オハイオ州のメディカルスクールに通ってる」

「最近連絡をとったかね？」

「二、三日前に電子メールで」

「ジョーイ・バーナードは？」

「いまもまだピッツバーグにいるよ。証券会社で働いてる」

「最近の連絡は？」

「電話だ。数日前に」

「アランなりジョーイなりとのあいだで、エレイン・キーナンの話題が出たことは？」

「ない」

「つまり、きみたちはエレインのことを忘れようとしていたわけだ。そうだね？」

「たしかに」

「ところが、そのエレインが帰ってきた」

「そのようだね」

ライトはふたたび椅子のなかで姿勢をなおし、組んでいた足をほどいて背中を反らせてから、両肘をともにテーブルに載せるいちばん楽な姿勢をとりなおした。

「エレインは一年次をおえると、デュケイン大学を去った」これから長い話を語ろうとしているかのように、ライトは低く静かな声で話しはじめた。「当時エレインはいくつもの問題をかかえていた。成績は見るも無残なありさまだった。そしていま、強姦で深刻な精神的苦痛を味わわされた、と主張しはじめたわけだ。中退後の最初の一年ばかりは、エリーで両親と同居していたが、そのあとはあちこちを転々としていた。自分勝手にたくさんの薬を飲み、酒とドラッグもやり放題だった。まあ、何人かのセラピストに会いはしたが、なんの役にも立たなくてね。そういう話を、少しでもきいたことは？」

「ない。エレインが退学して以来、ひとこともきいてないんだ」

「とにかく、エレインにはスクラントン在住の姉がいる。姉がエイレンを引きとって多少の援助をし、費用を負担してリハビリテーション施設に入所させた。そのあとエレインはある精神科医にかかったが、どうやらこの医者が腕を発揮して、エレインを立ちなおらせたようだ。酒も薬もすっかり抜けたきれいな体になり、精神面も恢復《かいふく》、おまけに記憶が劇的なほどよみがえってきた。そこで弁護士をさがして依頼、いまは正義がなされることを望んでいるという次第だ」

「なんだか疑わしそうな口ぶりだな」

「わたしは刑事だよ、カイル。刑事は、あらゆることを疑うのが商売だ。しかし今回の場合には、信じられる若い女性がいて、その女性が強姦の被害を申し立てており、強力な証拠といえるビデオが手もとにある。そのうえ、いまでは復讐《ふくしゅう》の血を求める声をあげる弁護士までお出ましときた」

「つまり、これは強請《ゆす》りだな？　なにもかも金目あてなんだろう？」

「それはどういう意味かな、カイル？」

「四人めの被告人はバクスター・テイトだ。それなら、事情はすっかり読めた。テイト家は金持ちだ。ピッツバーグ有数の裕福な旧家でね。バクスターは、生まれるなり信託基金をもうけられてるほどだ。で、エレインはどのくらいの金を欲しがってる？」

「質問させてもらおう。きみはエレインと――？」

「――ああ、エレイン・キーナンとセックスをしたことはある。友愛会の仲間たちの大半と同様にね。それはもう、ご乱行のかぎりをつくした女だったよ。メンバー以上に長い時間をクラブハウスで過ごしていたくらいさ。メンバー三人を酔いつぶれさせることだってできたし、いつだってバッグにいろんなドラッグをいっぱいもってた。あの女の問題なるものは、デュケイン大に来る前からはじまっていた。断言してもい い、あの女も本音では公判なんか望んでいないと思ってるはずさ」

「エレインとは何回セックスした?」

「一回。強姦があったとされているときの一カ月ばかり前だ」

「問題の夜、バクスター・テイトがエレイン・キーナンと性的関係をもったかどうかを知っているか?」

カイルはいったん口をつぐみ、深々と息を吸いこんでからいった。「いや、知らないよ。酔いつぶれて意識をなくしていたんでね」

「バクスター・テイトは、その晩エレインとセックスをしたことを認めていた?」

「ぼくにはなにも」

空気がしだいに澄んでいくなかで、ライトは手もとの法律用箋に長い文章を書きつけていた。カイルの耳には、カメラが動いている音がきこえているかのようだった。ちらりと目をむけると、小さな赤いＬＥＤがあいかわらずじっと見つめていた。

「バクスターはどこにいる?」長くつづいた重苦しい沈黙ののち、ライトがいった。

「ロサンジェルスのどこかだ。ぎりぎりでなんとか卒業したあと、ハリウッドに行って役者になったんだ。どちらかといえば不安定な男だよ」

「というと?」

「裕福な家庭の出身だが、その家庭というのがまた、おおかたの裕福な家庭以上に崩壊していてね。とにかく、パーティーに目のない男だ――酒とドラッグと女に溺《おぼ》れている。おまけに、成長してそこから抜けだす気配はまったくない。偉大な俳優になって、酒の飲みすぎで死ぬことを人生の目標にしてる。ジェームズ・ディーンのひそみにならってね」

「映画に出たことは?」

「顔の出た映画は一本もなし。ただし、あちこちのバーにはよく顔を出してる」

ライトはいきなり質問に飽きた顔を見せた。それまでのきつい視線が、ふっとただよいはじめる。ついでライトは数枚の書類をととのえてファイルにもどし、テーブルの中央をとんとんと指で叩《たた》いた。「おかげで、ずいぶん先に進むことができたよ。ボールはいまミッドフィールドだ。さて、ビデオを見たいか?」

4

ライトは初めて椅子《いす》から立ちあがると、伸びをしてから、部屋の隅の小さな段ボール箱のところに歩いていった。白い箱にはマジックで、《内容：カイル・L・マカヴォイとその他関連》と丁寧な字が書きこまれていた。カイル・L・マカヴォイとその他。ライトは箱からなにかをとりだした。ついでスイッチを押す準備をととのえている死刑執行人めいた決然とした態度で、ケースから一枚のディスクを抜きだして、ノートパソコンのドライブにセットし、ふたつ三つキーを打ってから椅子にもどった。

カイルはまともに息もできなかった。

コンピューターからクリック音がしてドライブの駆動音がきこえはじめると、ライトが話しはじめた。「撮影につかわれた電話は、二〇〇三年に発売されたノキアの六〇〇〇型スマートフォン。撮影ソフトのETIカムコーダー搭載、一ギガバイトのメモリーカードに画質レベル十五FPSで約五時間分の圧縮ビデオを保存可能、音声スイッチ機能つき……まあ、当時では最先端の機種だ。じつに高性能のスマートフォンだよ」

「所有者は？」

ライトはすかさずカイルに皮肉っぽい一瞥《いちべつ》を投げた。「すまないが、答えられない」

理由はわからないが、ライトはカイルに電話そのものを見せることが有用だと思いこんでいたらしい。ライトがキーをひとつ押すと、ノートパソコンの画面にノキアの携帯の写真が表示された。

「この携帯を見たことは？」

「ないね」

「そうだろうと思った。では、詳細についての記憶が曖昧《あいまい》かもしれないので、背景についてざっと述べておく。二〇〇三年の四月二十五日——授業はこの日でおわって、一週間後に学期末試験を控えていた。金曜日、ピッツバーグは季節はずれの暖かさだった。日中の最高気温が三十度近くまであがって、記録をつくる寸前にまでいった。そんなこんなでデュケイン大の若者たちも、よその健康的な大学生たちがしていることをやってみようと思いたった。午後、まだ日のあるうちから酒を飲みはじめて、そのままひと晩じゅう飲み明かそう、とね。きみが三人の仲間と借りていた高級アパートメントに、かなりの数の学生があつまって、プールサイドでパーティーがはじまった。参加者の大半はベータ・クラブの会員で、そのほかに数人の女子学生がいた。きみたちはプールで泳ぎ、日光浴をし、ビールを飲んで、フィッシュのCDをきいた。女子学生はビキニ姿。まさに人生は上々だ。日が暮れたあと、パーティー会場は室内に変わった。きみのアパートメントだ。だれかが宅配ピザを注文した。そのころ部屋に大音量で流されていた音楽はワイドスプレッドパニック。追加のビールが運びこまれた。テキーラを二本もってきた参加者がいて、いうまでもなくこの二本もたちまち飲まれて消えた。そのあたりのことは、なにか覚えているか？」

「だいたいは」

「当時きみは二十歳、二年生をおえたばかりで——」

「そう、そのとおり」

「テキーラは、エナジードリンクの〈レッドブル〉とのカクテルになり、参加者たちがショットグラスであおりはじめた。きみも何杯かは飲んだんじゃないか？」

カイルはスクリーンから一瞬も目を離さぬまま、うなずいた。

「やがて裸になる者が出はじめたころ、この携帯電話の所有者はこっそりとその場のようすを記録してやろうと思いたった。われわれは、この男が狭いキッチンと居間を仕切っていた細いカウンターに携帯電話を設置したと推測している。カウンターは教科書や電話帳やビールの空き瓶など、アパートメントにもちこまれては運びだされたあらゆる品の一時的な置場になっていたようだ」

「そのとおり」

「そこでこの男は携帯電話をとりだしてカウンターにこっそり近づき、パーティーが最高に盛りあがっている隙《すき》を見て録画機能をオンにしたあと、目につかないよう一冊の本の隣に押しこめた。最初のシーンはかなり過激だね。綿密に分析した結果、女子学生が六人、男子学生が九人と判明した。全員が踊っており、それぞれが裸になる途中だった。思いあたるふしは？」

「まあ、多少は」

「その全員の名前も把握しているよ」

「現物を見せてくれるのか？　それとも、ただ話しているだけか？」

「そんなに焦《あせ》らなくてもいい」いいながらライトは、ほかのキーを押し、「ビデオの録画開始は午後十一時十四分だ」といって、またキーを押した。同時に、ノートパソコンのディスプレイに騒々しい音楽と――ワイドスプレッドパニックのアルバム《ボムズ・アンド・バタフライ》収録の〈アント・エイビス〉――踊り狂う若者の体の映像が炸裂《さくれつ》した。カイルは頭の奥のほうで、暗闇《くらやみ》のなかで酒を飲んでいるベータ・クラブの薄馬鹿《うすばか》連中をとらえた、粒子の粗いぼやけた不明瞭《ふめいりょう》な映像を期待していた。しかし結果的には、携帯電話の小型カメラで撮影された驚くほど鮮明な映像に目を丸くさせられた。姓名不詳の携帯所有者が選んだ位置からは、イーストチェイス四八八〇番地にあったアパートメントの6B室の居間がほぼすべて見わたせた。

どんちゃん騒ぎをしている十五人の全員が、とことん酔っているように見えた。男たちの大半は上半身裸、六人の女子学生もみんなトップレスになっていた。ダンスとは名ばかり、むしろ集団でおたがいに体をまさぐりあう場になっていたし、数分以上おなじ相手と行動をともにしている者はいなかった。だれもが片手に酒のグラスをもっていた。さらに半分は、反対の手にふつうのタバコかマリファナタバコをもっていた。揺れて弾む合計十二個の乳房は、男たちにとって格好の獲物だった。獲物というばかりか、あらわにされている肌ならば、男女関係なくだれが手を伸ばしてもいい対象になっていた。指を這《は》わせることやわしづかみにすることが奨励されていた。体が体に押しつけられ、背中が弓なりに反り、ぐらりと揺れて離れ、次の相手にむかって移動した。声高でやかましい参加者もいたし、アルコールと化学物質の洪水に押し流されて意識朦朧《もうろう》となっているような者もいた。大半は、バンドの音楽にあわせて歌っていたようだ。長時間のキスで唇をしっかり押しつけあい、なにもっていない手をおたがいの体のもっと秘めやかな部分に伸ばしている者もいた。

「あのサングラスをかけている男がきみだと思うんだが？」ライトが皮肉をたたえた口調でいった。

「ご教示ありがとう」

サングラス、パイレーツの黄色いキャップ、だらしなく腰からずり落ちかけたオフホワイトのショートパンツ。日光を必要としている青白い冬仕様の肌の引き締まった体。片手にプラスティックのコップ、片手にタバコ。音楽にあわせて、大きく口をあけて歌っている。酒に酔った愚者。またしても酔い潰《つぶ》れる寸前の状態にある、二十歳のうつけ者そのままだ。

そして五年後のいま、あのころへの郷愁も感じなければ、あっけらかんと馬鹿騒ぎに明けくれていた大学時代を再現したい気持ちも、懐《なつ》かしく思い出す気持ちもなかった。乱痴気騒ぎとふつか酔い、昼近くなってから見知らぬだれかのベッドで目覚める日は過去になったが、惜しむ気持ちはかけらもない。しかし、同時に後悔もなかった。自分の姿が映像で記録されていることには若干の気恥ずかしさを感じたが、しょせんは大昔のことだ。自分の大学時代の日々は、かなり典型的だったのではないか？もうパーティーで騒ぐことはないし、カイルの知りあいも全員おなじはずだ。

つかのま音楽がとまった。歌のあいだにまた酒がいくつも用意され、参加者にまわされた。ひとりの女子学生がくずおれるように椅子にすわりこんだ――夜の体力が尽きたようだ。ついで、また音楽が流れはじめた。

「これが、おおむねあと八分間つづくよ」ライトがちらりと手もとのノートを見やっていった。ライトとその一味連中は、この映像を秒単位やフレーム単位で分析し、すべてを記憶しているにちがいない。「すでに気づいているだろうが、エレイン・キーナンはこの場にいない。このときは隣の部屋で、ほかの友人たちと酒を飲んでいた、と話している」

「つまり、あの女はまた証言内容を変えたわけだ」

ライトはこの言葉を無視した。「きみさえかまわなければ、警官があらわれたところまで、少し映像を早送りしたい。警官のことは覚えているね？」

「ああ」

ビデオ映像がそれから一分ほどのあいだ乱れ、ライトがキーを押して通常再生にもどした。「午後十一時二十五分、パーティーは急遽《きゅうきょ》おわることになった。ききたまえ」

曲の途中、十五人の参加者の大半の姿がまだ見えているそのとき――踊っている者もいれば酒を飲んでいる者、騒いでいる者もいた――カメラに映っていない者の大声が響きわたった。「警察だ！　警察が来たぞ！」

カイルの目に、ひとりの女の子をぎゅっと抱きあげてフレームの外に出ていく自分の姿が見えた。音楽がとまった。照明が消えた。画面はほぼ完璧《かんぺき》な闇になった。

ライトが説明をつづけた。「われわれの記録によれば、この年の春、警察は三回にわたってきみのアパートメントへの出動要請を受けている。これはその三回めだ。玄関に出てきて警官と話をしたのは、きみのルームメイトのアラン・ストロックという若者。ストロックは、未成年者が飲酒をしているようなことはないと断言した。なんの問題もない。喜んで音楽を切り、あとは静かにする。警官たちは大目に見ることにし、警告の言葉を残して去っていった。さらに警官たちは、ストロック以外は全員が寝室に身を隠していたものとにらんでいた」

「大半の連中は裏口から逃げだしていたよ」

「なんだっていい。ちなみに携帯電話内蔵のビデオカメラは音声起動式でね。そのあと約一分、ほぼ無音の状態がつづいていたあいだは、スイッチが切れていた。所有者はすっかりパニックを起こし、自分の携帯のことも忘れて逃げだしていた。また騒ぎのあいだにだれかがカウンターにあった品物にぶつかったかなにかして、それでカメラの視界が変わってしまい、前ほど部屋がよく見えなくなった。さらに二十分のあいだ、室内は静まりかえっていた。そして午後十一時四十八分、話し声がきこえ、部屋の照明がついた」

カイルはスクリーンに顔を近づけた。視界の約三分の一が、なにやら黄色い品で隠れてしまっていた。

「おそらく電話帳《イエローブック》だろうね」ライトが説明した。ふたたび音楽が流れだしたが、前よりは音量がかなり低めになっていた。

四人のルームメイト——カイル、アラン・ストロック、バクスター・テイト、それにジョーイ・バーナード——が、いずれもショートパンツとTシャツという服装で、ふたたび酒のグラスを手にして居間を歩きまわっていた。ついでエレイン・キーナンが一回も足をとめずに居間を横切り、マリファナタバコと見えるものをふかしながらソファの肘《ひじ》かけに腰かけた。そのソファも半分しか見えなかった。やはりビデオには映っていないテレビの電源が入れられた。バクスター・テイトがエレインに歩みよってなにか話しかけ、酒のグラスを置いて、引き剝《は》がすように自分のTシャツを脱いだ。ついでバクスターは、エレインと折り重なるようにしてソファに沈んだ——ふたりがなにをしているのかは明らかで、そのあいだほかの三人の男たちはテレビを見たり、あたりを歩きまわったりしていた。会話をかわしてはいたが、テレビの音で声はきこえない。アラン・ストロックがカメラの前を横切ってTシャツを脱ぎ、カメラには姿が見えないバクスターに話しかけた。エレインの声はまったくきこえない。このときにはソファの半分も見えなくなっていたが、男女の素足がからみあうさまは見えた。

ついで照明が消えて、部屋はしばし暗闇になった。それからゆっくりとテレビ画面の光が壁に踊るうちに、その壁がわずかながらも照明の代わりになってきた。やはりTシャツを脱いでいるジョーイ・バーナードの姿が見えた。ジョーイが足をとめて、ソファを見おろした――ソファでは熱く激しい行為がつづいていた。

「よくきくんだ」ライトが鋭い声でいった。

ジョーイがなにか話していたが、カイルには理解できなかった。

「わかったか?」ライトがたずねた。

「いや」

ライトはビデオ映像をいったん停止させた。「われわれの専門家が音声を解析した。ジョーイ・バーナードはバクスター・テイトに、『その女は起きてるのか?』と話しかけていたんだ。テイトはどうやら、酒に酔い潰れたエレインとセックスをしていたらしい。通りかかったバーナードがふたりを見て、女の子に意識があるのだろうかと疑問をいだいたんだ。もう一回きいてみるか？」

「遠慮する」

ライトはビデオの巻戻し操作をおこなってから、問題のシーンを改めて再生した。カイルは鼻があと二十センチでスクリーンにくっつくほど顔を近づけ、これまで以上に真剣に映像を凝視し、耳をすませた。たしかに〝起きてる〟という単語がきこえた。ライト刑事は沈鬱《ちんうつ》な顔でかぶりをふった。

画面では、音楽とテレビの音声を背景にした動きがなおもつづいていた。アパートメントの居間は薄暗かったが、暗がりでも人の姿は見わけられた。しばらくしてバクスター・テイトがやっとソファから離れ、どうやら一糸まとわぬ全裸で立ちあがると、その場を歩み去った。ほかの人影——ジョーイ・バーナード——が、すばやくバクスターのいた場所にむかった。はっきりと耳につく音もあった。

画面から、規則的な〝かたかた〟という音がきこえていた。

「あれはソファの音だと考えられる」ライトがいった。「なんとかできたはずだとは思わないか？」

「いいや」

ほどなくして引き攣《つ》ったような高い声が響き、それっきり〝かたかた〟音がやんだ。ジョーイがソファから離れ、姿が見えなくなった。

「ビデオはここでおわったようなものだ」ライトがいった。「このあと二十分はつづくが、なにも起こらない。女子学生が……つまりエレインがここを離れたにせよ、ソファから転がり落ちたにせよ、ビデオにはなにも映っていない。われわれは、バクスター・テイトとジョーイ・バーナードのふたりがエレインと性行為をもったことはほぼ確実だと見ている。きみとアラン・ストロックについては、それを裏づける証拠がない」

「なにもしていないんだ。そのことは断言できるよ」

「強姦《ごうかん》がおこなわれているあいだ、自分がどこにいたのかはわかるか？」ライトはそう質問を投げかけてから、キーをひとつ押した。画面が暗くなった。

「どうせ、もう仮説を立てているんだろう？」カイルは答えた。

「オーケイ」ライトはふたたび、ペンと法律用箋《ようせん》で武装をかためた。「エレインはこの数時間後、夜中の三時前後に目を覚ましたと証言している。目覚めたときには全裸でソファの上におり、自分が強姦されたという漠然とした記憶があった、と。エレインはパニックを起こした。自分がどこにいるのかもわからず、その時点でもまだかなり酔っていたと認めてもいる。しばらくして自分の服をさがして身につけたエレインは、テレビにむけて置いてあったリクライニングチェアで熟睡しているきみを見つけた。きみの姿を目にするなり、エレインは自分がどこにいるのかを思い出し、自分の身になにがあったのかも思い出した。ストロックとテイトとバーナードは見あたらなかった。エレインはきみに声をかけて体を揺すったが、きみはまったく反応しなかった。そこでエレインは急いでその場をあとにして隣のアパートメントに行き、やがて眠りこんだ」

「そのあと四日のあいだ、強姦されたとはだれにも話していなかった。そうだね、刑事さん？　それとも、あの女はまた話を変えたのかな？」

「四日間でまちがいない」

「ありがたい。四日のあいだ、だれにもなにも話さなかった。ルームメイトたちにも友人にも両親にも、とにかくだれにもだ。それなのに、いきなり自分は強姦されたといいだした。警察はエレインの話がはたして真実なのかどうか、非常に疑わしく思った——そうだよな？　やがて警察は、ぼくたちのアパートメントとベータ・クラブのクラブハウスにやってきて、いろいろ質問していったが、まともな答えは得られなかった。なぜか？　強姦なんかなかったからだ。すべて合意のうえだったからだよ。信じてくれ。あの女はなんにでも同意する状態だったんだ」

「意識をうしなっていたとすれば、どうやって同意できるというんだ？」

「意識をうしなっていたのなら、なぜ強姦された記憶が残っている？　医学的な検査をされたわけでもない。強姦事件用のキットで検体を採取されたわけでもない。とにかく、なんの証拠もない。あるのは頭がひどく混乱していた若い女の、酔って意識をなくしたという記憶、それだけだ。だからこそ、警察は五年前に捜査終了を決めたんだし、いますぐ捜査をおわらせるべきだね」

「しかし、そうなってはいない。捜査はここで進行中だ。大陪審がビデオが強姦の証拠になりうると考えて、正式起訴を決めたんだから」

「それが出まかせの嘘《うそ》だってことくらいは、わかっているはずだぞ。本題は強姦じゃない——目あては金だよ。バクスター・テイトの家は不届きなくらいの大金持ちだ。エレインもずいぶんと強欲な弁護士を見つけたものだ。起訴状といっても、金を強請《ゆす》りとるための手段にすぎないね」

「ではきみは、あえて公判で世間の見世物になる危険をおかし、さらには有罪判決をくだされる危険も引きうけるんだな？　陪審がいまのビデオを見てもいいのか？　きみと三人のルームメイトが酔っぱらって正体をなくし、ひとりの若い女性がいいように利用されている現場のビデオを？」

「ぼくはあの女に指一本触れてない」

「なるほど。しかし、あの場にいたことは事実だ。すぐそばに。三メートルと離れていないところに。そうだな？」

「記憶にない」

「それはまた好都合な」

カイルはゆっくりと椅子から立ちあがり、バスルームに行った。プラスティックのコップを水道の水で満たして飲み干し、また水を入れて、これも飲み干す。そのあとベッドに近づいて腰かけ、両手で頭をかかえた。いやだ……陪審にはあんなビデオを見られたくない。いましがた初めて一回だけ見たが、二度と見ないですませたかった。混みあった法廷で、自分が三人の仲間とともにすわっている情景が脳裡《のうり》に浮かびあがってきた――廷内の照明が薄暗く落とされ、判事は渋面、陪審員たちは目を大きく見ひらき、エレインが声をあげて泣き、傍聴席の最前列でカイルの両親が凍りついたようになっているなかでビデオが再生され、だれもが食いいるように見ている情景が。想像するだけで、吐き気がした。

自分は無実だと思っても、陪審が同意してくれるかどうかは心もとなかった。

ライトはディスクをパソコンからとりだし、慎重な手つきでプラスティックケースにもどした。

カイルはそのあと長いこと、工場で大量生産されたとおぼしき客室のカーペットに目を落としたままだった。ホテルの廊下から物音がきこえてきた。くぐもった話し声、せわしない足音。FBI連中がそろそろ落ち着かなくなっているのかもしれない。しかし、そんなことは少しも気にならなかった。がんがんと耳鳴りがしたが、なぜかはわからなかった。

頭をかすめる思いは、つづいてこみあげてくる新しい思いに追い散らされていき、集中して考えることも、理性的に思考をめぐらせることも、なにを発言するべきでなにを発言してはいけないのかに考えの焦点をあわせることも、とにかくすべてが不可能になった。この醜悪な場でくだした決断が、これから永遠に祟《たた》ってもおかしくないのだ。つかのまカイルは、ストリッパーを強姦したという濡《ぬ》れぎぬを着せられたデュ—ク大学の三人のラクロス選手の件に考えを集中させた。後日、三人の嫌疑は晴らされたが、それは苦難をともなう地獄への往復旅行の果てのことだった。しかも三人の場合には、ビデオもなければ、そもそも強姦事件の被害者とのあいだにいかなる接点もなかった。

《その女は起きてるのか？》ジョーイがバクスターに話しかける。そのひとことが、法廷に何回響きわたることか。フレームひとつずつ。単語ひとつずつ。評決のための評議にはいるころには、陪審はビデオの内容をすっかり暗記していることだろう。

ライトは辛抱強くテーブルについたまま、毛深いその両手を組みあわせ、法律用箋を前にして微動だにしていなかった。時間はいま意味をなくしていた。ライトは永遠に待つこともできる身だった。

「ぼくたちはミッドフィールドまで来たのかな？」カイルはそう質問して、みずから沈黙を破った。

「ミッドフィールドを過ぎて、残り四十、なおも突き進んでいるところかな」

「起訴状を見せてくれ」

「いいとも」

カイルは立ちあがると、折りたたみ式のテーブルを見おろした。刑事がとりはじめた一連の行動に、カイルは困惑を禁じえなかった。というのもライトはまず左の尻《しり》ポケットから財布を抜きとり、運転免許証ともどもテーブルに置いたのだ。ついでピッツバーグ警察のバッジつき身分証もとりだして、やはりテーブルに置く。さらに床に置いてあった箱からほかのカードやバッジをとりだし、テーブルにきれいにならべた。

ついで一冊のファイルを手にとり、カイルに手わたす。「心おきなく読んでくれたまえ」
ファイルには、《情報》という題名が記されていた。カイルはファイルをひらき、ホチキスで留められた数枚の書類をとりだした。一枚めは、いかにも公式書類そのものだった。太字のタイトルには、《ペンシルヴェニア州アレゲーニー郡・一般訴訟裁判所》とあった。それよりも小さな文字で、《州民対バクスター・F・テイト、ジョゼフ・N・バーナード、カイル・L・マカヴォイ、およびアラン・B・ストロック》という見出しが添えてあった。
ライトはキッチンばさみをとりだし、几帳面《きちょうめん》な手つきで自分の運転免許証をふたつの完璧《かんぺき》な正方形に切りわけていた。
最初の段落は、こんな文章だった。《本件訴追はペンシルヴェニア州の名において、州の権限により、上記四名を被告人として起こされるものであり——》
ライトはそれ以外のプラスティックのカードも、おなじように切っていった。見たところ、どれもが運転免許証かクレジットカードのようだった。
《被告人四名は本裁判所の管轄《かんかつ》内において——》
ライトは革の財布から青銅の警察バッジを引き剝がして、テーブルに投げ落とした。

「いったいなにをしている？」カイルは耐えきれずにたずねた。

「証拠品を消しておこうと思ってね」

「なんの証拠を？」

「二ページめを見るといい」

最下段まで読みおわっていたカイルはページをめくって、二枚めに目を落とした。白紙だった――一語も、一文字も、句点のひとつもない。三ページ、四ページ、五ページとめくってみたが、すべて白紙だった。ライトはあいかわらず、ほかの身分証からバッジを剝がすのに忙しそうだった。カイルは偽造の起訴状を手にしたまま、あっけにとられて刑事を見つめた。

「すわりたまえ、カイル」ライトは笑顔でいいながら、あいている椅子《いす》にむかって手をふった。

なにか言葉を口にしようとは思ったが、口から出てきたのは蚊の鳴くような情けない声だけだった。ついで、カイルは椅子に腰をおろした。

「起訴状など存在しないのだよ、カイル」ライトはその言葉ですべて説明がつくといいたげに、言葉をつづけた。「大陪審があつめられたことはない。警官はいないし、きみが逮捕されることもなければ、公判がひらかれることもない。ビデオがあるだけだ」

「警官がいない……？」

「そのとおり。ここにあるのは、どれも偽造品だ」ライトは切り刻まれた身分証の山を手でさし示しながらいった。「わたしは警察の人間ではないし、廊下の反対側の部屋にいる面々もＦＢＩではないよ」

カイルは怪我《けが》を負わされたボクサーのように大きく顔をのけぞらせると、目もとを手でこすった。起訴状が床に落ちた。

「だったら、おまえは何者だ？」と、うなり声でそうたずねるのが精いっぱいだ。

「じつにいい質問だ。そして、ちゃんと答えるには長い時間がかかる質問でもあるな」

カイルは信じられない気分のまま、ひとつのバッジをとりあげた。ＦＢＩのギンヤードのバッジだ。バッジの表面を指でこすりながら、カイルはいった。「でも、この男のことはネットで確認したんだ。本当にＦＢＩの職員だったぞ」

「そのとおり。どれも実在のＦＢＩ職員の名前だ。ただ、今夜ひと晩だけ名前を拝借したわけだ」

「つまり、捜査官の身分を詐称《さしょう》したのか？」

「ご明察。しかし、そんなことは些細《ささい》な違反だ。きみが直面しているトラブルほどではない」

「しかし……どうして？」

「きみの注意を引くためだよ。きみを確実にここまで来させ、わたしとのちょっとした話しあいの席につかせるためだ。こうでもしなければ、きみは逃げたかもしれない。それに、われわれの組織力をきみに印象づけておきたかったという理由もある」

「われわれとは？」

「そう、わたしの会社だよ。わかるかな、カイル。わたしはある企業で働いている。私企業だ。そして今回、会社に業務の依頼があった。われわれはきみを必要としている。そして、これこそわれわれの人材確保の手段なんだ」

カイルは、肺の空気が許すかぎりの神経質な笑い声をあげた。頬にぬくもりがもどりだし、血液が循環しはじめた。自分が起訴されることはない、銃殺隊の前に立つ運命をまぬがれたという思いがもたらす安堵《あんど》が、ぞくぞくするような昂奮《こうふん》を生みだしつつあった。しかし、同時に怒りが沸きたとうとしてもいた。

「おまえたちは、脅迫で人材をスカウトするわけか？」カイルはたずねた。

「必要とあらば。われわれの手もとには先ほどのビデオがある。エレインの所在も知っている。エレインに弁護士がついているのは事実だよ」

「エレインは、あのビデオのことを知ってるのか？」

「いいや。しかし、エレインがビデオの現物を目にすれば、きみの人生は非常に複雑なものになるだろうね」

「話がよくつかめないんだが」

「しらを切るな、カイル。ペンシルヴェニア州法によれば、強姦《ごうかん》の出訴期限は十二年間だ。時効まで、あと七年もあるんだよ。エレインとその弁護士がビデオの存在を知れば、刑事告訴をするという脅しをちらつかせ、和解を迫ってくることだろうな。そうなれば、いみじくもきみが主張しているとおり、金欲しさの強請りにほかなるまい。それでも、結果はおなじだ。しかし、きみがわれわれに協力し、われわれがビデオの存在を秘密にしているかぎり、きみはもっと安楽な人生を送ることができる」

「それで、ぼくをスカウトしているのか？」

「そのとおり」

「ぼくにどんな仕事をしろと？」

「弁護士だ」

5

押し潰《つぶ》されるような多大な重圧が両肩からふっと消え、呼吸が多少なりとも平常にもどってくると、カイルは腕時計に目をむけた。夜中の十二時をまわっていた。ライトを——本名がなんであれ、とにかく相手の男を——見つめる。いまではこの男に笑みをむけたいのはもちろん、抱きしめてやってもいいくらいの心境だった。ピッツバーグからわざわざ起訴状を運んできた刑事ではないとわかったからだ。自分は逮捕されることも起訴されることもなく、屈辱を味わうこともない。それだけで、カイルは喜びに舞いあがっていた。しかし同時にテーブルの反対側に駆けより、渾身《こんしん》の力でライトの顔に鉄拳《てっけん》を叩《たた》きこんでから、突き飛ばして床に押し倒し、ぴくりとも動かなくなるまで蹴《け》り飛ばしてやりたい気分でもあった。

結局カイルは、どちらの行動案も却下した。ライトは引き締まった体形で、その種の訓練も受けているだろうし、護身の心得もあるはずだ。さらに、どう見ても抱きしめたくなるタイプではない。カイルは椅子の背もたれに体をあずけ、右の足首を左の膝《ひざ》に載せる姿勢をとった。この数時間ではじめて、くつろいだ気分になれた。

「で、おまえの本名は？」カイルはたずねた。

ライトは新しい法律用箋《ようせん》を準備していた。これから新たにはじまるメモとり作業の準備だった。まず左上の隅に日付を書きこむ。「どうでもいい質問で無駄にする時間はないのだよ、カイル」

「どうして？　ぼくに本名を打ち明けることもできない？」

「とりあえずベニー・ライトのままにしておこう。どのみち、そんなに大事なことではない。きみがわたしの本名を知る日は永遠に来ないのだから」

「おもしろい。まるでスパイ小説の世界じゃないか。おまえたちはじつに優秀だよ。このぼくを何時間か、本当に騙《だま》しとおしたんだから。おかげで、結腸にかぼちゃほども大きなしこりができた気分だった。それぱかりか、天国にむかって羽ばたく出発点には、どこの橋がいいかと考えたくらいさ。おまえたちが心底憎らしいし、金輪際許すつもりはないね」

「黙ってくれたら、本題にかかれるんだが」

「もう帰ってもいいかな？」

「もちろん」

「だれかがぼくをつかまえることはないな？　偽造品のバッジや偽《にせ》のＦＢＩ捜査官だのはもう出てこないな？」

「もちろん。行きたまえ。きみは自由だ」

「それはありがたい」

それから一分間、どちらもひとことも口をきかなかった。強い光をはなつライトの小さな目は、片時もカイルの顔を離れなかった。しかしカイルは――精いっぱい努力しても――相手を見かえしつづけることができなかった。足がひくひくと勝手に動き、目が泳いでいたばかりか、指がテーブルの表面をとんとんと叩きつづけていた。頭のなかには百もの行動案のシナリオが駆けめぐっていたが、いまこの部屋をあとにすることだけは考えもしていなかった。

「では、そろそろきみの将来について話しあおう」結局は、ライトがその言葉で沈黙を破った。

「いいとも。逮捕されなければ、ぼくの将来が明るくなったのは確かだしね」

「きみが受けようとしている仕事の件だ。ピードモント法律扶助協会だったね。それにしてもなぜ二年もの歳月を、世のため人のためになろうとして無駄にする？」

「そういう見方は感心しないな。ヴァージニア州には多くの移民労働者がいるんだよ。大多数は不法入国者で、ありとあらゆる搾取《さくしゅ》の対象になってる。段ボールの家に住み、一日に二回の米だけの食事をとり、一時間あたり二ドルという給料で働いているばかりか、骨折り仕事をさせられても、給金を踏み倒されることも珍しくない……かわいそうな話はまだまだあるよ。だから、そんな人たちを多少は助けてもわるくないと思ってね」

「しかし、どうして？」

「公益法活動だよ。わかるか？　いいや、わかっていないのはその顔を見れば一目瞭然《いちもくりょうぜん》だ。弁護士だからこそ、時間を割いて他人《ひと》を助けられる。ロースクールでは、いまもそう教えているんだ。ぼくたちのなかには、いまでもそれが価値あることだと信じている者もいるしね」

ライトは感心した顔ひとつ見せなかった。「さて、〈スカリー＆パーシング法律事務所〉の話をしよう」

「あの事務所がなんだというんだ？　どうせ、もうすっかり下調べをすませているくせに」

「あの事務所から就職の勧誘があったね？」

「そのとおり」

「いつから？」

「今年の九月二日から。七月に司法試験を受け、九月から働くようにいわれてる」

「アソシエイトとして？」

「まさか。名実ともにそなえたパートナーとしてだ。いや、秘書かコピー専門の事務員かも。わかりきったことを質問しないでくれよ。法律事務所の慣例くらい知ってるくせに」

「そう怒るな、カイル。話しあわなくちゃいけないことが、まだたくさんあるんだ」

「なるほど。おなじ目標を達成しようとしているんだから、ぼくたちは協力しあい、仲間になる必要があるといいたいんだな。おまえとぼくのふたりだけ……そうなんだろう？　ふたりの旧友同士の話しあいか。で、話の行きつく先はどこなんだ？」

「行きつく先は〈スカリー&パーシング〉だろうね」

「もし、ぼくがあの事務所で働きたくないといったら？」

「きみには選択の余地などないも同然さ」

カイルは肘《ひじ》をついて上体を傾け、目もとをこすった。折りたたみ式のテーブルの幅は狭く、ふたりの顔は六十センチと離れていなかった。

「〈スカリー&パーシング〉には、はっきりと就職しないという返事をしたのかね?」ライトがたずねた。

「どうせ、その答えも知っているくせに。しばらく前から、ぼくの電話を盗聴していたんだろう?」

「すべて盗聴していたわけではないよ」

「悪党め」

「悪党というのは足の骨を折る手あいだ。そんなことをするには、われわれは頭がよすぎる」

「たしかに、まだ〈スカリー&パーシング〉にはっきり断わりの返事をしたわけではない。ただし、公益法の分野で二年ほど働くことをかなり前向きに検討していると伝えたし、そのあとで返事の期限を延ばすための話しあいもした。事務所側は時間の猶《ゆう》予《よ》をくれたけど、とにかく決断をくだす必要がある」

「つまり、事務所はいまもまだきみを欲しがっている?」

「そのとおり」

「初年度年俸二十万ドルで?」

「そのあたりの金額だったな。正確な数字は、おまえたちが知ってるはずだ」

「世界最大、かつもっとも権威ある法律事務所のひとつだ」

「世界最大――というか、あの事務所がやたらと宣伝している文句を信じるならね」

「大規模法律事務所、錚々《そうそう》たる依頼人や顧客たち、いたるところに伝手《つて》があるパートナーたち。そうとも、ほとんどのロースクールの学生は、あの事務所に入れてもらうためなら人殺しだって厭《いと》わないだろうね」

カイルはさっと立ちあがってドアに近づいたが、また引き返し、ライトをにらみおろした。「おまえの話をぼくが正しく理解しているかどうかを確かめさせてくれ。おまえの要求は、ぼくが〈スカリー＆パーシング〉に就職することだ。理由はわからないが、とにかくぼくの最善の利益と対立していることだけは確実だね。そして、ぼくがその要請にノーと答えたら、おまえは例のビデオと強姦罪で訴えられるかもしれないという話でぼくを脅迫する。そうだな？　この話の行きつく先はそこなんだろう？」

「まあ、当たらずといえども遠からずだね。ただし、〝脅迫〟というのは人ぎきのわるい表現だな」

「まわりを不快にさせない配慮のつもりか？　さぞや繊細な神経のもちぬしなんだろ

うね。しかし、これは脅迫だし、法律でいう強要でもある。おまえがどんな名前で呼びたがろうとね。犯罪に変わりはない。ベニー、おまえは悪党だよ」

「黙れ。わたしを悪党呼ばわりするな！」

「あしたにでも警察に訴えでて、おまえたちを一網打尽にしてもらうさ。警察官を詐《さ》称《しょう》、おまけに脅迫未遂ときた」

「そんなことにはならないね」

「いや、ぼくなら実現させられるとも」

ライトはゆっくりと立ちあがった。つづく恐怖に満ちた一瞬のあいだ、ライトはいましも卑劣きわまるパンチを繰りだしそうに見えていた。ついでライトはさりげないそぶりでカイルにむけて指を突き立て、しっかりと落ち着いた声でいった。「きみは法律の知識を鼻にかけている小賢《こざか》しいガキだ。警察に駆けこみたければ、好きにすればいい。だれが善人で、だれが悪人なのかという問題にまつわるけちな教科書をお勉強してきたのなら、その結果がどうなるかはわかっているはずだな？　どうなるのか、わたしが教えてやろう。きみはもう、二度とわたしとは会わない。廊下をはさんで反対側の部屋にいるあのＦＢＩ連中は、いまごろもう消えているよ。痕跡《こんせき》ひとつ残さずにね。永遠に消えたんだ。ほどなく、エレイン・キーナンの顧問弁護士がわたしを訪ねてくるだろう。わたしはエレインにビデオを見せ、ついでにバクスター・テイトの現在の正味財産を算出したうえで、きみとアラン・ストロックとジョーイ・バーナードの現住所と電話番号とメールアドレスを教え、ピッツバーグの検事に相談したほうがいいとアドバイスする。そうなれば、きみがなにも知らないあいだに、手のつけられない事態になるわけだ。告訴手続がとられるかもしれないし、そんなことはないかもしれない。しかし、これだけは断言しておく――わたしはきみを破滅させる」

「エレインはどこだ？　おまえが安全な場所にかくまっているんだろう？」

「そんなことはどうでもいい。われわれは確固たる根拠のもと、エレインが〝自分はきみのアパートメントで強姦された〟と感じているにちがいない、と考えているのだからね」

「勘弁してくれよ」

「エレインはいわば時限爆弾だ。あのビデオというきっかけがあれば、確実に大爆発する。いいか、心配がなくなる時効まではあと七年もあるんだぞ」

そういうとライトは自分の椅子《いす》に引き返し、なにやらメモをとりはじめた。カイルはベッドのへり、鏡と向かいあっている側に腰かけた。

「それはもう、目もあてられない惨事になるな」ライトはつづけた。「考えてみたまえ。イェール大学ロースクールきっての優秀な法律学徒が、強姦《ごうかん》容疑で逮捕されるんだ。女性団体はこぞって、四人の合計八個の睾丸《こうがん》を切り落とせと金切り声をあげるだろうな。あのビデオはいつしかインターネットに流出する。袋叩きのような公判。有罪判決、それも実刑判決になる公算もある。キャリアの破滅だ」

「黙れ！」

「黙らないね。だから、きみの単細胞頭の産物である脅迫のことをわたしが心配していると考えているのなら、大丈夫、そんな心配はしていないからお気づかいは無用だ。では、ビジネスの話をしよう。あんなビデオは、金輪際だれの目にも触れないようにしっかりと鍵《かぎ》のかかる場所にしまいこもうじゃないか。そういう話はどうだろう？」

いまこの瞬間ばかりは、じつにいい話に思えた。カイルは無精ひげを掻《か》きながら答えた。「おまえたちの要求は？」

「きみに、〈スカリー&パーシング〉に就職してほしい」

「理由は？」

「ようやく会話が実りある方向にむかっているんだ。やっとビジネスの話ができるようになった。それなのに、理由をきかれるとは思ってもいなかったな」

「なぜ？　どうして？　理由は？」

「情報が必要だからだ」

「すばらしい。すっかり納得できたよ。いやはや、感謝にたえないな」

「数分でいいから、黙って話をきいてくれ。きみには、いまここで多少の背景情報が必要だ。まずふたつの超大企業があり、この二社はたがいに競いあっている。ともに競争相手としては容赦のない企業で、どちらも資産は数十億ドル単位、しかも犬猿の仲だ。訴訟沙汰《ざた》がいくつもあった。泥沼の争いで、大いに世間の耳目をあつめた見世物のような裁判だったし、おまけにどちらが勝者でどちらが敗者ともわからないありさまだった。そこで年月がたつあいだに、両社はともに法廷を避けるようになった。ところが、そうはいっていられなくなったんだ。いま両社は、ありとあらゆる訴訟の母ともいうべき大規模な訴訟でがっぷり四つに組みあおうとしている。数週間後に、ニューヨーク・シティの裁判所で提訴手続がとられる予定だよ。およそ八千億ドルという大金の行方がかかっている訴訟だ。この裁判に負けた側は、もう立ちなおれまい。苛烈《かれつ》きわまる泥仕合そのものの裁判だよ。弁護士たちにとっては大金脈だ。どちらも、ウォール街の巨大法律事務所を代理人にしている。で、どういう話になると思う？ ふたつの事務所も犬猿の仲なんだよ」

「その戦いのただなかに身を投じるのが待ちきれない気分だね」

「そう、きみにはまさにその場に行ってもらう。ふたつの法律事務所の片方が〈スカリー＆パーシング〉、もうひとつは〈エイジー、ポー＆エップス〉だ」

「別名、APE《エイプ》だな」

「そのとおり」

「そこの面接も受けた」

「就職の話をもちかけられたかね？」

「どうせ、なにもかも知っているくせに」

「知る必要があることしか知らないよ」

「あの事務所は好きじゃない」

「いいぞ、よくいった。いまなら、本気できらいになれるぞ」

カイルはバスルームに行くと、シンクに冷たい水を流して、顔とうなじに水をかけ、そのあとも長いこと鏡に映る自分を見つめていた。疲れるな——と自分にいいきかせる。疲労と恐怖を無視しろ。これからのことに期待をいだけ。あの男にカーブボールを投げ、タイミングを乱し、コースから追い飛ばしてしまうことを心がけろ。

カイルはライトとテーブルをはさんで反対側の椅子にすわり、こうたずねた。「あのビデオはどこで見つけた？」

「カイル、カイル、なんという時間の無駄をする」

「例のビデオが法廷で証拠として利用されるのなら、携帯の所有者が証言する必要がある。そうなれば、おまえたちも携帯所有者の身元を隠しとおせないぞ。所有者はそのことを知ってるのか？　身元が明かされることを、所有者に説明したのか？　友愛会の仲間のひとりであることはまちがいない。だとすれば、公判での証言を拒否するだろうね」

「公判？　きみは公判の段階にまで進むつもりなのか？　公判がひらかれるとなれば、きみが有罪になる可能性も出てくる。有罪なら刑務所行きだ。いいか……強姦で有罪になったハンサムな白人の若い男にとって、刑務所は決して楽しい場所じゃないぞ」

「どのみち、エレインが告訴するはずはないと思うな」

「きみが断言できることはひとつもない。エレインは金を必要としている。ミスター・テイトから金を搾《しぼ》りとれず、きみやほかのふたりからも金をもらえないとなれば、あとは裁判に訴えるだろうね。わたしの言葉を信じたまえ」

「ぼくの過去の秘密を握っている人間の言葉が信じられるか」

「その手の侮辱の言葉はきき飽きた。われわれはエレインの弁護士を訪ねて、これからどうすればいいかを話してこよう。いや、そんなことはしないかもしれない。今夜のうちにも、例のビデオを編集してインターネットに流せばいいのかも。強姦シーンは削除して、パーティーの場面だけを人々に見てもらう。きみの友人や家族はもちろん、これからきみの雇用主になる可能性のある人々全員に……いや、全世界に電子メールで送りつけてやる。それでどうなるかを見ようじゃないか。そのあと、もう一回編集しなおしてもいいかもしれないな。強姦シーンを少し入れて、あらためてネットに流すんだよ。ビデオがエレインの目にとまれば、きみの顔写真が新聞を飾るだろうね」

カイルの口があんぐりとひらいたままになり、肩が力なく垂れ落ちた。すばやい切りかえしの文句など考えつかなかったが、頭を殴られるような勢いで浮かんできたひとつだけの思いとは、〝ぼくは撃ち抜かれた〟というものだった。このライトという男は冷酷無慈悲な殺し屋同然、人的資源も資金も豊富にそなえ、強固な目的意識をそなえる団体のもとで仕事を進めている。そんな連中なら、ぼくを破滅させることもできるだろう。それればかりか、ぼくを殺してもおかしくない。

そんなカイルの内心を読んだかのように、ライトがわずかに身を乗りだしていった。

「いいか、われわれはボーイスカウトじゃない。この手の悪口の応酬に飽きてもきた。わたしがここにいるのは、交渉のためじゃない。きみに命令するためだ。きみが命令に従えばいいが、そうでなければこちらはオフィスに電話をかけ、きみを破滅させろと同僚たちに話すほかはないな」

「見さげはてた下衆《げす》め」

「勝手にいえ。こっちは仕事をしているだけだ」

「下賤《げせん》な仕事もあったものだ」

「仕事の話ついでに、きみの新しい仕事のことを話そう」

「スパイになるためにロースクールにはいったわけじゃない」

「スパイ活動という表現は控えよう、いいね」

「だったら、その活動に名前をつけてくれ」

「情報提供活動」

「おためごかしそのものじゃないか。世間では、それをスパイ活動というんだよ」

「まあ、どんな名前で呼ぼうと関係ないね」

「で、どんな情報なんだ？」

「ひとたび訴訟が本格的に動きだせば、それこそ百万もの書類がつくりだされる。いや、一千万単位でもおかしくない。大量の書類のなかには、大量の企業秘密がある。われわれは、どちらの事務所も今回の訴訟に五十人の弁護士を割り当てると予測している——内訳は、おそらくパートナーが十人、それ以外がアソシエイトだ。きみは〈スカリー&パーシング〉の訴訟部に配属になるだろうから、大量の訴訟資料にアクセスできることになる」

「大手の法律事務所は、徹底した情報漏洩《ろうえい》対策をとってるんだが……」

「そんなことは承知のうえだ。こちらのセキュリティ専門家のほうが、連中よりもうわ手でね。うちの社は、その手の専門書も書いているくらいだ」

「そうだろうな。それで、争いあっているその二大企業というのがどこの会社なのかを教えてもらえるのか？」

「秘密。テクノロジー関係だ」

「すばらしい。礼をいわせてくれ。で、その二社にはちゃんと名前があるのか？」

「どちらも、フォーチュン誌が選ぶアメリカのトップ五百企業のリストに社名があるよ。いずれ先の段階に進んだら、おいおいきみに情報を明かしていく予定だ」

「つまり、おまえはこれからしばらく、ぼくの生活の一部になるということか？」

「わたしはきみの公式指令役《ハンドラー》だ。わたしときみは、多くの時間をともに過ごすことになる」

「だったら手を引かせてもらう。あとは勝手に、ぼくを撃てばいい。スパイに身をやつすのも、盗みを働くのもごめんだ。いいか、〈スカリー＆パーシング〉の建物から、本来なら手にしてはいけないし、おまえにかぎらず他人にわたしてはいけない書類やディスクを一枚でももちだせば、その瞬間にぼくは法律を破り、弁護士の倫理規定の半分に違反することになる。そうなれば弁護士資格を剝奪《はくだつ》され、なんらかの罪で有罪だね」

「きみが尻尾《しっぽ》をつかまれなければ話はべつだ」

「つかまるに決まってる」

「いや。こっちはかなり抜け目ないんだよ、カイル。前にもおなじことを成功させてる。なにせ、この仕事が専門なのでね」

「おまえの会社は、書類盗みが専門なのか」

「企業間情報活動と呼ぼうじゃないか。われわれはつねにその手の業務をこなしている。しかも、とびきり優秀な集団だ」

「それなら、だれかほかの人間を脅迫しにいけばいい」

「だめだ。きみだけが頼りだよ。考えてもみたまえ。きみは前々から就きたかった職場に行ける。法外な給料をもらい、大都会での華やかな暮らしを楽しむこともできる。最初の数年間こそ死ぬほどこきつかわれるのは目に見えているが、なに、その見返りも手にはいる。三十歳になるころには、きみは上級アソシエイトとして年に四十万ドル稼いでいるな。ソーホーの洒落《しゃれ》たアパートメント。ハンプトンズに、友人たちと共同で週末用の別荘を購入。車はポルシェ。まわりの友人たちは、きみと同様に切れ者で金持ちばかり、しかもきみと同様、どんどん出世していく。そしてある日、この訴訟が和解を迎える。そうなったら、われわれは消える。ピッツバーグの件が時効になる。ビデオはようやく存在を忘れられ、三十二歳か三十三歳になったきみは、〈スカリー&パーシング〉から事務所の共同経営者として利益分配にあずかれるフルエクイティ・パートナーにならないかと誘われる。そうなれば年収は百万、いや二百万ドルか。成功の頂点だ。きみの前途は洋々たるもの。最高の人生。そして、情報提供活動についてはだれにも知られない……」

過去一時間のあいだにくすぶっていた頭痛がいよいよ本格的に燃えあがって、ついにひたい中央部に攻撃を仕掛けてきた。カイルはベッドに寝そべって、こめかみを揉《も》んだ。目を閉じたが、その闇《やみ》のなかでもなんとか話をつづけることはできた。「いいか、ベニー。おまえが道徳だの倫理だの、その手のことを屁《へ》とも思っていないことは知ってる。でも、ぼくにとっては大事なんだ。もし自分の事務所や依頼人から寄せられた信頼を裏切るような真似《まね》をしでかせば、そんな自分とどうやって折りあいをつければいい？　弁護士にとって、信頼はいちばん大事な財産だ。ぼくはそのことを、まだ十代のうちに父から教わったんだよ」

「われわれにとって大事なのは情報入手だけだ。道徳についてあれこれ考察をめぐらすような時間の無駄とは無縁でね」

「そんなことだろうと思った」

「確約が欲しいんだよ、カイル。きみの約束の言葉が」

「タイレノールをもってるかい？　頭痛がするんだ」

「ない。では、合意に達したと考えていいか？」

「なんでもいいから頭痛薬はないのか？」

「ない」

「拳銃《けんじゅう》は？」

「上着のポケットだ」

「ちょっと貸してくれ」

そのあと、沈黙のまま一分が過ぎた。ライトは視線を一瞬もカイルからそらさず、カイルはカイルでひたいを静かに指で揉む以外、身じろぎひとつしなかった。ついでゆっくりと上体を起こし、囁《ささや》き声でたずねる。「ところで、おまえはいつまでここにいるつもりだ？」

「ああ、質問がたくさんあってね」

「それを恐れていたよ。でも、これ以上は無理だ。頭が割れるように痛いんでね」

「好きにいいたまえ。決めるのはきみだ。しかし、わたしには答えが必要だ。われわれは合意に達したのか？　話がまとまり、共通の理解にたどりついたのかね？」

「現実的に見て、ぼくに選択の余地があるのかい？」

「わたしにはないとしか見えないな」

「ぼくもおなじだ」

「となると……？」

「選択の余地がないとなると、すなわち選択の余地はないね」

「すばらしい。賢明な決断だよ、カイル」

「お褒めをいただいて恐縮だ」

ライトは立ちあがると、オフィスでの長い一日がやっとおわったといいたげに伸びをした。デスクの書類をととのえなおし、ビデオカメラをいじくり、ノートパソコンを閉じると、こうカイルにたずねる。「休みたいか？」

「ああ」

「部屋をいくつか押さえてある。仮眠したいのなら、遠慮はいらないぞ。つづきは、またあしたにすればいい」

「もう、その〝あした〟になってるじゃないか」

ライトは部屋のドアに近づいた。カイルは、ドアをあけて部屋を出ていくライトについていき、廊下の反対側にある二二二号室にはいっていった。先ほどはFBIの現場作戦指令室に改装されていたが、いまでは一泊八十九ドルのビジネスホテルの部屋に逆もどりしていた。ギンヤードやプラントをはじめとする偽《にせ》の捜査官たちはとっくに姿を消していたし、彼らはすべてを部屋から運び去っていた——ファイル、コンピューター、三脚、ブリーフケース、箱、折りたたみ式テーブル。ベッドはふたたび部屋中央にもどされていたばかりか、完璧《かんぺき》にメイクされていた。

「数時間後に起こしてもいいかな？」ライトは愛想のいい声でいった。

「いやだ。ほっといてくれ」

「わたしは廊下の反対側の部屋にいるよ」

ひとりになると、カイルはベッドの上がけを引き剝《は》がして明かりを消し、たちまち眠りこんだ。

6

精いっぱい眠りつづけようと努力こそしたものの、それでもカイルは数時間後には目を覚ましてしまった。心の底から永遠に眠りつづけていたかったし、あっさり眠りの国にただよい落ちたまま、自分の存在が忘れられればいいのにとも思っていた。目覚めると、そこは暖かく暗い部屋の硬いベッドの上だった。わずか一秒ほどだったが、自分がどこにいるのかも、どういった経緯でこの部屋にたどりついたのかも思い出せなかった。頭痛はまだしつこく残っていたし、口のなかが干あがっていた。しかし、たちまち悪夢が引き返してきた。この部屋から逃げだして外に出ていきたいという、せっぱ詰まった欲望に駆られもした。とにかく、ふりかえってホテルの建物をながめ、ライト刑事との話しあいが現実ではなかったと納得できるような場所に行きたかった。新鮮な空気が必要だったし、あるいは話をする相手も必要かもしれない。

カイルはそっと部屋から出ると、抜き足さし足でホテルの廊下を歩き、階段を降りていった。ロビーでは数人のセールスマンたちが、コーヒーを飲みながら、きょうという一日を早くはじめたくてしかたない雰囲気で早口にしゃべりあっていた。空には太陽が出ていた。雪はやんでいる。戸外の空気は冷たく凛《りん》としており、カイルは窒息しかけていたかのように、空気を深々と吸いこんだ。ついで自分のジープに近づいてエンジンをかけ、ヒーターのスイッチを入れて、デフロスターがフロントガラスの雪を溶かすのを待った。

当初のショックこそ薄れてきたが、代わって浮かびあがってきた現実はさらに耐えがたかった。

まず、携帯電話のメッセージをチェックする。ガールフレンドから六回、ルームメイトから三回の電話がかかっていた。ふたりとも心配していた。九時からはじまる講義があったし、法律評論誌の編集部でも仕事が山積していた。しかし、いまこの瞬間ばかりは――ガールフレンドにもルームメイトにも、法律評論誌や仕事にも――興味をいだけなかった。ホリデイインの駐車場から車を出し、国道一号線に出て東に走るうちに、ニューヘイヴンの街が背後に遠ざかっていった。一台の除雪車に追いついたが、そのまま時速五十キロ以下で走ることに不満はなかった。背後にほかの車が列をつくりはじめてようやく、尾行されているのだろうかという疑問が頭をもたげてきた。それをきっかけに、カイルはバックミラーに目をむけはじめた。

ロングアイランド湾に面したギルフォードという小さな町にはいると、カイルはコンビニエンスストアで車をとめ、ようやく頭痛薬のタイレノールを手に入れた。ソフトドリンクで買ったばかりの薬を飲み、ニューヘイヴンに引き返そうとしたところで、筋向かいに一軒の軽食堂《ダイナー》があることに気づいた。そういえば前日の昼食以降、なにも胃に入れていない。突如として、猛烈な空腹を感じた。早くもベーコンの脂《あぶら》の香りが鼻をつくような気分だった。

ダイナーは、朝食のために来店した地元の客で大入りの盛況だった。カイルはカウンターに席をとり、スクランブルエッグとベーコンとハッシュブラウンズ、それにトーストとコーヒーとオレンジジュースを注文した。まわりでは笑い声や町の噂話《うわさばなし》の喧《けん》噪《そう》が立ちこめていたが、カイルは静かに食べた。たちまち頭痛がおさまってくると、カイルはきょう一日の行動計画を練りはじめた。まずガールフレンドが問題になるかもしれない。十二時間も連絡ひとつしなかったうえ、ひと晩アパートメントに帰らなかったのだから、カイルのように品行方正な男にとっては、かなり異例の行動だろう。もちろん、ガールフレンドに真実を打ち明けられるはずがない。そのとおり、しかも真実は過去の件だ。現在とこの先の未来にあるのは、嘘《うそ》と隠蔽《いんぺい》の人生、盗みとスパイ活動とさらなる嘘で埋めつくされる人生だ。

ガールフレンドのオリヴィアは、イェール大学ロースクールの一年生で、出身はカリフォルニア。カリフォルニア大学ロサンジェルス校の卒業生で、すこぶるつきの優等生、野心に満ちており、将来を見すえた真剣な関係までは求めていなかった。つきあって四カ月になるが、ふたりの関係はロマンティックと形容するよりも、むしろカジュアルという形容がふさわしかった。それでもなお、説明のないまま姿を消した一夜について、口ごもりながら説明する場が楽しみには思えなかった。

何者かが背後から近づいてくる気配があった。ついで白い名刺をもった手が出現した。右に目をむけたカイルは、かつてギンヤード特別捜査官という名前で知っていた男と顔を突きあわせていた。きょうはキャメルのスポーツコートとジーンズという服装。「ミスター・ライトが、午後三時にきみと会いたがっている。講義のあと……おなじ部屋で」

ギンヤードという名前だった男は、カイルが口をひらくこともできないうちに姿を消した。カウンターに残された名刺を手にとる。名刺といっても、手書きでメッセージが書きつけてあるだけの白紙のカードだった――《本日午後三時、ホリデイイン、二二五号室》とあった。カードを数分ばかりただ見つめているうちに、目の前にある残った料理への関心が急速にうしなわれていった。

これがぼくの未来なのか？　そう自問する。これからはつねにだれかに監視され、尾行され、暗がりで待ちかまえられ、つきまとわれ、聞き耳を立てられるのか？　店の入口に、空席待ちの人々の群れができていた。ウェイトレスがカイルのコーヒーカップの下に勘定書きを滑りこませ、〝時間切れよ〟と語るすばやい笑みを送ってよこした。カイルはレジで勘定を支払って外に出たが、ストーカーの車をさがすために駐車場に目を走らせることは拒んだ。ついで、オリヴィアに電話をかける。オリヴィアはまだ眠っていた。

「無事なの？」オリヴィアはたずねた。

「ああ、無事だ」

「ほかのことは知りたくないから、ひとつだけ教えて——怪我《けが》はしてない？」

「ああ、怪我はしてない。ぼくは無事だし、きみにすまないと思ってる」

「謝らないで」

「いや、謝らずにはいられない。電話をするべきだったのに」

「知りたくないの」

「そのほうがいい。てっきり怒られると思っていたからね」

「いまさら怒らせないで」

「どこかでランチでもどうかな？」

「お断わり」

「なぜ？」

「忙しいから」

「昼食を抜けるものじゃないよ」

「いまどこにいるの？」

「ギルフォードだ」

「それって、どこにあるの？」

「ニューヘイヴンから道なりに車を走らせたところさ。すばらしい朝食を食べさせる店がある。こんど、きみを連れていきたい」

「待ちきれないわ」

「正午に〈ザ・グリル〉で会おう。頼む」

「考えておく」

そのあとカイルは、一キロ弱ごとにバックミラーを確かめたいという衝動と戦いながらニューヘイヴンに引き返した。物音を殺してアパートメントに滑りこみ、シャワーを浴びる。ルームメイトのミッチは、たとえ大地震が起こっても眠りつづけられる男だった。しばらくしてよろめく足でバスルームから出たカイルは、オンライン版の新聞に目を通した。起きてきたミッチがゆうべのことについて漠然とした質問を投げかけてきたが、カイルは巧みにかわしつつ、ガールフレンド以外の女の子と出会って、ことが首尾よく運んだという印象をつくりだした。ミッチはベッドに引き返していった。

数カ月前、ふたりはおたがい絶対に貞節を守るという誓いを立てていた。カイルが浮気をしたのではないと納得すると、オリヴィアは態度を多少やわらげた。数時間を費やしてカイルが編みあげたのは、こんな言いわけだった——自分は大きな法律事務所で大きな仕事をするのではなく、公益法の分野で活躍したいという自分の決断について、以前から思い悩んでいた。公益法を一生の仕事にするつもりはない……それならどうして、最初にその分野に進む必要があるのか？　いずれニューヨークの大事務所で働くことは決まっている。だったらどうして、避けがたい就職を先延ばしにする必要があるのか？　そんな悩みだ。そしてゆうべ、バスケットボールの試合がおわったあとで、いよいよ最終的な決断をくださなくてはならないと思い立った。そこで携帯の電源を切り、どこといって行くあてもないまま国道一号線を漫然と東にむかう長距離ドライブに出た。ニューロンドンを過ぎて、ロードアイランド州にはいった。時間の感覚をなくしていた。夜中の十二時をまわったころ、雪が本降りになってきたので安モーテルを見つけ、数時間の仮眠をとった……。

その結果、気が変わった。自分はニューヨークに行く、〈スカリー&パーシング〉の一員になることに決めた。

カイルはこれを〈ザ・グリル〉での昼食の席で、サンドイッチを食べながら一気に話した。オリヴィアは眉《まゆ》に唾《つば》をつけたい顔できいてはいたが、話をさえぎることはなかった。昨夜の件についてはカイルの作り話を信じたらしい。しかし、ここにきて唐突に進路を変更すると決めたという話は、すんなり信じてはもらえなかった。

カイルが結論部分を口にすると、オリヴィアはこういった。「冗談でしょう?」

「あっさり決めたわけじゃないよ」カイルは答えた。早くも身がまえた答えになっていた。

「最初から楽しい会話になるとは思っていなかった。

「ミスター公益弁護士のあなたが? ミスター社会奉仕弁護士のあなたが?」

「わかってる、わかってるって。なんだか変節者になった気分だ」

「だって変節者だもの。あなたは良心を売りとばしたのよ――ロースクールのほかの三年生たちと変わるところがないわ」

「お願いだから、そんなに大きな声で話さないでくれ」カイルは周囲を見まわしながらいった。「人前で騒ぎを起こすのはごめんだよ」

オリヴィアは声を落としはしたが、吊《つ》りあげた眉はそのままだった。「これまであなたは、百回もおなじことを話してた。ロースクール入学時には、だれもが善行を積みたい、人のためになることをしたい、不正と戦いたいという大きな理想をいだいているのに、いつのまにか魂を金で売りとばしてしまう、って。大金に目がくらんで誘惑されてしまう。大企業の娼婦《しょうふ》に身を落としてしまう。どれもこれも、あなた自身の言葉よ」

「たしかにきき覚えがあるよ」

「信じられない」

ふたりはサンドイッチをふた口三口食べたが、もはや料理は問題ではなかった。

「わたしたちにはお金を稼ぐための歳月があと三十年もある。そのうち数年を、人助けのために費やしてもいいのでは？」

いまやカイルはかつての自分の言葉のパンチでロープぎわに追いつめられ、血を流していた。

「わかってる、わかってるよ」そう、弱々しくつぶやく。「でも、タイミングも重要でね。〈スカリー&パーシング〉が入社の延期を認めてくれるかどうかもわからないし」

これも嘘だった。しかし、かまうことがあるか？　毒を食らわば皿までも、だ。いまさら引き返せない。嘘が増殖していった。

「なにをいうかと思えば。あなたなら、この国のどこの法律事務所にだって就職できる。いまだろうと、五年後だろうとね」

「そんなこと断言できないよ。就職市場はいま縮小傾向にある。大法律事務所のなかには、人員削減をほのめかしているところもあるくらいでね」

オリヴィアは料理の皿を押しやって腕を組み、ゆっくりと頭を左右にふった。「とにかく、その話は信じられないわ」

しかもこの瞬間、カイル本人もそんな話を信じてはいなかった。しかし、いまにかぎらず、この先も永久に心しておくべき重要事がある——自分がこの問題について熟慮に熟慮を重ねたのち、いまの結論に達したという印象をつくりだしておくことだ。

いいかえるなら、魂を売りわたすしかなかった、と。オリヴィアは、その実技試験の第一号だ。つぎは友人たち、そのあとはもっとも敬愛する教授。この手順を数回ばかりくりかえして練習を積み、まことしやかに巧みな嘘がつけるようになったら、なんとか勇気を奮いおこして父親を訪ね、口汚い親子喧嘩《げんか》を招くに決まっているニュースを伝えよう。父のジョン・マカヴォイは前々から、息子がウォール街の企業法務専門事務所で働くことに嫌悪《けんお》を表明していた。

とはいえ、カイルの売り口上はとうていオリヴィアを納得させられなかった。ふたりはそれから数分ほど棘々《とげとげ》しい言葉の応酬をしたのち、昼食のことをすっかり忘れたまま、その場を離れて別々の方向にむかった。別れぎわの頰へのキスも抱擁もなく、あとで電話をかける約束の言葉はどちらの口からも出なかった。カイルは法律評論誌の編集室で一時間過ごしたのち、重い気持ちをかかえて部屋をあとにし、車でホリデイインにむかった。

客室はほとんど変わっていなかった。ビデオカメラとノートパソコンは運び去られ、電子機器はどこにも見あたらなかったが、それでもカイルは同様の方法であらゆる発言が記録されているにちがいないと思った。折りたたみ式テーブルが爆心地であることに変わりはなかったが、テーブルそのものは若干窓に近づけてある。二脚の折りたたみ椅子《いす》も同様。部屋は、警察の地下フロアの奥深くにある取調室なみに殺風景だった。

頭痛がぶりかえしてきた。

カイルはギンヤードが残していったカードをテーブルに投げ落とし、「このクソ野郎に、ぼくの尾行をやめるようにいってくれ」という挨拶《あいさつ》の言葉で、会話の口火を切った。

「われわれはちょっとした好奇心に駆られているだけだよ」

「尾行されるのはごめんだ、ベニー。わかったか？」

ベニー・ライトは見くだすような笑みをのぞかせた。

「あの話はなしだ。悪党集団にやることなすことすべてを監視されているんじゃ、暮らしていけっこない。素行監視はあきらめてくれ。盗聴マイクだの隠しマイクだの電子メールのスキャンだのもあきらめろ。話をきいてるのか？　だれが尾行しているのかと考えながらニューヨークの街なかを歩くつもりはないんだ。どこかでだれかが盗聴しているだろうと思いながらじゃ、電話でおちおち話もできやしない。いいか、おまえはぼくの生活をあっさりと破壊した。だったら、せめて多少のプライバシーを残してくれてもいいじゃないか」

「われわれには、そんな計画は――」

「嘘だ。嘘だってこともわかってるはずだぞ。新しい条件をいわせてくれ。いまここで条件に合意して、手下の悪党どもにはぼくの暮らしから出ていってもらう。おまえたちは盗聴せず、尾行もせず、暗がりで待ち伏せすることもせず、ぼくにつきまとったり、〝猫と鼠《ねずみ》〟のゲームをしたりすることもない。ぼくは自分がやりたいと思ったことを――それがなんであれ――自由にやるつもりだが、とにかくおまえたちにはいっさいの手出しを控えてもらいたい」

「合意できなかったら？」

「ああ、合意できない場合ね。その場合はエレインと対決し、強姦《ごうかん》されたという嘘っぱちの告訴に立ちむかってやる。いいか、ベニー。どのみち人生が目茶苦茶にされるのなら、どっちでもおなじじゃないか。だったら、いっそ毒を飲むまでだ。いまぼくは片手にエレイン、片手におまえの手下の悪党どもをもっている状態なんだ」

ライトはゆっくりとため息をつくと、咳《せき》ばらいをして口をひらいた。「そうだね、カイル。でも、こちらはこちらで、きみの動向を把握しておくことが重要なんだ。それがこの仕事のいちばん肝心なところでね。そういう仕事なんだよ、これは」

「あっさりいえば、ただの脅迫だ」

「カイル、カイル、いまさらそんな話はするな。そんな話をしても、ボールを先に進められないぞ」

「頼むから、ボールの比喩《ひゆ》を忘れるわけにはいかないかな。いまとなっては、退屈そのものだよ」

「われわれとしても、きみをニューヨークで野ばなしにはできない」

「とにかく、これが最低限の条件だ――ぼくにつきまとわない、素行監視も尾行もしない。いいか、わかったな？」

「となると、問題が発生しかねないな」

「問題ならもう発生ずみだ。だいたい、なにが必要なんだ？　ぼくの住所も勤務先もわかってるんだぞ――どっちみち入社後五年間は、職場が自宅になるも同然だしね。一日十八時間、必要ならそれ以上、オフィスにいるような生活だからさ。だいたい、ぼくの行動を監視することがどうして必要なんだ？」

「踏まなくてはならない業務遂行手順があってね」

「だったら、そんな手順は変えろ。とにかく、この条件については妥協できない」カイルは弾《はじ》かれたように立ちあがると、ドアにむかった。「つぎはいつ会う？」

「どこに行くつもりだ？」ライトがたずねながら椅子から立った。

「おまえには関係ないし、尾行もやめろ。いいか、尾行するなよ」カイルはドアノブに手をかけた。

「オーケイ、わかった。なあ、カイル。ここは弾力的な姿勢を心がけようじゃないか。きみの主張にも一理あるし」

「いつ？　場所は？」

「いまだ」

「いや、ぼくには用事がある——監視されずにすませたい用事が」

「しかし、話しあうことがたくさんあるんだぞ」

「いつ？」

「今夜の六時では？」

「では、八時にこの部屋に来る。ただし、一時間だけだ。あしたは、ここに来るつもりはない」

7

カイルはニューヘイヴン駅に行くと、七時二十二分発のグランドセントラル・ステーション行きに乗りこんだ。手もちの二着のスーツのうちでもましなほうと無地のワイシャツに、眠気を誘うほど地味なネクタイをあわせていた。足には黒のウィングティップ。手には昨年のクリスマスに父から贈られた、瀟洒《しょうしゃ》な黒革のブリーフケース。さらにニューヨーク・タイムズ紙とウォールストリート・ジャーナル紙の朝刊までも携《たずさ》えたその姿は、それぞれのオフィスへと急ぐ眠たげな目をしたほかのエグゼクティブたちと区別がつかなかった。

凍りついた田園地帯の光景がぼやけながら後方に去っていくあいだ、カイルは新聞には目もくれず、ただ物思いに耽《ふけ》っていた。いずれは自分も、こうした郊外住宅地に家をかまえて、一日往復三時間も列車に揺られる暮らしを送る羽目になるのだろうか？　それもこれも、子どもたちをいい学校に通わせ、街路樹のある道で自転車に乗れるようにしてやるために？　二十五歳のいまは、あまり魅力的な将来とも思えなかった。しかしいまのところカイルの将来への考えは複雑怪奇で、暗いものでしかない。起訴されたり弁護士資格を剝奪《はくだつ》されたりしなければ御の字だろう。大規模法律事務所での毎日は、それだけでも苛酷《かこく》だ。そこへもってきて、一年めの新人として信じがたい雑務をひたすらこなす苦難のあいまに、機密情報を盗み、つかまらないように日々祈りを捧《ささ》げる毎日が待っているのだ。

それを思えば、電車通勤族になるのも結局はわるくないのかもしれない。

三日にわたって多大な時間を話しあいと口論、悪罵《あくば》の応酬と脅迫のやりとりに費やした末に、ベニー・ライトはようやくニューヘイヴンを去っていった。いったんは影のなかに引っこんで姿を消したわけだが、なに、近いうちにまた出現するに決まっている。ライトの声も顔も、ちょっとした癖も、あまり動かない毛深い手も、てかてかと光る頭も、自信たっぷりな物腰も、押しつけがましい態度も憎らしかった。ベニー・ライト本人のみならず、あの男の会社だか事務所だか知らないが、とにかくその所属先にまつわることすべてが憎らしくてたまらなかったし、過去一週間のあいだ、真夜中に決心をひるがえし、なにもかも、だれもかれも地獄に落ちろと毒づいたことは数えきれなかった。

そのあとは暗闇《くらやみ》のなかで、いつも手錠の感触をまざまざと感じ、新聞に掲載された自分の逮捕写真や、両親の顔が見えた。最悪だったのは、静まりかえった法廷で例のビデオが再生されているあいだ、陪審をちらりと見ることさえできずに萎縮《いしゅく》している自分の姿までもが、まざまざと瞼《まぶた》の裏に見えてくることだった。

「その女は起きてるのか？」ソファでエレインにのしかかっているバクスター・テイトにむかって、ジョーイ・バーナードがたずねる。

その女は起きてるのか？　この言葉が法廷内に響きわたる。

列車が郊外住宅地やいくつもの街を走りぬけるにつれて、田園地帯の光景は減ってきた。ついで列車は地下にもぐり、さらに地下深くまで降りてイースト・リヴァーの下をくぐったのち、マンハッタンに到着した。カイルはグランドセントラル・ステーションを通り抜けて外に出ると、レキシントン・アヴェニューと四四番ストリートの交差点でタクシーを呼びとめた。それまで一度も、うしろをふりかえらなかった。

〈スカリー＆パーシング法律事務所〉は、金融街の中心部にあたるブロード・ストリート一一〇番地という住所をそのまま名前にした、四十四階建ての細長いガラス張りのビルの上半分を借りきっていた。カイルは昨年の夏に実習生として、十週のあいだこの事務所で働いていた――といっても大法律事務所が有望な若手を確保する定番の日々、すなわち社交の機会と昼食、バーめぐり、ヤンキースの試合観戦、そして簡単な形ばかりの仕事を短時間させられる毎日だった。本来の仕事からすれば冗談のようなものであり、関係者全員がそのことを知っていた。ワインつきディナー作戦が成功すれば――ほぼかならず成功するのだが――実習生は卒業と同時に事務所のアソシエイトになり、彼らの人生は基本的にはおわる。

時刻はそろそろ午前十時、エレベーターは無人だった。弁護士たちはもう何時間も前から、それぞれのデスクにへばりついているのだ。カイルは、事務所のメインロビーがある三十階でエレベーターを降りると、つかのま足をとめて、訪問者全員にここから先は〈スカリー&パーシング法律事務所〉の神聖なる領域であることを告げている、壁に設置された巨大な青銅製の飾り文字にあらためて目をみはった。二千百人もの弁護士を擁する〈スカリー&パーシング〉は、史上最大規模の法律事務所だった。所属弁護士が二千人を突破した事務所としても世界で最初であり、いまなお唯一《ゆいいつ》の事務所でもある。アメリカの法律史上、ここほどフォーチュン誌選定のトップ五百社のうちの多くの社の法務を担当している事務所はほかにない。国内十都市、および国外に十二の支社がある。百三十年という確固たる守旧の歴史。金で買える法律の才能を引き寄せる力をそなえた磁石。権力、金、そして威信。

カイルは早くも、自分が不法侵入者になった気分だった。

壁面はどこも抽象絵画で飾られ、調度品はどれもモダンなデザインの高級品だった。アジア人の天才インテリアデザイナーが担当した内装は、専門の雑誌に掲載されてもおかしくないレベル。テーブルの上には、詳細な説明のパンフレットまで用意されていた。ここで働いている人間には、足をとめてインテリアデザインについて考慮をめぐらせる時間の余裕があるかのように。ピンヒールを履いた美人で小柄の受付係がカイルの名前をきき、ここで待つようにと告げた。カイルはすべてに背をむけると、一枚の絵画に見いった。あまりにも奇抜な絵柄のため、自分がなにを見つめているのかさえ不明だった。なにも考えないまま数分ほど絵を見つめていると、受付係が声をかけてきた。

「ミスター・ペッカムがお待ちです。この二フロア上にどうぞ」

カイルは階段をつかって、指示された階にあがっていった。

マンハッタンの法律事務所のご多分に洩《も》れず、〈スカリー&パーシング〉もエレベーターや受付エリアや会議室といった、依頼人らの訪問者たちの目にふれる場所には湯水のように金を投じていた。しかし事務所の裏側、それも歩兵たちが血の汗を流して働いている場所では、効率がすべてに優先されていた。廊下にはずらりとファイルキャビネットがならんでいた。秘書やタイピストたちは、腕を伸ばせば相手に届くほどの小さな個人ブースに詰めこまれて、仕事を進めていた。コピー係をはじめとする雑用係にいたっては、立ったまま仕事をしていた。ニューヨークの不動産価格が高すぎて、この者たちに意味のあるスペースなり片隅なりを与える余裕すらないのだ。上級アソシエイトや下級パートナーには、建物の外壁にそった小さなオフィスがあてがわれていた。そうしたオフィスの窓からは、似たようなビルが見えるだけだった。新人アソシエイトたちは、窓のない小部屋に押しこめられた――三、四人ひと組で、部屋とは名ばかりの狭い部屋《キュービクル》に詰めこまれるのだ。こうした小部屋は、〝立方体《キューブ》〟という通称で呼ばれていた。こういった〝オフィス〟は奥にしまいこまれ、人目から隠されていた。粗末な備品、苛酷な労働時間、サディストの上司、そして耐えがたい圧力――どれもこれもが格式ある法律事務所の一部であり、カイルはその手の恐怖譚《たん》をイェール大学ロースクールの一年次がおわる前に耳にしていた。〈スカリー＆パーシング〉といえども、最優秀学生を大金で釣りあげてから、死ぬほど酷使する点では、ほかの大規模法律事務所よりましでもなく、劣ることもなかった。

それぞれのフロアの四隅にはいちばん広いオフィスが配されており、そこに本物のパートナーたちが陣どっていた。彼らは内装に口をはさみもした。そのひとりが、四十一歳で訴訟部所属のパートナーであるダグ・ペッカムだった。イェール大学ロースクールの卒業生であり、実習体験期間のカイルの監督役でもある。ふたりはそれなりに親しくなっていた。

カイルがペッカムのオフィスに通されたのは午前十時を数分まわったころで、ちょうどオフィスを出ていくふたりのアソシエイトとすれちがった。どんな会合だったにせよ、楽しい雰囲気でなかったことだけは確かだった。アソシエイトたちは動揺を隠せず、ペッカムは気を落ち着かせようとしていた。

ふたりはなごやかに挨拶《あいさつ》をかわし、古きよきイェール大学にまつわる邪気のない冗談をやりとりした。カイルはペッカムが一日最低でも十時間、一時間あたり八百ドルを依頼人に請求していることを知っていた。だから、このうえなく貴重な時間がいま刻々と無駄にされていることもわかっていた。

「二年ばかり法律扶助の仕事をしたいのかどうか、自分でもわからなくなってきました」カイルは会合がはじまってまもなく、そう本題を切りだした。

「きみがそんな疑問を感じたからといって責めはしないよ」ペッカムは短く切りつめたような発音の早口でいった。「きみは現実世界において、多大なる可能性を秘めた人材だ。これがきみの未来だよ」

そういってペッカムは両手を広げ、おのれの帝国をさし示した。たしかに高級感ただようオフィスであり、ほかと比較すれば広かった。しかし、王国とまではいえなかった。

「率直にいわせてもらえば、訴訟部で働きたいんです」

「なんの問題もないと思う。きみは夏に見事な働きぶりを見せてくれた。われわれ一同も深く感心させられた。わたしからも、そのような配属要請を出しておこう。ただし、心してくれたまえ――訴訟部の仕事は万人向きではないぞ」

これは、あらゆる人間の口から出る言葉だった。訴訟担当の弁護士の平均的な職業生命は二十五年だ。仕事はすなわち激しいプレッシャーと激しいストレスそのもの。ペッカムは四十一歳かもしれないが、その容貌《ようぼう》は五十歳でも充分に通用するほどだった。髪の毛はすっかり半白になり、目の下には黒い隈《くま》ができており、あごの下にも腰まわりにも多すぎるほどの贅肉《ぜいにく》が垂れさがっている。おそらくもう何年も、トレーニングひとつしていまい。

「ただし、返事の最終期限はもう過ぎています」

「いつだった？」

「一週間前です」

「問題ない。いいか、カイル。きみはイェール大学法律評論誌の編集長だ。そんなきみのためなら、われわれは喜んで期限に猶予《ゆうよ》を与えるとも。なに、わたしから人事のウディに話せば、すっかり解決する。わが事務所の人材確保は大成功だ。きみは、ここ数年でも最高にすばらしい新人たちの一員になれるのだよ」

これは、あらゆる大規模法律事務所が、毎年の新人たちを形容するときの決まり文句だった。

「ありがとうございます。さらにいえば、訴訟手続の部署で働くことを希望します」

「わかったよ、カイル。きみの希望はかなえられると考えておきたまえ」そういうとペッカムは腕時計に目をむけた――会合はおわりだった。電話が鳴り、オフィスのドアの外側から声を殺した話し声がきこえた。握手をかわして辞去の挨拶を口にしながら、カイルは決して第二のダグ・ペッカムにはなるまいと心を決めていた。自分がどんな人間になりたいのかはわからず、そもそも弁護士資格を剝奪された弁護士以外の人間になれるという仮定のうえでの疑問だったが、それでもパートナーになるために魂を売りとばすことは、最初から選択肢になかった。

ドアの前ではアソシエイトたちが待っていた。カイルとさして年齢の変わらない、いずれも隙《すき》のないファッションの若い男たち。彼らは気どったふうでありながらも、困りはてて不安になっている雰囲気をのぞかせて、ライオンのねぐらに足を踏みいれた。ドアが閉まると同時に、ペッカムの荒々しい声がきこえてきた。とんだ毎日ではないか。これでも訴訟部では穏やかな日なのだ。本物のプレッシャーを感じるのは法廷でのことである。

下りのエレベーターに乗っているあいだ、カイルはふと、自分に期待されている行動の馬鹿馬鹿《ばかばか》しさに思いあたった。いずれ自分は〈スカリー&パーシング〉のオフィスをあとにして、数百人の同僚たちと地上にむかいながら、自分の財産ではなく事務所の財産、とりわけ依頼人の財産である情報を、体のどこかなり所持品のどこかなりに隠して運びだすことを期待されている。そのあと自分は貴重なデータを、ベニー・ライトだかなんだか本名は知らないが、あの毛深い手の男にわたす。そしてあの男は問題の情報を、事務所と依頼人の不利益になるように利用するのだ。

ぼくはだれを騙《だま》そうというのか？　カイルは自問した。いまエレベーターには、ほかに四人の乗客がいる。眉毛《まゆげ》の上に汗が噴きでてきた。

煎《せん》じつめれば、ぼくの毎日はこういうことになるのだ。ペンシルヴェニア州で強姦《ごうかん》罪で有罪を宣告されて刑務所に送られるか、機密を漏洩《ろうえい》させた罪でニューヨークで刑務所送りになるか。どうして三つめの選択肢がない？　大学での四年間、そのあとロースクールでの三年間……ひっくるめれば七年の輝かしい歳月を送り、世界で活躍する可能性を秘めた自分でありながら、結局は高給とりの泥棒になるとは。

しかも、相談相手はひとりもいない。

抜けだしたくなった。エレベーターから、この建物から、この街から。いまの窮地からも。カイルは目を閉じると、自分に話しかけた。

しかし、ペンシルヴェニアの件では証拠があるのに引きかえ、ニューヨークでの行為には証拠がない。いまのところは。それでも、いずれはつかまるはずだった。現実の犯罪に手を染めるのはまだ何カ月も先だったが、自分がつかまることは、いまからわかっていた。

建物から二ブロック離れたところにコーヒーショップがあった。カイルは窓ぎわのカウンター席に腰かけ、わびしい気持ちでブロード・ストリート一一〇番地のビルを――まもなく自分の家、あるいは牢獄《ろうごく》となる建物を――長いこと見つめていた。数字も統計もすっかり暗記していた。〈スカリー&パーシング法律事務所〉は全世界で百五十人の新人アソシエイトを雇いいれている。ニューヨーク本社にかぎれば百人。事務所は彼らに時給換算で百ドルもの高給を支払う。事務所は彼らアソシエイトの仕事と引きかえに、その数倍のレートで金持ちの依頼人に弁護報酬を請求する。カイルもまた、ウォール街の新人下働き仲間の例に洩れず、年間に最低でも二千時間の報酬請求を期待されるはずだ。しかし、上司の目にとまるためには、それ以上が必要だ。入社後二年もたつと、もっとまっとうな仕事の口を求めて、アソシエイトがぽつぽつと姿を消しはじめる。四年後には半減。石に爪《つめ》を立てるようにしてかじりついてトップを目ざし、七年後か八年後に報われてパートナーの座につけるのは、同期の新人仲間のうち、およそ一割だ。そこまでドロップアウトせずにたどりついても、パートナーの座を与えられなかったら、その者たちは事務所を追いだされることになっていた。

　この業界の仕事量があまりにも苛烈《かれつ》きわまるレベルになったため、現在の法律事務所界では〝生活の質を大切にする事務所〟をアピールすることがトレンドになっていた。アソシエイトたちに課される報酬請求時間を減らし、休暇を増やすといった措置だ。しかし、これが就職希望者を誘う甘い蜜《みつ》でしかない場合も珍しくはなかった。大規模法律事務所すべてに共通している仕事中毒《ワーカホリック》文化のなかでは、新人アソシエイトにもパートナーと同等の報酬請求時間が期待される――数カ月前のランチの席で、採用担当者がどんな言葉を口にしていようと関係なく。

　確かに、収入は莫大《ばくだい》になる。初年度でも最低二十万ドルだ。五年後に上級アソシエイトになれば倍。七年後に下級パートナーになればさらに倍だ。三十五歳でフルエクイティ・パートナーになったときには年収百万ドルを軽く越え、しかもさらなる収入増加が見こめる未来が待っている。

数字、数字。数字にはうんざりだった。ヴァージニア州ピードモントに近い自然ゆたかなブルーリッジ山脈や、都会生活のストレスだの圧力だの苦労とは無縁の非営利団体の仕事で得られる年収三万二千ドルでの暮らしが、いまは羨《うらや》ましくてならなかった。いまカイルが切望していたのは自由だった。

しかし、とりあえずはベニー・ライトとの次の会合が控えていた。タクシーは、チャーチ・ストリートのミレニアムヒルトン・ホテルの前でとまった。カイルは運転手に料金を支払い、ドアマンに軽くうなずいて挨拶すると、エレベーターで四階まであがった。四階の客室ではカイルの指令役《ハンドラー》が待っていた。ライトは鮮やかな緑色の林檎《りんご》が盛りつけてあるボウルが置かれた丸テーブルを示したが、カイルは椅子《いす》に腰かけることも上着を脱ぐことも拒んだ。

「向こうの申し出はまだ有効だったよ」カイルはいった。「ほかのアソシエイトたちといっしょに、九月からあの事務所で働くことになった」

「よかった。とはいえ、意外ではないな。それで、訴訟部に配属されるんだね？」

「ペッカムはそう考えてる」

ライトの手もとには、ほかの訴訟部所属の弁護士たちとおなじく、ダグ・ペッカムについての情報をおさめたファイルがあった――それをいうなら、事務所のほかの弁護士たちについてのファイルもそろっていた。

「でも、確実にそうなる保証はないよ」カイルはいい添えた。

「きみなら実現させられるとも」

「さて、どうなるかな」

「ところで、マンハッタンのアパートメント住まいについて考えたかな?」

「いや、まだ考えてない」

「われわれも多少の下調べをして、あちこち見てまわったよ」

「妙だな。おまえたちに手助けを頼んだ覚えはないのに」

「理想的なアパートメントをふたつばかり見つけておいた」

「だれにとって理想的なんだ?」

「もちろん、きみにとって……という意味だよ。どちらの物件も、オフィスに近いトライベッカ地区にある」

「ぼくがおまえたちの望むような場所にすんなり住むなんて、どこからそんなことを考えた？」

「もちろん家賃はわれわれが負担する。どちらも、目の玉が飛びでるような家賃だからね」

「なるほど、読めたぞ。おまえたちがぼくに代わってアパートメントを見つけ、家賃の肩代わりまでする理由がわかった。そうすれば、ルームメイトがいらないからだ。そうなんだろう？　心配しなくちゃならない相手がひとり減るわけだ。ぼくを孤立させておくのに都合がいい。家賃を肩代わりすれば、ぼくたちは金銭面で一心同体になる。おまえが経費を払い、ぼくは秘密情報をそっちにわたす。抜け目ないふたりのビジネスマン——そういうことだな？」

「この街でアパートメントを探すのはかなりの難事でね。わたしはただ、きみの力になりたいだけだ」

「ご親切に涙が出るよ。どうせ監視しやすい物件なんだろうな。盗聴装置を仕掛けるだの、ぼくには想像もできない仕掛けやらを設置するのも簡単にちがいない。巧い手だったね、ベニー」

「家賃はひと月五千ドルだ」

「その金はしまっておけ。ぼくを買収しようとしても無駄だ。確かに脅迫を受けている身ではあるにせよ、金で買われるつもりはない」

「では、どこに住む？」

「どこであれ、ぼくが自分で選んだところに。いずれちゃんと考えるし、それについてはおまえたちの介入をいっさい断わる」

「好きにするがいい」

「好きにさせてもらうよ。ほかに話しあっておきたいことはあるかな？」

ライトはテーブルに近づくと法律用箋《ようせん》をとりあげ、自分で書いたことも知らないような顔で内容に目を通した。「精神分析医にかかったことは？」

「ない」

「臨床心理士には？」

「ない」

「種類を問わず、カウンセラーなりセラピストなりにかかった経験は？」

「ある」

「くわしい話を」

「なんでもなかった」

「では、その〝なんでもなかった〟ことについて話しあおう。なにがあった？」

カイルは壁によりかかると、胸の前で腕を組んだ。これから自分が話すことの大半を、ライトはすでに知っているにちがいない。とにかく、知りすぎるほど知っている男なのだ。

「エレインとの一件のあと、警察の捜査がおわってから、ぼくは学生保険課のカウンセラーに会いにいった。カウンセラーの女性が、ぼくにドクター・ソープを紹介してくれた。ドラッグとアルコール双方の依存症の専門家だ。ドクターはぼくを荒っぽく叩《たた》きのめし、ぼくを挑発して怒らせ、ぼくに無理やり鏡のなかの自分を長いこと見つめさせ……それでぼくも最後には、このままでは飲酒癖が悪化の一途をたどるだけだ、と納得したんだ」

「きみはアルコール依存症だったのか？」

「ちがうよ。ドクター・ソープはちがうと考えていた。ぼくも当然おなじ考えだった。しかし、酒の飲みすぎだったことは事実だね。とくに、どんちゃん騒ぎの飲み会のたぐいだ。マリファナはめったに吸わなかった」

「いまでも酒を断ったままか？」

「酒はやめた。ぼくは成長し、ちがうルームメイトを見つけ、二度と誘惑に負けなかった。いまもまだ、ふつか酔いを懐《なつ》かしむ境地には達していない」

「たまにビールを飲むくらいのことも？」

「していない。考えたことさえないよ」

ライトはこの答えが気にいったかのようにうなずいた。「では、例の女子学生については？」

「彼女のなにを話せというんだ？」

「どの程度まで真剣な関係なのかを」

「その話がどう関係しているのか、さっぱりわからない。謎解《なぞと》きをしてもらえないか？」

「たとえ恋愛をしていなくても、これからのきみの生活はかなり複雑にこみいったものになる。真剣な交際となれば、なんらかの問題を引き起こしかねない。だから、将来を見すえた関係になるのは、数年ばかり先延ばしにしておくのが最善だね」

カイルはもどかしさと信じがたい思いに、声をあげて笑ってしまった。頭を左右にふりながら、この場にふさわしい切りかえしの文句をひねりだそうと頭を絞ったが、なにも出てこなかった。悲しいかな、この点は専属拷問者《ごうもんしゃ》の意見に同意するしかない。そもそも、近いうちにオリヴィアとの関係が進展するとは思えなかった。

「ほかには？　何人かの友だちはつくってもいいのかな？　たまに親の顔を見にいく

ぐらいはいいんだろう？」

「そんな暇はなくなるさ」

カイルはいきなり客室の出入口にむかって歩きだした。ドアを荒っぽく引きあけて部屋から出るなり、叩きつけるようにドアを閉めた。

8

学生ラウンジは、イェール大学ロースクールの一階にあった。外の壁にはポスターや実習生の募集告知のたぐいから、公益法の分野での求人広告までが貼《は》りだされていた。学生たちには卒業後の数年間、以下の人々の手助けをすることが奨励されていた——虐待《ぎゃくたい》された女性たちや育児放棄の被害にあった子どもたち、死刑囚や移民、家出をしてきた少年少女、貧困に苦しむ被告人、ホームレス、施設への入所を望む人たち、ハイチからのボート難民、外国の刑務所に拘束されたアメリカ人、アメリカの刑務所に拘束された外国人、憲法第一条擁護運動団体、冤罪《えんざい》被害者を救う運動団体、自然保護団体、環境保護活動家など、対象は多岐にわたっていた。

公共奉仕を尊ぶ精神は、イェール大学ロースクールの底流に流れていた。入学の可否を決める要因が受験生のボランティア活動歴であったり、法律の学位を世界のためにどう利用するかというテーマについての小論文であったりすることは珍しくない。新入生は公益法の美徳についての話を徹底的に詰めこまれ、できるかぎり早い機会にその種の活動に関与することを期待される。

しかも、大多数が実際に活動するのだ。新入生の八十パーセントまでが、自分たちが法律に惹《ひ》かれたのは他人《ひと》を助けたいという気持ちのゆえだ、と答える。しかしながら、その後の時点で――おおむね二年次を半分すませたあたりで――風向きが変わりはじめる。大法律事務所が面接のためにキャンパスを訪れ、人材獲得にむけて動きはじめる。彼らは、気前のいい給与と、ニューヨークやワシントン、あるいはサンフランシスコでの遊びと娯楽が詰まった十週間の日々をともなう夏の実習生を募集する。なかでもいちばん重要なのは、こうした大法律事務所が裕福な職業人生への鍵《かぎ》を握っていることだ。虐《しいた》げられし者たちを助けるという正義の鎧《よろい》をまとっていた者の多くが、ここに来ていきなり方針を変え、アメリカ法律界のメジャーリーグ行きを夢見はじめる。その一方では誘惑を敢然とふり払い、公共奉仕の理想にしがみつく者も多い。両者はくっきりと分かれているが、決して険悪に対立はしない。

イェール法律評論誌の編集長が給料の低い法律扶助サービスの仕事を受ければ、仲間うちではもちろん、教授団の大多数から見ても英雄になれた。そんな男がいきなりウォール街側に寝返れば、同志からの評価は低くなる。

そんなわけで、カイルの毎日はみじめなものになった。公益法側についていた友人たちはいちように、信じられないと口にした。企業側についている者たちは多忙で、そんなことに気をまわす余裕はなかった。オリヴィアとの関係は週一回のセックスにまで退化していたし、それすらどちらもがセックスを必要としていたという理由からにすぎなかった。オリヴィアは、カイルが変わったといった。以前よりもむら気になり、沈みがちで、なにかに気をとられている、と。なんであれ、カイルは打ち明けられる立場ではなかった。

きみが真相を知ってさえいれば……カイルはそう思った。

夏のあいだオリヴィアは、テキサスの反死刑制度団体で実習生として働く話を受けていた。つまり熱意に満ちあふれ、彼《か》の地に変化をもたらしたいという大いなる野望を抱いているのだ。ふたりが顔をあわせる機会はどんどん減ったが、おたがいにいがみあう機会だけは、なぜか前よりも増えていた。

カイルが敬愛する教授のひとりに、一九六〇年代の大半をなにかに賛成するか、あるいはなにかに反対するデモ行進で過ごし、いまも学内における最新の不正とみなすものがあれば、反対の請願運動を組織している老急進派がいた。この教授はカイルの転向を耳にするなり電話をかけてきて、昼食をともにすることを迫った。キャンパスのすぐ外にあるタコスバーでエンチラーダをはさみつつ、ふたりは一時間にわたって激論をかわした。カイルはこの横槍《よこやり》に憤慨している顔をよそおったが、内心では自分がまちがっていることを知っていた。教授は激烈な悪罵《あくば》を口にし、厳しく翻意を迫ったが、なんの成果もあげられなかった。結局この教授はカイルを気落ちさせるに充分な、「きみにはいたく失望したよ」という言葉とともに去っていった。

「光栄です」カイルはいいかえしたが、そのあとキャンパスをひとり歩きながら自分を呪《のろ》った。ついでベニー・ライトとエレイン・キーナン、それに〈スカリー&パーシング法律事務所〉をはじめ、いまこの瞬間の自分の人生にあるものすべてを呪った。ひとりごとをいったり、なにかを呪ったりすることが、昨今ではいたって増えていた。友人たちとの口汚い口論をひととおりすませると、ようやく故郷に帰る決心がついた。

マカヴォイ家は、アイルランドからの数千人の移住者ともども、放浪の果て、十八世紀終盤にペンシルヴェニアにたどり着いた。その地で数世代にわたって農業に従事したのち、また移住してヴァージニア州や南北の両カロライナ州へ、さらに南へと流れた。しかし、ひとつの土地にとどまった者もおり、カイルが生まれる前に世を去った祖父――長老派教会の牧師をつとめていた――もそのひとりだった。マカヴォイ牧師はフィラデルフィア周辺のいくつかの教会で主任牧師をつとめたのち、一九六〇年にヨークに引っ越した。ひとり息子のジョンはヨークでハイスクールを卒業、大学をおえると故郷にもどって、ヴェトナム出征後にロースクールに入学した。一九七五年、ジョン・マカヴォイは、ヨークの不動産専門の小さな法律事務所の事務員という薄給の仕事を辞めた。ついでマーケット・ストリートを横切り、改装した長屋建て住宅の二部屋からなる名ばかりの〝スイート〟を借りて法律事務所を開業、〝よろず訴訟ごと引きうけます〟と宣言した。不動産法の世界があまりにも退屈だったからだ。ジョンが求めていたのは係争であり、法廷であり、ドラマであり、評決だった。ヨークの暮らしはあまりにも平穏すぎて退屈だった。海兵隊出身のジョンは闘争を求めていた。

ジョンは骨身を惜しまずに働き、だれでも公平にあつかった。依頼人たちには自宅に電話をかけてもいいといい、必要とあれば日曜の午後でも依頼人と会った。依頼人の自宅を訪問し、病院を訪れ、刑務所にも足を運んだ。〝街場の弁護士《ストリート・ロイヤー》〟を自称し、依頼人工場で働いていて怪我《けが》をした人たちや差別待遇を受けた人たち、法律と悶着《もんちゃく》を起こした人たちの代理人を公言した。銀行や保険会社や不動産業者や大企業は、ジョンの依頼人ではなかった。また依頼人には、時間制の報酬請求はおこなわなかった。それどころか、弁護料をまったく請求しないことも珍しくなかった。報酬が薪《まき》や卵、鶏肉《とりにく》やステーキ、あるいは自宅周辺の無償労働奉仕のかたちでもたらされることもあった。事務所は規模を拡大し、やがてオフィスが二階や隣に広がるにおよんで、ジョンは長屋建て住宅をまるまる購入した。若い弁護士たちが事務所にくわわっては去っていった。三年以上いつづけた者はひとりもいなかった。ジョン・マカヴォイはアソシエイトたちに多大な要求をする男だったからだ。秘書には、もっとやさしい態度で接した。そのひとりで若い離婚経験者のパティとは、二カ月におよぶジョンの求婚の末に結ばれた。新妻はすぐに妊娠した。

〈ジョン・L・マカヴォイ法律事務所〉には、これといった専門の法律分野はなかった。あったとすれば、経済的な苦境にある依頼人の代理が専門だといえた。事前の予約があろうとなかろうと関係なく、だれでも事務所を訪問することができたし、ジョンも手があきしだい彼らと会った。マーケット・ストリートにある事務所に流れこんできた仕事なら、遺言状の作成や不動産業務、離婚や人身被害、軽犯罪をはじめとする百種類もの案件を片はしから手がけた。事務所に人の出入りが絶えることはめったになかったし、朝早くにあいたドアは夜遅くまで閉まらず、受付エリアが無人になることはほとんどなかった。厖大《ぼうだい》な仕事量にくわえて、生来の長老派的な倹約精神のおかげもあって、事務所の経費がまかなえたばかりか、ヨークの中位上流階級の平均的な収入がマカヴォイ家にもたらされもした。もしジョンがもっと貪欲《どんよく》になるなり依頼人を選別するなりすれば、あるいは報酬請求をせめてあと少し厳密にするなりしていれば収入は倍増、ジョンは名士となって、地元カントリークラブに入会できただろう。しかしジョンはゴルフがきらいであり、そもそも地元の裕福層の連中が大きらいだった。さらに重要だったのは、ジョンが法律実務を天職だと考え、自分より恵まれない人々を助ける使命にほかならないと考えていたことだった。

パティは一九八〇年に双子の女の子を出産した。一九八三年には男の子、カイルが誕生した。カイルは幼稚園にはいる前から、父親の事務所をうろついていた。さらに両親の離婚後は、共同親権がもたらす不安定な環境より、法律事務所の安定した雰囲気を好んだ。カイルは学校がおわると毎日、事務所二階の狭い部屋に陣取り、そこで宿題をすませた。十歳のときにはコピー機を操作し、コーヒーを淹《い》れ、ささやかな法律図書室の掃除と整理の仕事をしていた。こうした手伝いには、一時間あたり一ドルの現金がもたらされた。十五歳のときには法律情報の調査や分析をするリーガルリサーチをすでにマスターしており、基本的な事例については覚え書を書けるまでになっていた。ハイスクール時代には、バスケットボールをしていない時間のすべてを事務所か、さもなければ父親とともに法廷で過ごしていた。

カイルは父親の事務所を愛していた。父親を待つ依頼人と、よくおしゃべりをした。秘書たちとは軽いふざけあいをし、アソシエイトたちを質問ぜめで困らせた。場の雰囲気が緊迫したときには——とりわけ父ジョンが部下に怒りを炸裂《さくれつ》させているときなどは——ジョークを飛ばして場をなごませ、事務所を訪ねてくる法律関係者にはいたずらを仕掛けた。ヨークの弁護士や判事でカイルを知らぬ者はいなかったし、傍聴人のいない法廷に滑りこんで判事を相手に申立てをおこない、必要とあらば内容を説明したうえで、判事の署名いりの裁定書を手にして帰ることも珍しくはなかった。裁判所の書記官たちは、カイルを本物の弁護士のようにあつかった。

大学入学前は、カイルは毎週火曜日の午後五時前後にかならず事務所にいる習慣だった。というのも、その時間になるとミスター・ランドルフ・ウィークスが食材を届けに事務所にやってくるからだった——春と夏には自分の農園で採れた果物や野菜を、そして秋と冬には豚肉や鶏肉、それに野生の獲物の肉。少なくとも過去十年のあいだ、ウィークスは毎週かならず火曜の午後五時にやってきて、弁護料の一部をそんなふうに納めていった。ウィークスの借金がどのくらいあるのか、これまでにどの程度まで支払ったのかを知っている者はひとりもいなかったが、この男がいまなおジョン・マカヴォイに借りがあると感じていることだけは確かだった。もうずいぶん前にウィークスは、偉い弁護士であるカイルの父ジョンがかつて奇跡を起こし、おかげで長男が刑務所いりをまぬがれたのだ、とカイルに説明していた。

当時カイルはまだ十代だったが、それでもミス・ブライリーの非公式的な顧問弁護士をつとめていた。ミス・ブライリーは頭のおかしな老女で、ヨークのあらゆる法律事務所から追い払われてきた前歴があった。いつも、木製のファイルキャビネットや書類の箱を積んだカートを押して街のあちこちを重い足どりでうろつきまわっていた。本人の話によれば、これらの書類は九十六歳という年齢で世を去った父親が、ペンシルヴェニア州東部にある埋蔵量の豊富な石炭鉱床の正当な継承者であることを証明するものらしい(いい添えればミス・ブライリーは、いまだに父親の死が何者かのしわざではないかと疑ってもいた)。〝書面〟なるものの大半に目を通したカイルは、この女性がこれまで大多数の弁護士たちが疑っていた以上に正気をなくしていることを悟った。それでもカイルはミス・ブライリーの依頼を引きうけ、その陰謀妄想に根気づよく耳をかたむけた。そのころには、カイルが受けとる報酬は一時間あたり四ドルになっていた。それだけの値打ちのある金だった。というのも父ジョンはよくカイルを受付エリアにすわらせ、最初の一瞥《いちべつ》だけで多大な時間の無駄になりかねないとわかる新規依頼人の仕分け作業にあたらせていたからだ。

思春期にはご多分に洩《も》れずプロスポーツ選手になることを夢見た時期もあったが、それ以外はカイルは一貫して、いずれ弁護士になると思っていた。どんな種類の弁護士になるのか、どこで法律実務をするかは定かでなかったが、ヨークを出てデュケイン大学に進学するころには、はたして故郷にもどる日が来るのだろうかと考えていた。ジョン・マカヴォイもおなじように感じてはいたが、それでも世の父親族の例に洩れず、いつの日にか自分の法律事務所が〈マカヴォイ&マカヴォイ〉と名乗るようになれば誇らしいにちがいないと思うこともしばしばだった。父は、勉学に真剣に打ちこんで優秀な成績をおさめることを息子カイルに求めたが、そんな父でさえ大学とイェール大学ロースクールでのカイルの学問面での成功には、いささかの驚きを禁じえなかった。やがてカイルが大企業を依頼人としている大手法律事務所の面接を受けはじめると、父ジョンはこの件について意見をいいたくてたまらなくなった。

カイルはあらかじめ父に電話をかけ、金曜日の夕方ごろヨークに到着する予定だと告げていた。父子は夕食をともにとることになった。午後五時半にカイルがヨークに帰りついたときには、事務所はいつものように大忙しだった。たいていの法律事務所は金曜には早々と店じまいをし、弁護士族はあらかたバーにいるか、さもなければカントリークラブにいる。ジョン・マカヴォイは遅くまで仕事をした。というのも、依頼人の多くにとって週のおわる金曜が給料日なので、事務所に顔を見せて少額小切手を書いていく者や、みずからの訴訟の進み具合をききにくる者がいるからだった。カイルが家に帰るのはクリスマス以来六週間ぶりで、オフィスはそのときよりもみすぼらしく見えた。カーペットは新品への交換が必要だし、本棚の棚板は前よりたわんで沈んでいた。父親はタバコをやめられなかった。それゆえオフィス内は喫煙が許可されており、一日もおわるころには天井近くにタバコの煙が濃い靄《もや》となってただよっていた。

カイルがドアを抜けてはいっていくと、一級の秘書であるシビルがいきなり電話を切って弾《はじ》かれたように立ちあがり、黄色い歓声をあげながらカイルを抱きしめ、巨大な乳房を胸に押しつけてきた。ふたりはおたがいの頬にキスをして、このふれあいのひとときを楽しんだ。父ジョンはこれまでにもシビルの離婚訴訟を二回手がけていたほか、三人めの夫もまもなく路上にほうりだされる見とおしだった。カイルもクリスマス休暇に、その話をつぶさにきいていた。現在この事務所には三人の秘書と、ふたりのアソシエイトがいた。カイルは最初に一階、つぎに二階と部屋をまわっていき、彼ら従業員たちに声をかけていった。だれもがブリーフケースやハンドバッグをまとめて、デスクを片づけている最中だった。ボスは毎週金曜日でも遅くまで楽しく仕事をするかもしれないが、それ以外の事務所の面々は疲れはてていた。

そのあとカイルは喫茶室でダイエットソーダを飲みながら、しだいにくつろいでいくオフィスの物音に耳をかたむけていた。驚くほど対照的だった。ここ、ヨークの事務所には、信頼できる友人でもある同僚がたくさんいる。仕事はときに忙しくなるにせよ、狂騒的なペースになることはない。ボスは根っからの善人、人が自分の顧問弁護士になってほしいと思うような人柄の男だ。依頼人の顔も名前もみんな知っている。道をはさんで反対側の弁護士たちは、だれもが昔からの友人だ。生き馬の目を抜くがごときニューヨーク・シティとは、文字どおりの別世界だった。

なぜ父にすべてを打ち明けなかったのだろう——カイルがそう自問するのも、これが初めてではなかった。すべてをぶちまけてしまえばいい。話のとっかかりは、エレインとその主張、警官や警官にむけられた質問のこと。五年前、カイルは実家に駆けもどって父親に助けを求める寸前までいった。しかしその時期が過ぎると、すべては過去のことになり、その結果ジョン・マカヴォイは息子の醜聞という重荷をいっさい背負わされずにすんだ。カイル、ジョーイ・バーナード、アラン・ストロック、バクスター・テイト——その四人のだれひとり、親には打ち明けなかった。そこまで追いつめられる前に、捜査がおわったからだ。

いまここで父親に打ち明けても、まず最初に〝どうして事件当時に話をしなかったんだ？〟と質問されるに決まっているし、その質問に向きあう心がまえはできていなかった。そのあとには、もっと苛烈《かれつ》な質問がつづくはずだ。法廷での獅子吼《ししく》者《しゃ》としてならした男、カイルがまだ幼いころから尋問をしてきた男による、お決まりの反対尋問の開幕である。そのくらいならいっそ秘密を隠しとおし、あとは最善の結果を祈るほうが気が楽だった。

そもそも、父親に話せる範囲だけでも充分に気が重い。

最後の依頼人が事務所を出ていき、シビルがさよならの言葉を口にして正面玄関を施錠して去っていくと、父と息子はいちばん広いオフィスでくつろぎ、大学のバスケットボールやホッケーを話題にした。ついで家族の話題——いつものように最初は双子の姉のこと、つぎが母パティのことだった。

「母さんは、おまえがヨークに帰ってきたのを知ってるのか？」ジョンがたずねた。

「いや。あしたにでも電話する。母さんは元気？」

「変わりない。ああ、元気だ」

パティはヨークの古い倉庫の屋根裏部屋を借りて、そこで仕事をしていた。というのも、そもそもが広い部屋であり、絵画を追求するのに必要な光が充分とれるだけの窓があったからだ。ジョンは月々三千ドルをわたすことで、家賃や光熱費をはじめ、前妻が必要としているものの費用のいっさいを肩代わりしていた。この金はいわゆる離婚手当のたぐいではなく、子どもの養育費でもないことは確かだった。実をいえば、パティは単身では生計を立てられず、ジョンがこうして金を送ることを義務だと考えているという意味では、ほどこしといっていい。過去十九年のあいだにパティが絵なり彫刻なりを売ったことがあるのかもしれないが、少なくとも家族は一例も知らなかった。

「毎週火曜日には、母さんに電話をかけてるよ」カイルはいった。

「ああ、それも知ってる」父ジョンは答えた。

パティはコンピューターも携帯電話もつかっていない。重度の躁鬱《そううつ》で、気分の変わりようはときに驚くほどだ。ジョンはいまでもパティを愛しており、数人のガールフレンドをもったことこそあれ、いまだに再婚していなかった。これまでに少なくともふたりの男とつきあい、さんざんな目にあってもいた。どちらもパティとおなじく芸術家で、しかもずっと年下。どちらの場合にも、あと始末をしたのはジョンだった。もっとも控えめな言い方をしても、ふたりの関係は複雑怪奇なものだった。

「で、学校のほうは？」ジョンがたずねた。

「下り坂かな。三カ月後には卒業だよ」

「信じられんな」

カイルはごくりと唾《つば》を飲みくだし、本題を片づけてしまおうと決めた。「じつは就職のことで気が変わってね。ウォール街に行くことにした。〈スカリー&パーシング法律事務所〉にね」

ジョンは新しいタバコをくわえ、ゆっくりと火をつけた。当年六十四歳、大柄ではあったが決して肥満ではなく、頭は波打つ半白の髪で覆《おお》われていた。しかも髪は、いまも眉毛《まゆげ》の上十センチたらずのところからはじまっている。カイルはいま二十五歳でありながら、父親以上に髪の毛をうしなっていた。

ジョンはウィンストンの煙をゆっくり焦《あせ》らずに吸いこみながら、鼻の頭にちょこんと載っているワイヤフレームの読書用眼鏡ごしにじっと息子を見つめていた。「なにか、これといった理由が？」

いくつもの理由をリストにして暗記してはいたが、いくら口先巧みにならべたてようとも、嘘《うそ》くさくきこえることはカイルも承知していた。「法律扶助の仕事は時間の無駄だよ。どうせ、いずれはウォール街に行きつく。だったら、いっそそこからキャリアをはじめたほうがいい」

「信じられん」

「わかってる、わかってるよ。まるっきり逆方向に転じたんだからね」

「金に目がくらんだ裏切りだぞ。大企業法務が専門の事務所でキャリアを積んだところで、おまえが得るものはなにもない」

「メジャーリーグなんだよ、父さん」

「どんな意味で？　金か？」

「それはきっかけだね」

「なにを馬鹿《ばか》な。ニューヨークには、大手法律事務所のパートナーたちの十倍は稼いでいる法廷弁護士がいるというのに」

「そのとおり。そしてニューヨークには、大成功をおさめた法廷弁護士ひとりにつき、飢え死にしかけている個人開業の弁護士が五千人はいるんだ」

「いずれおまえも、大手法律事務所で過ごす一分一秒が憎く思えてくるさ」

「そうならないかもしれないよ」

「なるに決まってる。おまえはここで、地元の人たちや血の通った依頼人に囲まれて育った男だ。ニューヨークでは、この先十年は依頼人と顔をあわせる機会もあるまいな」

「いい事務所だよ。最高の事務所のひとつだ」

ジョンはポケットからペンを抜きだした。「いまの言葉を書きとめておこう。いまから一年後、おまえに読んできかせられるように」

「好きにしていいよ。ぼくは、〝いい事務所だよ。最高の事務所のひとつだ〟といったんだ」

ジョンはその言葉を書きとめた。「いずれおまえはこの事務所とそこにいる弁護士、おまけに事務所が手がける案件を憎むようになるし、さらには秘書や新人アソシエイト仲間のことさえ憎むようになるかもしれないな。骨折り仕事を憎み、決まりきった仕事を憎み、事務所が投げ落としてくる味気ない大量の単調な仕事すら憎むようになるかもしれない。返答は？」

「同意しかねる」

「けっこう」ジョンはあいかわらずメモをとりながら答えた。ついでタバコを深々と吸い、思わず目をみはるほどの煙の雲を吐きだしてから、ペンを置く。「てっきりおまえは、人とはちがったことをしたがっており、そのプロセスで人助けをしたがっているものとばかり思っていた。おまえの口からそういう言葉をきいたのは、つい数週間前のことではなかったか？」

「だから気が変わったんだ」

「だったら、もう一回気が変わって出発点にもどればいい。まだ遅すぎないぞ」

「だめだ」

「しかし、いったいどうして？　なにか理由があるはずだ」

「ヴァージニア州の田舎で三年も過ごすのがいやになったんだよ——どうせそのあいだは、そもそも不法入国してきた人々の悩みに耳をかたむけるのに必要なだけのスペイン語を勉強することくらいしかやることがないんだし」

「お言葉だがね、わたしにはそれが向こう三年間のまたとない過ごし方に思えるよ。いまの理由は信じられない。ほかの理由をきかせたまえ」そういうとジョンは革張りの回転椅子《いす》をうしろに押しやって、すばやく立ちあがった。カイルがこれまで百万回は見てきた父の仕草だった。昂奮《こうふん》して、矢つぎ早に質問を投げかけるとき、父はこんなふうに手を動かしながら行きつもどりつ歩くことを好んでいた。法廷でつちかわれた昔ながらの癖であり、これが出てくることは予想できた。

「少し金を稼ぎたくなったんだ」

「なんのために？　買いたいものがあるのか？　新しいおもちゃが欲しいとか？　どうせ、おもちゃで遊ぶ時間はなくなるんだぞ」

「いや、貯金をしようと——」

「ああ、そのつもりだろうとも。マンハッタンの生活費はただ同然、だからあっという間にひと財産の貯金ができる、そうなんだろう？」いまジョンは、〝自慢壁《エゴ・ウォール》〟の前を歩いていた——資格認定書や写真の額が、天井に届くほど大量に飾ってあった。

「その話も信じないし、おまけに気にくわないね」両の頬が紅潮しはじめていた。スコットランド気質のひとつともいえる癇癪《かんしゃく》の爆発が近づいていた。

落ち着いて話せ……カイルは自分にいいきかせた。痛烈な言葉をひとつふたつ口にしただけでも、事態はいま以上の泥沼にはまりこんでしまう。これまでもこの手の衝突を経験して生きのびてきたのだから、今回の衝突も乗り越えられるはずだ。いずれは激しい言葉もすべて過去のものになって、自分はニューヨークに旅立つことになる。

「じゃ、すべては金のためだというんだな、カイル？」父ジョンはいった。「そんな男に育てた覚えはなかったのに」

「ぼくは父さんから侮辱されるためにきたんじゃない。とにかく、もう決心した。だから、ぼくの決断をどうか尊重してほしい。これだけの仕事につくとなったら、息子を誇らしく思う父親はいっぱいいるはずだよ」

ジョン・マカヴォイは足をとめ、タバコを吸う手もとめて、オフィスの反対側から二十五歳になった息子のハンサムな顔をじっと見つめた。その年齢で充分に成熟し、信じられないほど明敏な息子の顔を。それからジョンは引きさがる肚《はら》を固めた。すでに決定はくだされている。自分もいうべきことをすべて話した。これ以上なにかを口にすれば、とりかえしがつかなくなる。

「オーケイ」ジョンはいった。「わかった。おまえが決めたことだ。おまえほど頭の切れる男なら、自分がなにを求めているのかもわかっているはずだ。しかし、わたしはおまえの父親だから、つぎにおまえが大きな決断をくだすときにも、そのつぎにくだすときにも、やはりわたしなりの意見をもつだろう。なに、わたしはそのためにいるんだ。だから、おまえがまた道を誤ったら、そのときはかならず、おまえに知らせてやる」

「ぼくは道を誤ってなどいないよ」

「これ以上の口論をするつもりはない」

「だったら、そろそろ夕食に行かない？　腹が減って死にそうなんだ」

「わたしには料理よりも酒が必要だね」

ふたりはおなじ車で、イタリア料理のレストランである〈ヴィクターズ〉にむかった。カイルが物心ついたころから、ジョンは金曜の夜にここを訪れる習慣だった。ジョンは一週間のしめくくりとしての定番のマティーニを飲んだ。カイルも定番の飲み物——ライムをしぼったクラブソーダ——を頼んだ。ふたりはミートボールのパスタを注文した。二杯めのマティーニを飲みおわるころには、ジョンも態度をやわらげた。考えてみれば、息子がこの国で最大かつもっとも権威ある法律事務所に就職するのもわるくない。

しかしカイルの将来設計のいささか唐突な転換ぶりには、ジョンはいまも内心で首をひねっていた。

父さんがもし真実を知っていたら——カイルは何度も自分にそう語りかけ、そのたびに胸が痛んだ。なぜなら、父親には決して真実を話せないからだった。

9

電話をかけても母親が出ないとわかると、カイルは胸を撫《な》でおろした。そもそも電話自体、土曜の午前十一時近くまで先延ばしにしていたのだ。カイルは理由を曖昧《あいまい》にぼかしたまま、たまたまヨークを通りかかったので、ちょっと挨拶《あいさつ》をしようと思った、という意味の愛想のいいメッセージを吹きこんだ。どうせ母親は眠っていたか、あるいは薬を飲んでいたのだろう。あるいは――体調と気分がよければ――アトリエにこもり、画廊や展覧会で展示されたことがない絵画としては最高におぞましい代物《しろもの》の制作に、身も心もすっかり没頭していたのだろう。母親を訪ねるのは、カイルにとって苦痛でしかなかった。母親はたとえどんな理由があろうとも、めったに屋根裏部屋から出てこない。どこかでコーヒーを飲もうとか昼食をとろうと提案しても、毎回即座に拒否された。薬がうまく効いていれば、母親はカイルに最新の傑作を褒めるように強く迫りながら、一方的にしゃべりつづけた。薬がまったく効いていなければ、風呂《ふろ》にもはいらず、身だしなみもまったくかまわず、救いようのないほど深く憂鬱と悲嘆に沈みこんだまま、なにもせずソファに横たわっているだけのことも珍しくない。大学であれロースクールであれ、あるいはガールフレンドや将来設計についてであれ、カイルの暮らし向きをたずねることもめったになかった。みずからのわびしく狭い世界に没頭しすぎるほど没頭していたからだ。またカイルの双子の姉は遠くにいったきり、ヨークに近づかないようにしていた。

カイルは留守番電話にメッセージを残すと、そそくさとヨークの街をあとにした。そのあいだも、母親が返事の電話をかけてこないことを祈った。しかし、電話はかかってこなかった——それどころか、そのあともいっこうに返事の電話はなかったが、珍しいことではない。四時間後、カイルはピッツバーグにいた。ジョーイ・バーナードが、土曜の夜のペンギンズ対セネターズのホッケー試合のチケットを用意してくれていたのだ。チケットは三枚——二枚ではなかった。

ふたりは大学時代の行きつけの居酒屋、〈ブーメランズ〉で待ちあわせた。カイルは酒をやめたあと（ジョーイはやめていなかった）、ほとんどのバーには近づかないようにしていた。ピッツバーグまで車を走らせるあいだ、できれば昔のルームメイトと静かな時間をもちたいと思っていたが、そうはならなかった。

三枚めのチケットは、ジョーイがまもなく婚約を公表する予定のフィアンセ、ブレアの席だった。三人が狭いブースに腰を落ち着けるころには、ジョーイは自分が婚約したての身であり、いまは結婚式の日を心待ちにしているという話をまくしたてていた。ジョーイとブレアは恋心に光り輝き、それ以外のことはひとつも目にはいっていないようすだった。ふたりは手を握りあい、肩を寄せあい、そればかりかおたがいに顔を見あわせてはくすくすと笑い、五分もするとカイルは落ち着かない気分になりはじめた。わが友人になにがあった？　昔のジョーイはどこに行った？　サウス・ピッツバーグ出身のタフな若者、消防隊中隊長の息子にして、ハイスクール時代にはオールカンファレンス・チームのフルバックをつとめた男、女の子には飽くなき食欲を旺《おう》盛《せい》に発揮し、しょせん女は消耗品だとの信念をそなえた皮肉っぽく斜にかまえた警句屋、少なくとも四十歳になるまで結婚しないと誓っていたあの男は、いまどこに？

ブレアはそんな男を徹底的に骨抜きにしてしまった。友人の変貌《へんぼう》ぶりに、カイルは驚きあきれるばかりだった。

やがて彼らはふたりの結婚にまつわる計画だの、新婚旅行の候補地だのといった話にも飽きてきて、話題はそれぞれのキャリアに変わった。ブレア――どんな発言であれ、〝わたしは〟〝わたしに〟あるいは〝わたしの〟という単語から口をひらかずにはいられないおしゃべり屋――は広告代理店勤務で、会社が手がけている最新の宣伝戦略について、うんざりするほど長々と微にいり細を穿《うが》って説明した。ジョーイは話を一語も逃すまいと耳をそばだてていたが、カイルはやがて一同の背後の高い場所、横ならびになった窓の上にかかっている時計にこっそりと目をむけはじめた。ブレアが話しつづけているあいだ、カイルは興味をもっていることを相手に示すだけのアイコンタクトを維持しつつ、頭のなかでは例のビデオのことをまた思いかえしていた。

「その女は起きてるのか？」ジョーイがバクスターにたずねる――酒とドラッグに危険なほど酔っているエレイン・キーナンとセックス中のバクスターに。

「ブレアは仕事でよく、モントリオールに出張しているんだ」ジョーイのその言葉をきっかけに、たちまちブレアは話題を飛躍させ、モントリオールの街とその美しさをテーマにまくしたてはじめた。いまはね、フランス語を習ってるところ！

その女は起きてるのか？いまカイルの隣にすわり、テーブルの下に片手を忍ばせて、おそらく素肌をまさぐっているジョーイは、あのビデオの存在をまったく知らない。この前ジョーイがあの一件を思い出したのは、いったいいつのことだろう？　そもそも思い出したことがあるのか？　あの件をきれいさっぱり忘れてしまったのでは？　自分がいま話をもちだしたところで、なんの益がある？　ピッツバーグ警察がエレインとその強姦《ごうかん》事件についての捜査をひっそりと打ち切ったとき、ベータ・クラブの仲間たちもその件を地中に埋《うず》めた。大学の後半二年間を思いかえしても、あの事件が話題に出た瞬間をカイルはひとつも思い出せなかった。エレインは姿を消し、たちまち忘れ去られた。

この数週間以内に、ベニー・ライトとその手下の工作員がデュケイン大学やピッツバーグ周辺をうろついていたのかどうか、カイルはぜひとも確かめておきたかった。ひょっとしたら、ジョーイがなにかを見聞きしていたかもしれない。なにも見聞きしていなかったかもしれない。最近のジョーイは、ブレア以外はほとんど目にはいらないようすだったからだ。

「そういえばバクスターとは話したか？」ブレアが息切れを起こしてやっと口をつぐむと、ジョーイがそうたずねてきた。

「このひと月ほどは話してない」カイルは答えた。

ジョーイは、この先に愉快なジョークが待っているといいたげに、にたにた笑っていた。「あいつ、ようやく映画に出られたんだぜ」

「本当か？　そんな話、ひとことも教えてくれなかったな」

ブレアが小学校一年生のようにくすくすと笑った。話の先をすっかり知っているからにちがいない。

「そりゃ、おまえには知られたくなかったからさ」ジョーイがいった。

「さぞかし傑作だろうな」

「まあね。ある晩、バクスターが酔って電話をかけてきたんだ。ついでにいっておけば、やつの飲酒はいまじゃ危険レベルだ。で、バクスターが電話をかけてきて、ついにデビューを果たしたといった。低予算のケーブルテレビ用映画だよ。海岸に打ちあげられた人間の片足を見つけた若い女の話らしい。それをきっかけに、若い女は片足の殺し屋に追いかけられる悪夢を見どおしになるんだ」

「で、偉大なる名優バクスター・テイトはどこに登場する？」

「それはもう、真剣に画面を見ていないことには見のがすね。船上のシーンがある。警官たちが海をじっと見つめてる。はっきり説明はされないが、死体の足以外の部分を探しているシーンのつもりなんだろう。この映画には、そういう曖昧なところがいっぱいあってね。そこで巡査のひとりが署長に近づいて、『署長、燃料が少なくなっています』という場面がある。その巡査こそ、われらが映画スターさ」

「バクスターが警官を？」

「それもお粗末な警官だよ。科白《せりふ》はそのひとつだけ。おまけに、学生演劇の舞台でびびりまくってる一年生みたいな科白まわしさ」

「素面《しらふ》だったかい?」

「なんともいえないが、おれは素面だったと思う。もしいつもどおり酒に酔っていたら、あれだけの科白でもわかったはずだ」

「早く見たくてたまらないよ」

「やめておけ。おれが話したこともバクスターには秘密にしておけよ。あいつ、翌朝また電話をかけてきて、ぜったいにあの映画を見ないでくれと頼みこんできて、人に話したらただじゃおかないって脅してきたぞ。とにかく、あいつはひどい状態だ」

この話が引金になって、ブレアが〝あっちのほう〟に住んでいる知りあいのことを思い出した。なんでもテレビの連続コメディの役にありつけたという。ブレアの話はどんどん本筋から離れていった。カイルは笑顔でうなずきつつ、頭脳の活動する部分を切り替えていた。三人のルームメイトのなかで頼れそうな相手となれば、ジョーイしかいない——といってもそれは、他人の力を借りることができればの話。バクスター・テイトは集中的なリハビリテーションを切実に必要としているありさまだ。アラン・ストロックはオハイオ州のメディカルスクールで消耗しつくしているし、自分以外の三人のなかでは関与にいちばん尻《しり》ごみするはずだ。ジョーイにはうしなうものが多すぎる。例のビデオには姿が映っており、しかもエレインが起きているのかどうかという質問の声もはっきり記録されていて、バクスターがセックスしているあいだも目を覚ましていたことは明白、しかもそのあとバクスターと交替した当人でもある。現在ジョーイはピッツバーグにある地元証券会社の会計職にあり、すでに過去に二回の昇進をはたしている。さらには、ここにいる空っぽブレアに惚《ほ》れこんで、めろめろの状態だ。昔の強姦事件で告訴されるかもしれないという話がわずかでもほのめかされたが最後、ふたりの完璧《かんぺき》な生活は目茶苦茶に乱されるはずだ。

その一方でカイルは、本来転落してしかるべきであるジョーイの身代わりにされた気分でもあった。自分はあの晩エレインに指一本触れていないにもかかわらず、いまではベニー・ライトとあの忌《い》まわしいビデオのせいで、人生もキャリアもハイジャックされてしまった。だったら、せめてジョーイには知らせるべきでは？

しかし、さらにその一方では、いまこの時点でジョーイに爆弾を落としてやるべきだと自分を納得させられずにいた。自分が〈スカリー&パーシング法律事務所〉の仕事を受け、ベニー・ライトの要求を満たせば、例のビデオが結局は忘れ去られていく可能性もそれなりにあるからだ。

その数時間後、試合の休憩時間にブレアが洗面所に立った隙《すき》をついて、カイルはジョーイに日曜日の朝食の席で会えないだろうかという話をもちかけた。ピッツバーグを早めに出発しないといけないのだが、その前に一時間程度でいいから、ブレア抜きで会ってもらうことは無理だろうか？ ブレアにはゆっくり朝寝をさせてやるとか？

翌朝ふたりは、チェーン店でのベーグルという朝食の席で顔をあわせた。カイルがデュケイン大学にいたころにはなかった店だ。ジョーイは、ブレアはまだ正体もなく寝ているし、たしかにちょっと息ぬきが必要だったと認めた。

「いい子じゃないか」カイルは一度ならずそういい、その言葉を口にするたびに嘘《うそ》をつくうしろめたさを感じた。あれほどのおしゃべり女と生活をともにすることなど想像もできなかった。それはそれとして、ブレアはすばらしい脚線美のもちぬしであり、ジョーイは昔からああいった足に目のない男だった。

ふたりは長いこと、ニューヨークを話題にした——大規模法律事務所での生活、大都会ならではの苦労、スポーツ・チーム、いまニューヨークにいる友人たちなどの話だった。やがてカイルはこっそりと話題を昔のベータ・クラブの面々に誘導し、ひとしきり知人たちの近況を教えあった。またふたりは、自分たちや仲間がやった悪戯《いたずら》や新入生への〝しごき〟、パーティーや馬鹿馬鹿《ばかばか》しいとしかいえない愚行を笑った。いまではふたりとも二十五歳、大学入学から間もない当時の狂乱の日々はすでに遠く過ぎ去り、多少のあいだは過去を懐《なつ》かしく思い出すのも楽しかった。会話のあいだ〝エレインの件〟が表面に浮かんで、コメントや質問を待ちかまえていた瞬間も何度かあったが、ジョーイの口からは一回もその話題は出なかった。あの件は忘れられていた。

別れの挨拶を口にした時点でカイルは、ジョーイがあのエピソードを完全に過去に埋めこんで忘れていることを確信していたが、それ以上に重要な点も確認できた――最近ジョーイにあの件を思い出させた者がひとりもいなかった、という事実だ。

そののちカイルは州間高速道路八〇号線を北上し、ついで東にむかった。ニューヨークは――時間的にも、現実の距離からいっても――もうそれほど遠い土地ではなかった。ぬくぬくと居ごこちのいい象牙《ぞうげ》の塔であと数週間過ごし、つづく二カ月を司法試験の試験勉強にあてる。そして九月初旬には、世界最大の法律事務所に初出勤だ。同期入社の新人アソシエイトは百人にもなるだろう。最高レベルの学校を卒業してきた優秀な若者ぞろいだ。身だしなみは完璧、だれもが買ったばかりの服でめかしこみ、だれもが法曹界での輝かしきキャリアをジャンプスタートではじめたいと意気ごんでいることだろう。

カイルは日一日と孤独になっていく気分だった。

しかしカイルは、周囲からまったく孤立しているわけではなかった。ヨーク行きもピッツバーグ行きも、そこまでの道のりや目的地に着いてからの行動、およびその周辺での動きなどは、すべてベニー・ライトとその配下の面々によってつぶさに監視されていた。男物の財布ほどの大きさの発信器《トランスミッター》が、カイルの赤いチェロキーのリアバンパーの裏側、泥や土がへばりついているあたりに磁石で貼《は》りつけてあった。左のテールライトの導線から電源を供給されているトランスミッターは、車がどこへ行こうとも、ＧＰＳ位置情報を発信しつづけていた。そのためライトはロウアー・マンハッタンのオフィスにいながらにして、カイルの車の正確な現在地をつねに把握していた。カイルが父親のいる実家を訪ねたことは驚くにあたらなかった。しかし、ジョーイ・バーナードに会いにいったことには、はるかに関心をかきたてられた。

ライトは監視用機材にはこと欠かなかった——ハイテク機材もあれば、ローテク機材もあり、どれもすばらしい性能を発揮した。動向を監視する対象が本物のスパイではなく、単純な民間人だったからだ。それゆえ企業間スパイ活動は、軍事関係や国家安全保障関係のセキュリティ業務よりも、はるかに容易だった。

カイルの携帯電話にはもうずいぶん以前に改造がほどこされて、ライトたちはすべての会話を盗聴していた。これまでのところカイルは、みずからが陥った苦境について、だれにも電話で話してはいない。ライトたちはさらにオリヴィアのおしゃべりにも耳を傾け、カイルのルームメイトであるミッチの電話も盗聴していた。これまでのところ、なにもなかった。

また一同は、カイルの電子メールも読んでいた。一日平均二十七通。ほぼすべてがロースクール関係だった。

それ以外の盗聴関係では、かなりの困難を強いられた。ヨークのレストラン〈ヴィクターズ〉では工作員のひとりがカイルとその父親のテーブルから六メートル離れたテーブルについてはいたが、なにもききとれないも同然だった。またペンギンズの試合では、ほかの工作員が二列離れた席をなんとか確保したが、これは無駄な努力におわった。しかし〈ブーメランズ〉では、ライトの誇る花形スタッフ——タイトなジーンズを身につけた二十六歳のブロンド——が、カイルとジョーイとブレアの三人の隣のボックス席を確保した。二時間かけて一杯のビールを飲みながらペーパーバックを読むふりをしていた女性工作員は、女がノンストップでしゃべっていたが、内容は皆無だったと報告した。

ライトは総合的に見て、いまの進展に満足していた。すでにカイルは、ヴァージニア州での法律扶助の仕事を唐突に辞退していた。そのあと急いでニューヨークに行き、〈スカリー＆パーシング事務所〉と懸案の話をまとめてきた。オリヴィアと会う回数は減ってきており、ふたりの関係がこのままどこにも行きつかないことは――少なくともライトには――明白に思えた。

しかし、突然のピッツバーグ行きが気がかりだった。ジョーイ・バーナードに秘密を打ち明けるつもりの旅行だったのか？　現実に打ち明けていたのか？　つぎはアラン・ストロックに打ち明けるのではないか？　もしやカイルはストロックかバクスター・テイトに、あるいは両者に連絡をとろうとしているのか？

ライトはありとあらゆる適切な場所で耳をそばだて、ひたすら待っていた。すでに〈スカリー＆パーシング法律事務所〉のはいっているビルの二ブロック離れたところ、ブロード・ストリートをはさんで反対側に、百八十五平方メートルという広さのオフィスを借りる契約もすませていた。借主はファンチャー・グループという企業で、バミューダ諸島に本拠を置く、創業したての金融サービス会社というふれこみだった。ニューヨークでの正式登録ずみ代理人はアーロン・カーツという男。この男はベニー・ライトという別名のほか、ざっと十あまりの別名をもっており、その場に応じた別名を証明するための完璧な身分証を残らず手もとに用意していた。この新しいとまり木から窓の外をちらりと視線を投げるだけで、ブロード・ストリートのずっと先まで見わたせた。あと二、三カ月もすれば、いまや子飼いとなったカイルが勤務先に出入りする姿を見られるようになるのだ。

10

連邦裁判所のニューヨーク州南部裁判区に属するマンハッタン地区裁判所で問題の訴訟が起こされたのは、金曜日の午後五時十分前だった――提訴手続にマスコミの注目をなるべくあつめまいとして決定された日時だった。俗にいう、〝金曜夕方の投げ落とし作戦〟である。訴状に署名していたのは、〈スカリー&パーシング法律事務所〉に所属する高名な訴訟専門の弁護士、ウィルスン・ラッシュだった。この日ラッシュは裁判所の書記官に何度も電話をかけて、裁判所が一週間の仕事をおえる寸前に訴状を適切に受理し、訴訟事件表への記載をすませるよう、強く念を押していた。あらゆる訴訟と同様、この訴訟もまた電子的手法で提訴手続がとられていた。事務所の弁護士のだれかがパール・ストリートにある〈ダニエル・パトリック・モイニハン連邦裁判所ビル〉に足を踏みいれて、分厚い書類の山を書記官に手わたしたりしなくても、訴訟を起こすことが可能だった。この日、南部裁判区では四十件の民事訴訟が起こされていたが、そのなかでもこれは段ちがいに重要、かつもっともこみいった訴訟であり、またもっとも提訴が予想されていた訴訟でもあった。当事者たちはもう何年もまえからいがみあっていたし、その争いの模様はあらかた報道されてはいたが、争点の大半が扱いに慎重を要する情報にかかわっていたため、公表がはばかられてもいた。ペンタゴンのスタッフや連邦議会のベテラン議員の多くも、そしてホワイトハウスまでもが、この訴訟を阻止するべく多大な努力をかたむけていた。しかし、その努力もむなしくおわった。新たな戦闘が幕をあけてしまったのだ。迅速な解決を予想する者はひとりもいなかった。当事者とそれぞれの弁護士たちはこの先何年も拳骨《げんこつ》をふりまわして戦いつづけるだろうし、そのあいだ訴訟は連邦裁判制度の階段をじりじりと這《は》いのぼって、いずれは連邦最高裁判所にまで達し、そこで最終判決をくだされることになるのだろう。

裁判所の書記官は受けとった訴状を、内容の漏洩《ろうえい》を防ぐためのセキュリティロックがほどこされた区画に即座に移した。めったにとられないこの手続は、連邦地区裁判所の首席判事の命によっておこなわれた。ただし、訴訟の骨子だけに絞った要約書が用意されて、要請に応じてマスコミ各社に配付された。この書面もまたラッシュ弁護士の指示によって作成されたのち、判事の承認を受けていた。

原告は、ニューヨークに本社をおく有名な軍需企業であるトライロン航空。すでに四十年にもわたって軍用航空機の設計と製造をおこなっている、株式非上場企業である。被告はバーティン・ダイナミクス社。こちらはメリーランド州ベセズダに本社をおく軍需企業で、株式上場企業だった。政府からの仕事を請け負う軍需部門の年平均収益は約百五十億ドルで、これは同社の年間総収益のじつに九十五パーセントにあたる。バーティン社はときどきの必要に応じて顔ぶれのちがう弁護士たちをつかっていたが、この最大の戦いにあたって同社を守ることになったのは、APEという略称で通っている〈エイジー、ポー&エップス〉というウォール街の法律事務所だった。〈スカリー&パーシング〉には現在二千百人の弁護士がおり、世界最大の法律事務所を自称していた。一方〈エイジー、ポー&エップス〉は弁護士の数でこそ二百人ほど遅れをとっているが、世界各地の支社数ではまさっていると自慢していた。どちらの事務所も相手を巧みに出しぬく手腕や、自社の規模と権力と権勢、報酬請求時間数、パートナーたちのプロフィールなど、みずからの威信を高められることであればどんなことでも自慢し、吹聴《ふいちょう》することに多大すぎるほど多大な時間を費やしていた。

両者の争点の核になっていたのはペンタゴンの最新の浪費、すなわちB‐10型超音速爆撃機だった。すでに数十年ものあいだ夢見られており、近年ようやく現実になる日が近づいてきた宇宙時代の航空機である。五年前、アメリカ空軍はトップ軍需企業を対象として、B‐10型爆撃機の設計コンテストを開始した。すでに時代遅れになりつつあるB‐52とB‐22からなる爆撃機隊に代わり、二〇六〇年まで使用できるような最新鋭の爆撃機。このコンテストで優勝を射とめるとの下馬評が高かったのは、軍需企業としては最大手のロッキード社だったが、同社はたちまちトライロン航空とバーティン社による共同事業に先を越された。この共同事業には、イギリスやフランス、そしてイスラエルといった外国企業の合同体も、二社よりは小さいながら、それぞれの役割を果たしていた。

賞金は莫大《ばくだい》だった。空軍はコンテストの勝者に、最先端技術の確立と原型機製造のためという名目でまず百億ドルを支払う予定だった。そののち空軍は、今後三十年間で二百五十機から四百五十機のB‐10をつくらせる契約を当該企業と締結する。推定総額八千億ドル以上――となればこの契約は、ペンタゴン史上もっとも高額なものになる。予想される費用超過額は、いまだ計算さえできない。

トライロン航空とバーティン社による合同プロジェクトの設計は驚異的だった。設計によれば、B‐10型爆撃機はB‐52型機と同量の荷物を積みこんでアメリカ合衆国内の飛行場を離陸、そののち時速一万二千二百キロ以上の速度で——表現を変えるならマッハ10のスピードで——飛び、現行および予測しうる範囲でのあらゆる防衛手段をかいくぐれる速度と高度で、世界のどこにでも一時間以内に積荷を投下できるという。というのもこの爆撃機は、文字どおり大気圏の最上部を跳ねて飛ぶようなものだからだ。B–10は上部成層圏のすぐ上、高度約四万メートルまで上昇したのち、エンジンを切り、そののち大気圏表層までただよい降りてくる。ひとたびその高度に達すると空気吸入エンジンが動いて、機をふたたび高度四万メートルまで上昇させる。目標地点に到達するまで、静かな水面をひらべったい石が跳ねて進んでいく〝水切り〟に似たこの手順がくりかえされる。出発地がアリゾナで目的地がアジアの爆撃航程の場合、B–10は大気圏でのジャンプを約九十秒ごとに計三十回くりかえす。エンジンが断続的にしか稼働《かどう》しないため、必要な燃料も少ない。さらに大気圏を離脱して、より低温の空間に飛びだしていくことで、機体にたまった熱を放散できる利点もあった。

三年におよぶ熱心かつ、ときに常軌を逸したとさえいえる調査と設計の期間をおいたのち、空軍はトライロン＝バーティン合同プロジェクト提出の設計を採用すると公表した。公表は華やかなファンファーレを極力控える方向でおこなわれた。愕然《がくぜん》とするほどの巨費が関係する話であるうえ、アメリカが当時ふたつの戦争を遂行中だったことを考慮したペンタゴンが、これだけ野心的な軍備調達計画を大々的に発表するのは賢明ではないと判断したからだ。空軍はB‐10計画を精いっぱい控えめに表現したが、しょせんは時間の無駄だった。コンテストの勝者が発表されるやいなや、ありとあらゆる前線で戦闘が勃発《ぼっぱつ》したのだ。

ロッキード社は、子飼いの上院議員やロビイストや弁護士をつかって猛然と攻撃しはじめた。歴史的に犬猿の仲状態だったトライロン航空とバーティン社は、ほぼ即座に攻撃しあいはじめた。これだけの大金を入手できる機会を前にしたことで、共同戦線を張ろうという考えは木端微塵《こっぱみじん》に砕けてしまった。それぞれが味方の政治家とロビイストを囲いこみ、獲物の分け前を少しでも多く手に入れようと争いに参加してきた。イギリスとフランスとイスラエルは傍観者の立場に引っこんだとはいえ、遠く離れていったわけではなかった。

トライロン航空とバーティン社のどちらもが、設計と技術は自社が所有していると強く主張した。和解にむけての努力がいったんは実を結びかけたが、そののち水泡に帰した。背後から忍び寄っていたロッキード社が、じっと裏で待ちかまえていた。ペンタゴンは、契約を白紙にもどしてコンテストをやりなおす、という脅しを口にした。連邦議会で公聴会が開催された。各地の州知事たちは、雇用の機会と地域の経済発展を念頭においていた。ジャーナリストたちは雑誌に長文の記事を発表した。公費の無駄づかいを監視する市民グループは、B-10計画が有人シャトルによる火星探査計画であるかのように反対運動をくりひろげた。

そして弁護士たちは、訴訟にむけてひそやかに準備を進めていた。


提訴手続の二時間後、カイルは連邦裁判所のウェブサイトにその旨《むね》が掲載されているのを目にとめた。イェール大学法律評論誌の編集室でデスクにつき、長文の記事を自分のコンピューター上で編集しているさなかのことだった。これに先立つ三週間前から、カイルはニューヨーク州のすべての連邦裁判所はもちろん、州裁判所レベルも含めて、新規訴訟のすべてをチェックしていた。苦悶《くもん》に満ちた最初の会合で、ライトから近々ニューヨークで大規模な訴訟が起こされ、カイルはその訴訟に潜入することになっている、といわれたからだ。そのあと複数の会合の機会に、カイルはくりかえし訴訟についての情報を明かすようライトをせっついたが、毎回決まって、「その件はまたあとで話しあおう」という言葉で却下された。

奇妙なことに、サイトでの告知には、訴訟件名、訴訟を起こした法律事務所の名前と住所、およびウィルスン・ラッシュの法曹資格番号以外、なんの記載もなかった。

しかも訴訟件名のあとに《機密》という文字がはさみこまれ、訴状の内容にはアクセスできなかった。過去三週間、ニューヨーク州南部裁判区に起こされた訴訟で、このような機密保持措置がとられたものは一件もなかった。

赤い危険信号が点滅しはじめた。

〈エイジー、ポー&エップス法律事務所〉についてネットで検索すると、この事務所が数多くの大企業を依頼人として擁していることがわかった。一九八〇年代から、バーティン・ダイナミクス社の法的代理人をつとめてもいた。

カイルはデスクや椅子《いす》のまわりに山積みになっている法律評論誌の仕事をすっかり忘れ、インターネットの世界に没頭していった。トライロン航空について検索すると、すぐにB－10型超音速爆撃機の建造計画とこの計画が発端になって発生した諸問題はおろか、明らかにいまも引き起こしつつある問題の数々が明らかになった。

カイルは自分の狭いオフィスのドアを閉めてから、プリンターに用紙があるかどうかを確かめた。金曜の夜八時近い時刻だったし、法律評論誌の編集にたずさわっているタイプの学生はとんでもない時間に活動していることで有名だが、とりあえずいま編集部員たちは春休みで出払っている。カイルはトライロン航空とバーティン社の入手できた企業情報のたぐいをすべて印刷し、さらに用紙を追加した。B－10騒動については、新聞と雑誌をあわせて数十の記事が見つかった。カイルは記事も残らず印刷し、そのうちもっとも内容のありそうな記事から腰をすえて読みはじめた。

国防関係や軍事関係のウェブサイトはざっと百は見つかり、そのひとつ、未来の戦争をテーマにしたサイトにB‐10型機の背景について説明しているページがあった。さらに過去の提訴記録を漁《あさ》り、〈スカリー&パーシング〉がトライロン航空の代理として訴訟を起こした例や、訴訟で同社の弁護にあたった例などを調べていき、同様の調査をAPEこと〈エイジー、ポー&エップス〉とバーティン社についてもおこなった。夜が更《ふ》けていくにつれて、カイルの調査はますます奥深くにまで進み、ファイルはどんどん分厚くなり、気分はどんどん暗くなってきた。

見当ちがいの訴訟を追いかけている可能性もある。ベニー・ライトがはっきりと明言するまでは確証がもてない。しかし、カイルの心に疑う気持ちはほとんどなかった。提訴のタイミングはライトが口にしていた予定どおり。法律事務所もそれぞれ所定の位置にあてはまる。そしてライトが口にしていたとおり、数千億ドルの行方がかかっている。昔からライバルだった二企業。犬猿の仲のふたつの法律事務所。

軍事機密。盗まれたテクノロジー。企業間スパイ活動。外国の諜報《ちょうほう》組織。訴訟の対象になる危険があるばかりか、刑事訴追されてもおかしくない危険がある。この訴訟はまさしく記念碑的というにふさわしい金銭がらみの泥仕合だ。そして自分は、このカイル・マカヴォイは、その派手な喧嘩《けんか》の場に身を滑りこまそうとしているのだ。

この数週間カイルはしばしば、これほど手のこんだスパイ活動をする価値がある訴訟とはいったいどのようなものかと思いをめぐらせてきていた。ふたつのライバル企業が金の壺《つぼ》をめぐって争っている——この表現は、ほとんどどんな係争にもあてはまる。それだけなら、反トラスト法関係訴訟や特許権係争であるかもしれず、最新のダイエット薬をめぐる製薬会社同士のいがみあいでもおかしくない。そのなかでも最悪のケースとして思い描いていたシナリオが、いままさに手わたされたこの裁判だった——金めっきを張られたペンタゴンの軍備調達計画がらみの訴訟。ご丁寧にも国家機密レベルのテクノロジーといがみあう政治家軍団、情け容赦を知らない大企業のエグゼクティブたちなどが関係している。いや、関係先のリストはまだまだつづき、気分がどんどん重く沈んできた。

いっそヨークにもどって、父親といっしょに法律実務を手がけるわけにはいかないだろうか？

午前一時になると、カイルはノートをバックパックに詰め、そのあと数秒ばかり、デスクまわりの片づけという成果のあがらない儀式をこなした。ついでオフィスを見まわして明かりを消し、ドアに鍵《かぎ》をかけたが、このときもまっとうな工作員ならいつでも好きなときに出入りできるはずだという思いが頭をかすめた。ベニー・ライトと配下の悪党どもは、すでにこのオフィスに潜入したにちがいない。おそらくは盗聴器だのマイクだの、そのほかカイルが考えたくもない機械をあれこれもちこんで。

カイルはまた、彼らが自分を監視していることにも確信をもっていた。ライトにはつきまとうなと申しわたしたが、それでも彼らが尾行していることは知っていた。何回か、尾行者の姿を目にしたからだ。優秀な尾行者だったが、いくつかミスをしでかしていた。いま大事なのは――カイルはくりかえし自分にいいきかせた――連中の尾行にまったく気づいていないふりを忘れないことだ。世間知らずののんきな大学生、バックパックをかついでキャンパスを歩きまわり、女の子を物色している普通の大学生の演技を通すことだ。それゆえカイルは自分の習慣や通学ルートを変えず、駐車場で車をとめる場所さえ変えなかった。昼食は、ほぼ毎日おなじ店でとった。授業のあとでたまにオリヴィアと会うときには、いつもおなじコーヒーショップ。ロースクールとアパートメントを往復するだけで、寄り道をめったにしない毎日。日々の習慣を一定にたもてば、影のように寄りそう尾行者もおなじ行動を強いられる。しかもカイルが尾行対象としてはあまりに手ぬるいので、尾行者も気を抜いてきた。カイルはなにも知らない顔をよそおって尾行者を眠りに誘い、彼らが居眠りをはじめたとき、姿を目でとらえたのだ。そのひとりの顔など、一日のうちに三回も見かけた――血色のいい若い男で、そのたびにちがう眼鏡をかけていたほか、口ひげがあったりなかったりした。

さらにカイルはキャンパス近くの古本屋で、一冊一ドルのペーパーバックのスパイ小説を買いはじめた。一回あたり買うのは一冊だけ。読みかけの一冊をバックパックに入れてもち歩き、読みおえるとロースクールのごみ箱に捨てて、つぎの一冊を買った。

またカイルは電話にしろメールにしろ、通信の秘密が守られているはずがないという前提にしていた。携帯電話やノートパソコンには、なんらかの仕掛けがなされているはずだ。ジョーイ・バーナードやアラン・ストロック、バクスター・テイトに送るメールの数はほんのわずかに増やしたが、どのメールも簡単な挨拶《あいさつ》だけで、内容はないも同然だった。ほかのベータ・クラブの仲間たちにもメールを送った。どれも、もっとまめに連絡をとりあうことを呼びかける内容に偽装したメールだった。さらにそれぞれの仲間たちに週一回のペースで電話をかけ、スポーツや学校やキャリアのことを話題にした。

ライトが実際に盗聴していたとしても、カイルが少しでも怪しく思えてくる言葉は一語もなかったはずだ。

カイルは、これから七年間を無事に生きのびたければ、最悪の敵とおなじように頭をつかい、おなじように行動するすべを身につけるのが必須《ひっす》だと確信していた。出口はあるはずだ。どこかに。

ベニー・ライトが街にもどってきた。ふたりは土曜日に、キャンパスから遠く離れた街の北側のピタパンを売り物にした店で落ちあって、ともにサンドイッチを食べた。ライトは春のあいだからカイルが五月に卒業するまで、こうして二週間おきに訪ねると約束していたのだ。話をきかされたカイルは、どうしてそんなことが必要なのかと質問した。ライトは、連絡をつねにとりあっていることがどうしたこうしたと、無意味な言葉をぶつぶつつぶやいて返事に代えていた。

それにつづいて会合を重ねるにつれ、ライトの態度はごくわずかながら軟化しはじめた。むろんこれからも、使命を帯びた真面目《まじめ》一本槍《いっぽんやり》の厳格な指令役《ハンドラー》でありつづけるだろうが、カイルといっしょにいる時間をいくぶん心地よいものにしたがっているかのようなふるまいを見せはじめたのだ。なんといっても、多くの時間をいっしょに過ごすわけだしね――ライトはいったが、この言葉をきくたびに、カイルは思わず顔をしかめた。楽しいおしゃべりをしたい気分はかけらもなかった。

「春休みには、なにか計画しているのかね？」ふたりでサンドイッチの包装紙をひらきながら、ライトがそう質問した。

「仕事をするよ」カイルは答えた。前日から学校は春休みになっており、イェール大の学生の半分はいまごろフロリダ州南部のどこかにいた。

「嘘《うそ》だろう？　生涯最後の春休みだというのに、どこのビーチリゾートにも行く予定がないのか？」

「ないね。来週はニューヨークで、アパートメントさがしをしようと思ってる」

ライトは驚いた顔を見せた。「それなら、われわれが手伝おう」

「その話は前にもしたはずだぞ、ベニー。おまえたちの助けは不要だと」

ふたりはサンドイッチを大きくかじりとると、無言のまま口のなかで嚙《か》み砕いていった。しばらくして先に口をひらいたのはカイルだった。

「訴訟の件で、なにかニュースは？」

ライトはすばやくかぶりをふった。なにもない。

「もう提訴されたのか？」カイルはたずねた。「どうしてなにも教えてくれない？」

ライトは咳《せき》ばらいをして、グラスの水をひと口飲んだ。「来週だ。来週、きみがニューヨークに行ったら、向こうで会おう。そのとき、訴訟のことを説明する」

「待ちきれないな」

ふたりはまた気前よくサンドイッチをかじりとり、しばらく黙って口を動かした。

「司法試験はいつだ?」ライトがたずねた。

「七月」

「試験地は?」

「ニューヨーク。マンハッタンのどこかだね。まあ、あまり心待ちにしているイベントとはいえないよ」

「きみなら合格するとも。結果はいつわかる?」

ニューヨーク州の司法試験の日程も試験場所も、ライトはすでに知っていた。結果がいつネットで発表されるのかも知っていた。それればかりか、司法試験に落ちたアソシエイトの身になにが起こるかも知っていた。すべてを知っていたのだ。

「十一月初旬だよ。ロースクールの出身なんだろう?」

ライトは小さく含み笑いを洩《も》らしてもおかしくない笑顔をのぞかせた。「いいや。昔から弁護士には近づかない主義でね。ただし、ときにはそれも無理になる……ほら、仕事とあればいたしかたあるまい」

カイルは相手の言葉の訛《なまり》に、注意深く耳をそばだてていた。訛は、あらわれたかと思えば、すぐに消えた。カイルはイスラエル人とその傑出した言語能力を——とりわけ諜報機関であるモサドや軍関係者がそなえる言語への才能を——思っていた。

初めてではなかったが、カイルは自分がだれの敵になり、だれのために情報を盗むことになるのだろうか、と思った。


ふたりはその五日後、ロウアー・マンハッタンにあるリッツカールトン・ホテルで顔をあわせた。カイルはライトに、ニューヨークにオフィスがあるのか、それとも仕事の一切合財をホテルのスイートルームで進めているのか、と質問した。返答はなかった。ライトとの会合に先立って、カイルは四カ所のアパートメントを見てまわった。どれも、ソーホーかトライベッカの物件だった。いちばん安かったのが、エレベーターのない建物の七十四平方メートルの部屋で、ひと月の家賃が四千二百ドル。いちばん高かったのが倉庫を改装した建物の九十二平方メートルの部屋で、家賃が六千五百ドル。家賃がいくらだろうと、カイルは自分ひとりで支払うつもりだった。ルームメイトをつくる気はなかった。他人との同居にまつわるストレスがなくても、自分の生活は充分に複雑なものになる。そもそもルームメイトをつくるとなったら、ベニー・ライトがいい顔をしないに決まっていた。

ライトは仲間ひとりと連れだって、ロウアー・マンハッタン一帯でカイルと不動産業者をずっと尾行し、カイルが下見をした四軒のアパートメントの所在を正確に把握していた。カイルがホテルに到着した時点で、ライトたちはすでにおなじ不動産業者に電話で四軒のアパートメントについて問いあわせたばかりか、現地を下見するスケジュールを組んでもいた。カイルは自分で好きなところを選んで住めばいい。しかしいざ入居したときには、部屋には必要な仕掛けがほどこされているわけだ。

ベニーはスイートルームのテーブルに、数冊の分厚いファイルを用意していた。

「先週の金曜日――」と話しはじめる。「――ここマンハッタンの連邦裁判所で、問題の訴訟の提訴手続がとられた。原告企業はトライロン航空。被告企業はバーティン・ダイナミクスという会社だ」

カイルはまったくの無表情で、この情報を受けとめた。訴訟や訴訟当事者たちについてのカイルのファイルには、二十五センチ四方の螺旋綴《らせんと》じノート三冊と二千枚を越えるプリントアウトが詰まっており、日ごとに厚みを増していた。ここにいるライトほどの知識をそなえていないのは確かだったが、すでにかなり多くのことを知っていた。

そしてライトもまた、カイルが知っているということを知っていた。ブロード・ストリートの居ごこちのいいオフィスに腰をすえたまま、ライトと配下の技術者たちはカイルのノートパソコンと、法律評論誌の編集室にあるデスクトップパソコンをつねに監視していた。監視作業は昼夜分かたずノンストップで進行しており、カイルが自宅アパートメントでノートパソコンを立ちあげて担当教授にメールを送れば、ライトはすぐにその事実を把握した。判例研究を執筆したり編集したりすれば、それもすぐに把握した。さらにカイルがニューヨーク州の裁判所における提訴手続の情況を定期的に調べ、トライロンとバーティン両社についての不利益な情報を掘り起こしていたときにも、ライトはそのことを知っていた。

そうやって、なにも知らないふりをしているがいいさ、カイル。こっちも調子をあわせてやる。たしかにおまえは、頭がたいそう切れる。しかし、自分がいま手も足も出ない立場だという事実も見えない愚か者でもあるんだよ。

11

ニューイングランド地方にしぶしぶながら春がやってくると、キャンパスは息を吹きかえし、しつこく残る寒さと陰鬱《いんうつ》な冬の空気を払い落としはじめた。草木が茂りだし、芝生がみずみずしい色をとりもどしてきた。日が長くなるにつれて、学生たちは戸外にとどまる理由を多く見つけだすようになった。何百というフリスビーが空を飛びかった。昼食時間は長くなり、太陽が空に顔を出していればピクニックもおこなわれた。教授たちは怠惰になってきた。授業が短く切りあげられるようになった。

キャンパスで過ごす最後の学期のあいだ、カイルはお祭り騒ぎを無視することにして、ひとり編集室のオフィスに閉じこもり、七月に刊行されるイェール大学法律評論誌の細部を詰める編集作業に専念していた。自分が手がける最後の号でもあり、最高の号にしたい気持ちが強かった。この仕事は、事実上自分以外の全員を無視するためのいい口実になった。オリヴィアはついに我慢の限界を越え、ふたりは円満に別れた。

友人たちは——その全員がまもなく卒業するロースクールの三年生だったが——ふたつのグループに分かれていた。最初のグループは学校から追いだされて実社会に送りこまれる前に、酒を飲んでパーティーを楽しみ、残り少ないキャンパスライフの最後の一秒まで、たっぷり楽しもうという面々。もうひとつは、早くも自分たちのキャリアのことを考えだしており、司法試験にそなえて勉強するかたわら、大都会のアパートメントをさがしていた。どちらのグループも、カイルはたやすく無視できた。

五月一日、カイルはジョーイ・バーナードあてに、こんな文面の手紙を送った。

親愛なるジョーイ。

五月二十五日にロースクールを卒業する。それにあわせて、こっちに来られないだろうか？　アランは無理だといっているし、バクスターにはたずねるのも気が引ける。二日ばかりいっしょに遊ぶのも楽しいと思う。ただし、ガールフレンドは連れてこないでほしい。返事はこの住所あてに、普通の郵便で頼む。電子メールも電話もつかわないでくれ。理由はあとで説明する。

カイルより。

手書きのこの手紙は、法律評論誌の編集室から発送された。一週間後に返事が届いた。

やあ、カイル。なんでまた、古くさい郵便にこだわる？　おまえの手書きの文字の汚いのなんのって。でも、まあこっちの字よりはましか。卒業式にはそっちに行くよ。楽しいことになりそうだ。でも、電話で話せないしメールもつかえないなんて、なぜそう秘密めかす？　頭がどうかしたのか？　バクスターは頭がおかしくなってる。完全にあっちに行ってるよ。おれたちがなにかしないことには、一年以内にあの世行きだな。そろそろ手が痛くなってきた。インクで文字を書いていると、とんでもなく時代遅れの年寄りになった気分だ。いまから、おまえの心あったまる手紙が待ち遠しい。

愛をこめて。ジョーイより。

カイルが送った返信はもっと長く、詳細な情報に満ちていた。ジョーイの返信はおなじように皮肉っぽく、さらなる多くの疑問に満ちていた。カイルは返事に目を通すなり、手紙を処分した。再度の手紙のやりとりを経て、週末の計画が決まった。

息子の卒業式に招かれても、パティ・マカヴォイは屋根裏部屋から出てこなかった。といっても、本気で招待したわけではない。そればかりか、パティが自宅から出ないと決めてくれて、ジョンとカイルのマカヴォイ父子は大いに安心したくらいだ。イェール大学のキャンパスにパティが姿を見せれば、ことをややこしくするだけだからだ。母親は三年前のカイルのデュケイン大学卒業式にも姿を見せず、双子の娘の学位授与式にも欠席した。言葉を変えれば、どれだけ重要な意味があっても、卒業式と名のつく式典にはパティは決して顔を出さないのだ。娘ふたりの結婚式には列席こそしたが、どちらのときも計画や準備段階に参加できる状態ではなかった。父ジョンが小切手を書いただけで、一家はなんとかこの二回の試練を乗り切ったのである。

ジョーイ・バーナードはロースクール卒業式の前日の土曜日にニューヘイヴンに到着し、合衆国郵政公社が配達した手書きの手紙にあった指示にしたがい、キャンパスから一キロ半ほどのピザパーラー、〈サントス〉にやってきた。五月二十四日の土曜日のきっかり午後三時、ジョーイは〈サントス〉の店内右手のいちばん奥にあるボックス席に身を滑りこませ、待ちはじめた。愉快な気分だったし、好奇心をかなりかきたてられてもいた。友人のカイルが正気をなくしているのではないか、という疑問はいまも残っていた。一分後、カイルが店の奥から姿をあらわして、ジョーイの向かいの席に腰かけた。ふたりで握手をかわしながら、カイルは店の入口といちばん席から遠い部分、それから右手に目を走らせていた。店内はほとんど無人で、スピーカーからはブルース・スプリングスティーンのロックが流れていた。

「話をきこう」ジョーイはいった。いまや愉快な気分はほとんど消えていた。

「ぼくは尾行されてる」カイルはいった。

「おいおい、頭がおかしくなったな。プレッシャーに影響されてるんだ」

「黙って話をきけ」

十代のウェイトレスがテーブルに近づいて足をとめ、ふたりの注文を確かめた。ふたりはダイエットコークを注文し、カイルはさらにLサイズのペパロニのピザを注文した。

「そんなに腹はすいてないぞ」ウェイトレスが離れていくと、ジョーイはいった。

「ぼくたちはピザ屋にいる。だからピザを注文する必要があるんだ。注文しなければ、ぼくたちは怪しく見えるからね。数分もすれば、色落ちしたジーンズに深緑色のラガーシャツを着て、カーキ色のゴルフキャップをかぶった男が店にはいってくる。男はぼくたちには目もくれず、たぶんバーカウンターに近づいていくだろう。男が椅子《いす》にすわっているのは長くても十分程度で、すぐに店を出ていくはずだ。男はこっちに一回も目をむけない。でも、すべてを見ているはずだ。きみが店を出ていけば、男かその仲間のだれかがきみを尾行し、車のナンバープレートを確かめる。数分後には、ぼくがこそこそと会っていた相手が、昔の仲間のジョーイ・バーナードだと割りだしているはずだね」

「その連中は、おまえの友だちなのか？」

「まさか。プロの工作員だ。でも、ぼくはしょせんぼくで、高度な訓練を受けたプロの悪党ではないのだから、尾行にも気づいていないはずだ、と思いこんでるんだ」

「なるほど。合点がいった。というか……連中はなぜおまえを尾行してる？」

「とんでもなく長い話になるぞ」

「また酒を飲みはじめたんじゃないだろうな？　それとも、また薬をやりはじめたとか？」

「ドラッグは一回もやったことはないし、それはきみだって知ってるはずだ。いや、酒は飲んでいないし、正気だってなくしちゃいない。ぼくは真剣そのものだし、きみの助けが必要なんだ」

「おまえに必要なのは頭の医者だよ、カイル。気味がわるいな。目に変な光が宿ってるぞ」

ドアがあいて、悪党が店にはいってきた。服装はカイルのいったとおりだったが、丸い鼈甲縁《べっこうぶち》の眼鏡が追加されていた。

「目をむけるな」カイルは、あんぐりと口をあけているジョーイに囁《ささや》きかけた。ダイエットコークが運ばれ、ふたりはそれぞれコーラを飲んだ。

悪党はバーカウンターに席をとり、ドラフトビールを注文した。スツールにすわっている男からは、酒瓶のならぶ棚の奥に設置されている鏡ごしに、ふたりのテーブルが見える。しかし、おそらく話の内容まではきこえまい。

「あいつは、急いで眼鏡をかけたんだ」カイルは、いかにもジョークを口にしているかのようなにこやかな笑みでいった。「この店だと、サングラスは怪しすぎるからね。あいつが大きな丸い眼鏡にしたのは、あたりを見まわしていても、視線を見とがめられることが少ないからさ。頼む、にっこりしてくれ。笑い声をあげろ。ぼくたちは、ここで昔を懐《なつ》かしんでいる親友同士にすぎない。深刻な話はしていないんだから」

ジョーイは茫然《ぼうぜん》自失のあまり、微笑《ほほえ》むことも笑い声をあげることもできないありさまだった。そこでカイルはいったん大笑いしてみせ、ピザが運ばれてくるなり、皿からひと切れを手にとった。さかんに手を動かし、微笑みを見せ、口のなかをピザでいっぱいにしたまま話しかける。

「食べろ、ジョーイ。にこにこ笑って、なにかしゃべれ」

「おまえはなにをしでかした？　あいつは警官かなにかか？」

「その〝なにか〟のほうさ。悪事はひとつもしてないが、とにかくこみいった話でね。きみも巻きこまれてる。さあ、パイレーツのことでも話そう」

「パイレーツはいま最下位だし、九月になってもどうせ最下位のままだ。どうせなら話題を変えるか、ほかのチームの話にしてくれ」ジョーイはようやくピザを手にとり、ひと切れの半分を一度にかじりとった。「ビールが欲しいな。ビール抜きじゃピザを食べられないんだ」

カイルは手をふってウェイトレスを呼び、ビールを一杯注文した。

店の片隅に、大型テレビが設置されていた。スポーツ専門局のＥＳＰＮによる、バスケットボールのハイライト番組が放映されていた。それから数分間、ふたりはピザを食べながら放送を見ていた。ラガーシャツの男は小ぶりのジョッキ一杯のビールをちびちび飲んでいたが、十分でジョッキは空《から》になった。男は勘定を現金で払って、店を出ていった。男が外に出てドアが閉まると、ジョーイはいった。「なにがどうなってる?」

「ぼくたちふたりで話しあうべきこともあるんだが、ここでは無理だ。一時間か二時間はかかる話だし、そのあと二回め、三回めの話しあいも必要だ。いま、この週末に話をすれば、ぼくたちはつかまることになる。悪人連中が監視しているんだよ。ぼくたちが真剣に話しあっているところを見られたら、あいつらはぜったいに勘づく。いまのぼくたちに大事なのは、ピザを食べて店をあとにすること、あしたきみがこの街を出ていくまで、ふたりきりでいる姿をだれにも見られないことなんだ」

「招待してくれてうれしいよ」

「きみを招待したのは、卒業式のためじゃない。その点は謝る。きょう、ここにきみを呼んだ目的はこれだ」カイルは折りたたんだ紙を相手にむけて滑らせた。「ポケットにしまえ。急いで」

ジョーイは紙を手にとると、あたりを暗殺者がうろついているとでも思いこんでいるような目つきで周囲を見まわし、ジーンズのポケットに押しこめた。「なにが書いてある?」

「頼む、とにかくぼくを信じてくれ。いまぼくは面倒な立場にはまっていて、きみの助けが必要なんだ。頼める相手はきみしかいないんだよ」

「で、おれももう関係しているわけか？」

「かもしれない。さあ、ピザを食べて、店を出よう。これからの計画を教える。もうじき七月四日の独立記念日だ。きみは、ウエストヴァージニア州のニューリヴァーでラフティングをしようという最高のアイデアを思いつく。三日かけての川下りで、二泊とも野外でキャンプだ。参加するのはぼくときみ、およびデュケイン大学時代の数人の仲間。楽しめるうちに、男だけで気楽な週末を楽しむわけさ。いまわたしたリストに、十人の名前とメールアドレスが書いてある。ウエストヴァージニア州ベックリーのラフティング・ガイド業者の名前も書いてある。ぼくが調べたんだ」

ジョーイは、これがすっかり筋の通った話だといいたげにうなずいた。

カイルはつづけた。「旅の目的は、監視の目をすっかりふり払うことにある。ひとたび川に出たり山岳地帯にはいったりすれば、もうぼくを尾行する手段はなくなる。そうなれば心ゆくまで話しあうことができるし、つねに動向を監視されているという心配もしないですむ」

「こんなのは普通じゃない。おまえは頭がいかれてる」

「黙れ、ジョーイ。ぼくは正気だし、とことん真面目《まじめ》に話してる。連中は一日二十四時間、ぼくを監視してるんだ。電話を盗聴して、ノートパソコンをモニターしてる」

「しかも、その連中は警察ではない？」

「ああ、警察ではないし、警察よりもずっと恐ろしい連中だ。いま、こうしてふたりで過ごす時間が長びけば、連中が怪しみはじめ、きみの生活も面倒なことになる。さあ、ピザを食べろ」

「腹はすいてない」

会話に長時間の間《ま》があいた。カイルは食べつづけた。ジョーイは、ＥＰＳＮが放送しているハイライト場面を見つづけていた。スプリングスティーンが歌いつづけていた。

数分後、カイルは口をひらいた。「さて、そろそろ店を出ないと。きみに話すべきことはたくさんあるが、いまは話せない。きみがラフティング旅行の計画を立ててくれたら、いっしょに楽しめるし、話をすっかりきかせてやれるよ」

「ラフティングの経験は？」

「あるとも。きみは？」

「ない。水がきらいなんだ」

「ちゃんと救命胴衣が借りられるさ。いいじゃないか、ジョーイ、楽しもうぜ。あと一年もすればきみは結婚して、人生の墓場にはいるんだから」

「ありがたい言葉だな、まったく」

「大学時代の仲間で、男だけの旅行に行くというだけじゃないか。みんなにメールで連絡をとって、話をまとめろ。いいな？」

「わかったよ、カイル。なんだっていい」

「ただし、ぼくにメールで連絡をとるときには、注意をそらすために陽動作戦をとってほしい」

「陽動作戦？」

「そうだ。その件も紙に書いてある。ぼくにメールで連絡するときには、行き先はメリーランド州のポトマック川だという建前をつらぬいてほしい。例の悪党どもに、あまり多くを知らせておきたくないんだ」

「連中がなにをするというんだ？　スピードボートを川に出して追いかけてくるとでも？」

「いや。ただの用心だよ。とにかく連中には、あまり近くをうろついてほしくない」

「こんな変な話はきいたこともないぞ、カイル」

「これからもっと変になるって」

ジョーイはいきなりピザの皿を脇《わき》に押しのけると、テーブルに肘《ひじ》をついて身を乗りだし、カイルをにらみつけてきた。「おまえのいうとおりにする。だけど、ヒントくらいは教えてくれ」

「エレインがもどってきた――強姦《ごうかん》シナリオとともにね」

ジョーイは、先ほど身を乗りだしてきたときにも負けないすばやさでボックス席の反対側に引きさがり、力なく身を縮こまらせた。エレイン……苗字《みょうじ》は？　すっかり忘れてしまった。そもそも、苗字を知ったことがあっただろうか。あれは五年前……ひょっとしたら六年前だ。警察は捜査をいったん中止しただけではなく、完全に終了させた。なぜか？　結局なにも起こっていなかったからだ。強姦はなかった。性行為はあったかもしれないが、そもそもエレインとのことはすべて合意のうえでの行為だった。自分は十二月に結婚する予定だ。理想そのままの女と。なにがあっても、文字どおりなにがあっても、その結婚を台なしにするわけにはいかない。自分にはキャリアがあり、未来があり、名声がある。こんな悪夢が息を吹きかえしてもいいものか？　いうべきことが多すぎたがゆえに、ジョーイはなにもいえず、カイルを見つめるばかりだった。カイルは、そんなジョーイが気の毒でならなかった。

その女は起きてるのか？　ジョーイの質問の声。

バクスター・テイトからの返答はない。当の女も答えない。

「ふたりでなら立ちむかえるさ、ジョーイ。たしかに恐ろしいことだ。でも、力をあわせれば乗り切れる。ぼくたちは話しあう必要があるんだ。何時間も。でも、ここでは無理、いまは無理だ。さあ、店を出よう」

「わかった。おまえのいうとおりにするさ」

その夜カイルは、〈アシーニアン〉というギリシア料理のレストランで父と夕食をとった。ジョーイ・バーナードも同席していた。ジョーイは夜の時間への下準備としてすでに数杯の酒を飲んでおり、かなり酔って気だるげな態度になっていた。いや、衝撃に茫然としていたか怯《おび》えていたか、そういったことだったのかもしれないが、とにかくなにかに気をとられていたことは事実だった。ジョン・マカヴォイはメニューに手をふれる前に早くもマティーニを二杯飲み、たちまち昔の公判や昔の訴訟がらみの手柄話を披露しはじめた。ジョーイはマティーニにマティーニで対抗した。ジンはジョーイの呂律《ろれつ》を怪しくしたが、気分を明るくする効果はなかった。

カイルがジョーイをこの夕食の席に誘ったのは、企業法務という悪の道に抵抗し、人生でもっと生産的な仕事に身を捧《ささ》げるようにと、父親がこの土壇場《どたんば》における最後の説得に乗りだしてくるのを防ぐためだった。しかしマティーニを二杯飲み干し、さらにジョーイがろくに辻褄《つじつま》のあう話さえできない状態になると、ジョン・マカヴォイはカイルを説得しようとしはじめた。カイルは反論しないことに決め、ハマス・ペーストでガーリックトーストを食べながら父親の話をきいた。赤ワインが運ばれてくると、父親はまたぞろ、主張が理にかなっている貧しい人の代理をつとめたときのエピソードを披露しはじめた。その話の裁判でも——弁護士が語る昔話の大方の例に洩《も》れず——勝ったのはもちろん父親だった。ジョン・マカヴォイが語る昔話では、ジョン自身がいつも英雄だった。貧者はいつも救済された。弱者はいつも守られた。

カイルは、いっそ母親がいてくれたほうがましだったと思いかけた。

その晩遅く、夕食をおえてからかなりたったころ、カイルは学生として最後にキャンパスを散策していた。三年間の歳月がまたたくまに過ぎ去ったことに、いまさらながら驚かされたが、その一方ではロースクールに飽きあきしてもいた。講義にも教室にも試験にも、そして学生の活動に割りふられる予算の少なさにもうんざりしきっていた。二十五歳のいま、カイルは一人前の男になった——どこに出ても恥ずかしくない学歴をもち、害のある習慣に染まってもおらず、一生残るような怪我《けが》に悩まされてもいない健康な体のもちぬしだ。

だから本来ならいまこの瞬間、未来は希望と昂奮《こうふん》とに満ちあふれている場所に思えるはずだった。

しかし、いま感じられるのは恐怖と不安ばかりだった。大学とロースクールあわせて七年間の学生生活で、文句のつけようもない優秀な成績をおさめた。それなのに、結局どこに行きついたかといえば――不本意な企業スパイとしてのみじめな暮らしが待っているだけではないか。

12

カイルが検討中の二軒のアパートメントのうちで、ベニー・ライトが気にいっていたのは、昔の精肉業地区にあるグランスヴート・ホテル近くの物件だった。部屋は百二十年前、もともとは牛や豚の食肉処理のために建てられたビルにあった。しかしいま、その時代はすでに過去となった。不動産開発業者がすばらしい手腕で建物の内臓をすっかり抜き去り、全面改修をほどこしたのだ。その結果、一階はブティックがならぶモールになり、二階は流行の最先端をいくオフィススペースに、さらにその上の階からはモダンなアパートメントになった。ライトはヒップだろうとモダンだろうと気にかけなかったし、立地条件も気にかけなかった。ライトが重視したのは、5Dの真上にある6Dが空室で、転貸に出ていたという事実だけ。ライトはとりあえず6Dを一カ月あたり五千二百ドルで六カ月間借りる契約をかわしたのち、カイルが5Dを借りるのを待った。

しかしカイルのほうは、市庁舎とブルックリン橋に近いあたりのビークマン・ストリートに面した、エレベーターのない二階建ての建物の一室に気持ちが傾きかけていた。こちらの部屋のほうが狭くて、家賃も三千八百ドルと安い。といっても、四角い小部屋ひとつの家賃としては法外な高さだ。ニューへイヴンではひと月千ドルでみすぼらしい部屋に住んでいたが、これまでマンハッタンで見てまわったどの部屋とくらべても、三倍の広さがあった。

〈スカリー＆パーシング法律事務所〉からは契約時ボーナスとして、二万五千ドルが支給されていた。カイルはその金を、物件がもっと増える初夏の時期に安全な部屋を確保するためにつかう計画を立てていた。そののち新しい部屋に引きこもって六週間はノンストップで勉強に励み、七月にニューヨーク州の司法試験を受ける予定だった。

カイルがビークマン・ストリートの部屋を借りる意向だということが明らかになると、ライトはすぐさま工作員のひとりを通じて不動産業者にしつこく交渉し、さらに上乗せした家賃を出すという条件を出した。この作戦が効を奏し、カイルは旧精肉業地区の物件に誘導された。カイルが六月十五日から月五千百ドルで一年借りるという契約に口頭で合意すると、ライトはカイルが入居してくる二週間前に技術者チームを派遣して、部屋の〝内装〟にあたらせた。すべての部屋の壁の内側に盗聴装置が仕掛けられた。電話線とインターネット回線にも盗聴用回線が仕掛けられ、その回線が真上の6Dの部屋に通じていた。監視カメラも四カ所に設置された——居間とキッチンにひとつずつ、ふたつある寝室のそれぞれに。どの装置も、カイルなりほかの人間なりが調べまわりはじめたら、すぐさま撤去できるようになっていた。監視カメラも6Dのコンピューターにつないであったので、ライトとその手下たちはカイルの生活のすべてを監視できるようになった。といってもシャワーやひげ剃《そ》り、歯磨き、それにトイレをつかっているときは例外だ。ある程度のプライバシーは守るべきである。

六月二日、カイルは荷物のすべてをジープ・チェロキーに積みこんで、イェール大学のキャンパスとニューヘイヴンに別れを告げた。そのあと数キロばかりは、学生時代に別れを告げる者にありきたりなノスタルジアを感じていたが、ブリッジポートを通りすぎるころには、思いは早くも司法試験とその先で自分を待つものにむかっていた。車でむかった先はマンハッタン。友人たちを訪ねて数日間を過ごしたのち、十五日からアパートメントに住みはじめる予定だった。とはいえ、まだ賃貸契約書にサインをしてはおらず、それが不動産業者の苛立《いらだ》ちの種になっていた。カイルは業者の女性からの電話を無視しつづけていた。

六月三日、カイルは予定どおりミッドタウンのペニンシュラ・ホテルにチェックインし、十階のスイートルームにいたベニー・ライトを訪ねた。カイルの指令役《ハンドラー》はいつもどおり、暗くくすんだ服装だった――ダークスーツにワイシャツ、地味なネクタイに黒靴。しかし六月三日には、新機軸が二点ほどあった。まず、スーツの上着を脱いでいた。もう一点は、シャツの上に黒革のホルスターを装着し、左腋《わき》のすぐ下に口径九ミリのベレッタを帯びていたことだ。これなら、右手をすばやく動かすだけで、すぐに拳銃《けんじゅう》をつかえる。カイルはこんなふうに武器を間近で見せられた場合に口にしたい皮肉の言葉を頭のなかで一から十まで述べ立てたが、土壇場で銃をただ無視するだけにした。というのもライトがベレッタに目をとめてほしがっているばかりか、それについてのカイルの意見を待ち望んでさえいることが明白だったからだ。

あっさり無視しろ。

カイルはライトと会うときの定番の姿勢ですわった――左の足首を右の膝《ひざ》に載せ、胸の前で腕組みをし、心底からの軽蔑《けいべつ》の表情を顔にのぞかせたのだ。

「卒業おめでとう」ライトは五番街を見おろす窓ぎわに立ち、紙コップのコーヒーをちびちびと飲みながらそういった。「万事順調に運んでいるかね？」

どうせなにもかも知っているくせに――カイルは思った。おまえの手下が、ピザを食べるジョーイとぼくを監視していたくせに。父が夕食になにを食べたかも、そのときにマティーニを何杯飲んだかも知っているくせに。ジョーイがギリシア料理の店から、スカンクも顔負けに酔っぱらって千鳥足で出てきたことだって知っているくせに。正方形の学帽とガウンという服装のぼくをみんなが写真に撮っていたとき、おまえの手下の悪党もスナップ写真を撮っていたんだろうよ。

「上々だ」カイルは答えた。

「よかった。アパートメントは見つかったか？」

「ああ、見つかったと思う」

「場所は？」

「なんで知りたがる？　ぼくにつきまとわないという話で合意したとばかり思っていたのにな」

「ちょっと親しくしようとしているだけじゃないか、カイル。それだけだ」

「なぜ？　こうして顔をあわせるたびに、おまえは昔からの友だち気取りでおめでたいたわごとを口にするけどね、そのたびに腹が立ってならないんだ。ぼくがここにいるのだって、来たかったからじゃない。おまえとおしゃべりしているのだって、みずから望んでのことじゃない。いまこの瞬間、いられるものなら世界のどこかほかの場所にいたいのが本音さ。ぼくがここにいるのは、おまえたちに脅迫されてるからだ。おまえたちには虫酸《むしず》が走る。そのことだけは忘れるな。親しくしようなんて気づかいは無用だ。そもそも、おまえの柄《がら》じゃない」

「その気になればいやな男にもなれるんだぞ」

「もとからいやな男じゃないか！」

ライトはコーヒーの紙コップに口をつけ、あいかわらず笑みをのぞかせていた。

「それはさておき、話を進めよう。いつ司法試験を受けるのかをきいてもいいかな？」

「断わる。最初から、ぼくがいつ司法試験を受けるのかを知ってるくせに。ぼくはなんのためにここにいる？　この会合の目的は？」

「ちょっとした挨拶《あいさつ》というだけだよ。ようこそ、ニューヨークへ。ロースクール卒業おめでとう。家族はみんな元気か？　まあ、そんなようなことだ」

「お気づかいに涙が出そうだ」

ライトはコーヒーのコップを下に置くと、分厚いノートを手にとってカイルに手わたした。「ここにあるのは、トライロン航空対バーティン社訴訟で、裁判所にいちばん最近提出された書類だ。訴訟棄却を求める申立て、原告主張を支持する宣誓供述書、原告主張を支持する証拠物件、原告支持の摘要書、原告に反対する摘要書。前記申立てを却下する裁定書。被告バーティン社からの訴答書。まあ、そういったものだ。きみも知ってのとおり、こういった書類はどれも機密扱いでね。だから、きみがいま手にしている書類はどれも海賊版といえるよ」

「どうやって手に入れた？」

ライトは、カイルから答えられない質問を投げかけられたときの例に洩れず、いつもの愚かしげな薄笑いをのぞかせただけだった。「司法試験の勉強のあいまに、その訴訟のことを頭に詰めこんでおけ」

「質問がある。まず〈スカリー＆パーシング〉が、訴訟部のなかでもこの訴訟を担当している部署にぼくを配属する見こみは薄いと思えるんだ。さらに、はいりたての新人アソシエイトがこの訴訟のそばに近づくことを、あの事務所が許すとも思えない。もちろん、おまえたちのことだから、その点も考えているはずだな」

「で、きみの質問は……？」

「ぼくがこの訴訟にまったく近づけなかったら、そのときはどうする？」

「きみと同期入社の新人アソシエイトは約百人で、直近の二年度とほぼ同数だ。そのうち約十パーセントが訴訟部に配属される。残りの九十パーセントは、それ以外のあらゆる部門に行く——企業合併、企業買収、税務、反トラスト、商取引、証券、財務、不動産など、あの事務所が提供しているありとあらゆる法律実務をこなす部門にね。そしてきみは、訴訟部の新人の輝ける星になる。というのも、きみはいちばん頭がよくて、一日十八時間で週に七日働くばかりか、おべっかをつかい、ライバルの尻《しり》を蹴《け》り飛ばし、裏切り、そのほか大規模法律事務所で成功のかなめとされていることを残らず実行するからだ。そしてきみは、この訴訟の仕事をしたいと申し出る。この仕事をさせろと要求する。なぜなら、これこそが事務所全体のなかでも最大規模の訴訟だからだ、といって。そうしているうちに、きみはやがてこの訴訟を扱う部署に配属されるね」

「質問しなければよかったな」

「さらに、この訴訟にじりじり近づいていくあいだも、きみはわれわれに貴重な情報をもたらすことになっている」

「どんな情報を？」

「その話しあいはまだ早い。いまのきみに必要なのは、司法試験に集中することだ」

「ありがたや。試験のことをすっかり忘れていたよ」

それから十分ばかり棘々《とげとげ》しく話しあったのち、カイルはいつもどおり、そそくさとその場をあとにした。タクシーの後部座席におさまったカイルは不動産業者に電話をかけ、旧精肉業地区に住もうと思っていたが、気が変わったと告げた。業者は逆上したが、表むきは冷静さをたもっていた。カイルはまだなんの契約書にもサインしていない。だから業者は、カイルを攻撃しようにも弾薬のもちあわせがないのだ。カイルは数日中にあらためて連絡する、と約束した——そのあとで、また物件さがしをはじめたい。できれば、もっと小ぶりで、家賃の安い物件を。

カイルは自分のわずかな荷物を、チャールズという名前のふたりの男が借りているソーホーのアパートメントの空き部屋に運びこんだ。ふたりは一年前にイェール大学ロースクールを卒業し、いまはそれぞれ異なる大手の法律事務所で働いていた。ジョンズ・ホプキンズ大学時代にラクロスの選手だった者同士であり、おそらくはゲイのカップルだろうが、少なくともイェール時代にはそのことを公言してはいなかったし、カイルもふたりの関係には関心がなかった。必要なのは、当座のあいだ寝るためのベッドと、所持品を保管しておくスペースだけだ。それに——そんなことが可能ならの話だが——ライトに妙な真似《まね》をさせないことも必要だった。ふたりのチャールズは物置代わりの部屋を無料で提供するといってくれたが、カイルは週に二百ドル払うと主張した。アパートメントは理想的な勉強部屋になるはずだった。というのも、ふたりのチャールズがめったに帰ってこないからだ。ふたりとも、週あたり百時間という仕事に苦しめられていた。

精肉工場を改装したアパートメントの6Dを家賃五千二百ドルで六カ月間借り受け、さらにその真下の5Dの〝改装〟に大金を投じ、ビークマン・ストリートのアパートメントを四千二百ドルの家賃で一年間借りた作戦がまったくの無駄におわったことが明らかになると、ライトは激昂《げっこう》こそしたが、パニックを起こすことはなかった。資金の浪費は問題ではない。ライトの気がかりは、まったく予想できなかった展開だという点にあった。過去四カ月のあいだ、カイルの行動にはライトたちを驚かせる要素がほとんどなかった。素行監視はたやすかった。二月のピッツバーグへの旅行についてはすでに詳細な分析がなされており、不安は一掃されていた。しかし、いまカイルは動向の監視がいちだんとむずかしい大都会にいる。対象が民間人であれば、通常は監視も容易だ――思考も行動パターンも先が読めるからだ。自分が監視されていることを知らなければ、そもそも監視の目をかいくぐろうとはしないはずではないか？　しかしカイルはどの程度まで知っており、どの程度まで疑っている？　あの男はどの程度まで、こちらの予想どおりに動く？

ライトはそれから一時間のあいだおのれの傷を舐《な》めたのち、つぎのプロジェクトの立案にとりかかった。ふたりのチャールズについて迅速に調査し、さらに両名が住むアパートメントを捜索するつもりだった。

バクスター・テイトの二回めになるアルコール依存症治療の試みは、自宅玄関へのノックの音で幕をあけた。つづいて二回めのノック。バクスターは携帯電話に出なかった。ベヴァリーヒルズにある流行の最先端をいくナイトクラブから、明け方の四時にタクシーで送り届けられたあとだったからだ。タクシーの運転手が肩を貸して、バクスターを自宅コンドミニアムまで連れ帰っていた。

四回めのノックののち、玄関ドアはあっさりとひらいた。バクスターが錠をおろす手間も省いていたからだ。ふたりの男——家族の要請に応じて、正道をはずれた依存症者の身柄を確保する専門家——は、ベッドに寝ているバクスターを発見した。ゆうべの服装のままだった。酒の染《し》みがあちこちについた白い麻のシャツ、〈ゼニア〉の麻の黒いカジュアルジャケット、脱色加工をほどこしたデザイナージーンズ、〈コールハーンブラガノ〉のローファー。浅黒く日焼けした足首には靴下は見あたらなかった。バクスターは昏睡《こんすい》状態だった——重苦しく呼吸はしているものの、いびきをかいてはいない。まだ命はあったが、こんな調子の生活をつづけていたら長く生きられないのは明らかだった。

ふたりは寝室とバスルームを手早く見てまわって、武器をさがした。ふたりの男はどちらも武装していたが、拳銃は上着で隠してあった。ついでふたりが待機中の車に無線で連絡し、三人めの男がコンドミニアムにやってきた。男はバクスターの伯父で、名前はウォルター・テイト。バクスターの父親の兄で、通称はウォリー伯父さん。父親のきょうだい五人のうち、生涯でなにかを達成した唯一《ゆいいつ》の人物である。一家が銀行業で富を築いたのはもう三世代前であり、財産はいまや一定のペースで減りつつあった。といっても、警戒すべきほどのペースではない。この前ウォルターがバクスターと会ったのは、この甥《おい》がまたしても飲酒運転をやらかし、ピッツバーグの某法律事務所であと始末をしていたときのことだった。

自分以外の四人のきょうだいは、毎日の生活でもっとも基本的な意志決定さえできない手あいなので、ウォルターはもうずいぶん前から一族の長をもって任じていた。投資の動向を見まもり、弁護士たちと会い、必要とあればマスコミへの対応もこなし、甥なり姪《めい》なりがへまをしでかしたときには、不承不承ながら尻ぬぐいもしてきた。ウォルター自身の息子は、ハンググライダーの事故で死亡していた。

ウォルターがバクスターへの実力行使に出るのは二度めであり、これで最後になるはずだった。最初の実力行使は二年前、やはりロサンジェルスでのことだ。そのときは、バクスターをモンタナ州の牧場屋敷《ランチハウス》に送りだした。バクスターはそこで酒を抜き、馬に乗り、新しい友人をつくり、希望の光を目にした。そののち、一文の稼ぎにもならないハリウッドでの俳優稼業《かぎょう》に復帰したあとも、二週間は禁酒を守っていた。ウォルターは、依存症治療を二回までと定めていた。そのあとは、相手がみずから死を選ぼうとどうしようとかまわなかった。

バクスターは九時間もまったくの人事不省だったが、ウォルターに片足を強く揺られて、泥酔《でいすい》のあげくの睡眠からようやく目を覚ました。目をあけたバクスターは、三人の見知らぬ男たちがベッドのまわりを囲んでいる光景に仰天した。あわてて三人から離れようとしてベッドの反対側にあとずさりかけ……そこでウォルター伯父に気がついた。すぐわからなかったのは、伯父の髪の毛が薄くなり、体に肉がついてもいたからだ。この前会ったのはいつのことだったか？　一族全員が顔をあわせたことは一回もなかった――それどころか、一族の面々は死にもの狂いで、たがいに顔をあわせまいと避けあっていた。

バクスターはまず目もとをこすり、こめかみをさすった。たちまち頭蓋骨《ずがいこつ》が砕けそうな頭痛が襲いかかってきた。バクスターはまずウォルターを、ついでふたりの男を見あげてこういった。「これは……これは……。ロシェル伯母さんは元気かい？」

事実をいえばロシェルはウォルターの初婚時の妻だったが、バクスターが名前を覚えているのはロシェルだけだった。子どものころひどく怖い思いをさせられて以来、バクスターはロシェルを忌《い》みきらっていた。

「去年死んだよ」ウォルターは答えた。

「それは気の毒に。で、伯父さんはなんの用でロスに？」バクスターはローファーを蹴るように脱ぎ捨てると、両腕を枕《まくら》に巻きつけた。この話の行き着く先は、教えられなくてもわかっていた。

「これからちょっとした旅行に出るぞ、バクスター。わたしたち四人でね。おまえを前とはちがうクリニックにチェックインさせ、酒を抜いて素面《しらふ》にしてもらい、おまえが立ちなおれるかどうかを調べてもらうことにした」

「実力行使ということか？」

「そうだ」

「そりゃいい。こっちではしじゅうその手のことが起こる。ハリウッドでは、ただの映画俳優がそんなふうに実力行使のチャンスにあずかれるのは奇跡なんだ。だれもがいつも、実力行使に助けてもらいたがってる。ああ、こんな話をしたって信じちゃもらえないだろうが、いまから二カ月ばかり前、おれもその実力行使の片棒をかついだ。おれは〝仲立ち〟と呼ばれる役だったが、そのあたりのことは、どうせもう知ってるだろう？　想像してもらえるか？　おれはホテルの客室にすわってる。ほかにも、仲立ち連中が何人かいてね。顔見知りもいれば、赤の他人もいた。で、そこにかわいそうなジミーがビール片手にやってくる——なにも知らされていない待ち伏せ攻撃だ。やつの兄貴がジミーを椅子《いす》にすわらせ、それからおれたちみんなで部屋をぐるぐる歩きまわりながら、おまえは見さげはてた人間の屑《くず》だとジミーにいいつづけた。ジミーは泣いていたよ——だけど、そんな連中は泣くと決まってるんじゃないか？　ああ、思い出してきた。ジミーにウォッカとコカインの害毒についておれが垂れたお説教を、あんたたちにもきかせたかったね。あれほど泣いてなかったら、あいつ、おれに殴りかかってきたんじゃないか。わるいが水を一杯もらえないか？　ところで、おまえたちはだれだ？」

「わたしが連れてきたんだよ」ウォルター伯父が答えた。

「そうだろうと思った」

専門家のひとりが、バクスターに水のペットボトルを手わたした。バクスターはぴちゃぴちゃと音をたて、のどにまで水をしたたらせながら、中身を一気に飲み干した。

「頭痛薬はないかな？」バクスターは藁《わら》にもすがる気持ちでいった。専門家たちは数粒の錠剤と、新しい水のボトルを手わたした。薬と水をすべて飲みおえると、バクスターはたずねた。「で、今度はどこに行く？」

「ネヴァダ。クリニックはリノ近郊の山のなかだ。すばらしい景色が楽しめるぞ」

「また観光牧場じゃないだろうね。馬にまたがって一カ月も過ごすのは、もうごめんだよ。この前の酒抜き治療で傷《いた》めたケツが、いまでも痛むんでね」

ウォルター伯父は、あいかわらずベッドの足側にじっと立っていた。一歩も動いていない。「今回の施設には馬はいないよ。まったくちがう種類の施設だ」

「そりゃよかった。あの手の施設はどこもおなじだって話をきいてたんでね。みんないつも、いちばん最近になって行った施設の話をしてる。いつもメモを比べあってね。バーで女をひっかけるにはいい手なのさ」頭を貫く痛みに、バクスターは目をぎゅっとつぶったまま話しつづけた。

「ああ、今回の施設はちがう」

「どんなふうに？」

「少々荒っぽい手をつかう。施設にいる期間も長くなる」

「はっきりいえよ。いつまでいるんだ？」

「必要なだけの期間」

「いますぐ、ここできっぱり酒をやめると誓ったら、今回の話をなかったことにしてもらえないか？」

「だめだ」

「つまり、伯父さんがここに足を運んできたし、伯父さんは人間の屑ぞろいのわがささやかな一族の族長、だからおれが自発的にこの話に乗るかどうかは関係ないということだね？」

「そのとおり」

「もしおれが、うるさい、引っこんでろ、おれの家から出ていけ、あんたたち三人は不法侵入者なんだから、いますぐ警察に通報してやる、施設への旅におとなしくついていくと思ったら大まちがいだと、そんなふうにいったら……伯父さんはあっさりと信託基金を引きあげる。そうなんだろう？」

「そのとおり」

吐き気が電気ショックのように襲いかかってきた。バクスターは弾《はじ》かれたようにベッドから起きあがると、カジュアルジャケットをむしりとるように脱ぎながら、よろめく足でバスルームにむかった。騒々しく、しかも長い時間のかかる嘔吐《おうと》のあいまあいまには、罰当たりな言葉の波がまじっていた。そのあと顔を洗って、腫《は》れあがった自分の顔を鏡で見たバクスターは、なるほど、数日ばかり酒を抜くのもわるくはない、と思った。しかし、これから一生を酒とドラッグのない状態で過ごすことは想像もできなかった。

信託基金は、自分のしていることもわかっていない曾祖父《そうそふ》によって設立された。現在では自家用ジェット機や豪華クルーザーやコカインなど、一家伝来の財産を燃やしつくす方法は数えきれないほどあるが、昔は将来の世代のために財産を大事にとっておくのが賢明な手法だったのである。しかし、バクスターの祖父は警戒すべき徴候を見てとった。祖父は弁護士を雇って信託基金の条件を書き換え、顧問委員会がある程度の裁量権を行使できるようにしたのだ。その結果バクスターのもとには毎月ある程度の現金がもたらされ、働かなくても余裕のある暮らしが可能になっていた。しかし、まとまった額の大金となると、水道の蛇口を閉めるようにあっさり断たれることもあり、ウォルター伯父はその蛇口を容赦のない手で掌握していた。

そのウォルター伯父からリハビリテーション施設に行けといわれたら、あとはもう酒を抜く道しか残されていないといえる。

バクスターはバスルームの入口近くの壁によりかかり、三人の訪問者に目をむけた。

三人とも身じろぎひとつしていなかった。バクスターは手前にいる専門家に顔をむけて、こういった。「おまえたちふたりがここに来たのは、おれが抵抗したら親指の骨をへし折るためなんだろう？」

「まさか」というのが答えだった。

「さあ、行くぞ、バクスター」ウォルター伯父がいった。

「荷づくりは？」

「必要ない」

「伯父さんのジェット機で？」

「そうだ」

「前回は旅に出る前に、とことん酔っぱらわせてくれたじゃないか」

「施設からは、往路では好きなだけ酒を飲んでもかまわないといわれている。機内のバーには酒がそろってるぞ」

「飛行時間は？」

「九十分」

「そりゃ、大急ぎでがんがん飲まないと」

「おまえなら無理じゃないはずだ」

バクスターは両腕をふり、寝室を見まわした。「この家はどうする？　いろいろな請求書やメイドや郵便物は？」

「わたしが万事目をくばるよ。さあ、行くぞ」

バクスターは歯を磨いて髪をととのえ、シャツを着替えてから、ウォルター伯父とふたりの男について外に出て、黒いヴァンに乗りこんだ。走りだしてからしばらく車内は静まりかえっていたが、その張りつめた空気をついに破ったのは、後部座席にすわっているバクスターの嗚咽《おえつ》の声だった。

13

司法試験対策講座は六二番ストリートのフォーダム大学でおこなわれ、ロースクールを卒業したばかりの若者で大きな講堂が満員になっていた。ウィークデイの毎日、朝の九時半から午後一時半まで、近くのロースクールからさまざまな教授がやってきて、憲法や会社法、刑法、財産法、証拠法、契約法をはじめとするじつに多くの分野について、その難解な部分の講義をしていく。講堂内のほぼ全員がロースクールを卒業したばかりなので、講義内容に通じてもおり、理解もたやすかった。しかし、その量たるや圧倒的だった。三年間の濃密な勉強のすべてが、二日間で合計十六時間におよぶ試験という悪夢に集約されるのである。初めて司法試験に挑む受験者の、じつに三十パーセントまでが不合格になる。そのため、この直前の対策講座のために三千ドルもの金をかきあつめるのに躊躇《ちゅうちょ》する者はほとんどいなかった。〈スカリー&パーシング法律事務所〉は、カイルをはじめとする新人たちの受講料を全額負担していた。フォーダム大学のその講堂に初めて足を踏みいれたときには、カイルは場に立ちこめる緊張を肌で感じたほどだったし、その後もこの雰囲気が消えることはなかった。三日めになるころには、おなじイェール大学ロースクールの卒業生たちと固まってすわるようになり、さらにこのメンバーがたちまち自主勉強のグループを形成して、午後はもちろん、夜まで熱心に勉強に打ちこんだ。ロースクールで過ごした三年のあいだ、彼らは内国歳入法典の曖昧模糊《あいまいもこ》とした世界だの、統一商事法典の退屈きわまる世界だのへの再訪を強いられる日の到来をひたすら恐れていた。いま、その日が目前に迫っていた。彼らの頭は司法試験のことでいっぱいだった。

最初の司法試験での不合格は大目に見るが、二回めでの不合格は許さないという点で、〈スカリー&パーシング〉の姿勢は典型的だった。二回つづけて試験に落第したら、その時点でアウト。数こそ少ないが、一回めの受験ですべてを決定するという厳格な姿勢の事務所もあったし、またひと握りのもっと穏当な姿勢の事務所のように、ほかのあらゆる面で可能性を見せた人材であれば、二回の不合格でも許すところもある。それにもかかわらず、やはり不合格への恐怖は心の表面のすぐ下にわだかまっており、そのせいでなかなか寝つけないことも珍しくなかった。

カイルは単調な勉強から気分転換して頭をすっきりさせるため、ありとあらゆる時間にニューヨークの街を散歩してまわった。散歩は見聞を広めてくれたし、ときには夢中になるほどおもしろかった。散歩のおかげで通りや地下鉄、バスのシステム、それに歩道のルールなどの知識が身についた。どこのコーヒーショップが終夜営業で、どこのパン屋に行けば朝の五時に焼きたての温かなバゲットが買えるのかもわかった。またグリニッチヴィレッジにいい古本屋を見つけたので、新たな興味の対象になっていたスパイ小説や国際謀略小説をふたたび読みはじめた。

ニューヨークに来て三週間め、カイルはようやくうってつけのアパートメントを見つけだした。ある日の夜明け、チェルシーの七番街に面したコーヒーショップの窓ぎわのスツールにすわり、ダブルのエスプレッソを飲みながらニューヨーク・タイムズ紙を読んでいると、ふたりの男が道の反対側のドアから、苦労しながらソファを運びだしているのが見えた。男たちがプロの引っ越し屋でないのは、一見して明らかだった。これっぽっちもソファに配慮しているふしがなかったのだ。男たちはヴァンの後部にソファをほとんど投げるように積みこむと、ふたたびドアから建物にはいっていった。数分後、ふたりは大きな革張りの椅子《いす》を運びだし、おなじように扱った。男たちは明らかに急いでいたし、引っ越しも楽しいものではなさそうだった。ドアは健康食品の店の横にあり、そこから二フロア上の屋根のひとつには、アパートメントが転貸可能である旨《むね》の掲示が出されていた。カイルは急いで道路をわたって男のひとりを呼びとめ、その男について階段をあがっていき、室内をざっと見まわした。三階に四戸あるアパートメントのひとつだった。狭い部屋が三つと狭苦しいキッチン。呼びとめた男――スティーヴなんとかという男――と話をするうちに、まだ賃貸契約の期間内ではあるが、急いで引っ越す必要に迫られたことがわかった。たちまち、カイルがひと月二千五百ドルでこの部屋を八カ月間転借する話がまとまり、ふたりは握手をかわした。その日の午後ふたりはふたたび会って、書類にサインをし、鍵《かぎ》の受け渡しをすませた。

カイルはチャールズとチャールズに礼を述べ、わずかな所持品をふたたびジープに積みこむと、アップタウン方向に二十分ばかり車を走らせ、七番街と西二六番ストリートの交差点まで行った。そこのフリーマーケットで最初に買ったのは、かなりつかいこまれた中古のベッドとナイトテーブル。二番めに買ったのは、五十インチの薄型テレビ。急いで家具をそろえたり内装に手を入れたりする必要はない。自分がここに八カ月以上住むとは思えなかったし、客を呼ぶことがあるとは考えられなかったからだ。新生活の第一歩を踏みだすには適当な部屋であり、いずれもっといい住まいをさがすつもりだった。

ウエストヴァージニア州にむけて出発する前に、カイルは慎重に罠を仕掛けた。茶色い縫糸を十センチほどに切ったものを用意し、アパートメント内にある三つのドアの下側と床にワセリンで貼《は》りつけたのだ。立った姿勢で見おろすと、糸はオーク材の木目にまぎれてほとんど見えなかった。しかし、もし何者かがアパートメントに侵入してドアをあければ、糸の位置が変わって痕跡《こんせき》が残る。また居間の壁ぎわには、教科書やノートやあれやこれやのファイル類を積みあげておいた。まだ処分する気持ちにはなれないものの、そのほとんどは無用の品だった。乱雑に積みあげたようでありながら、実際には慎重に順番を決めて積んだものだった。カイルはこの山のすべてをデジタルカメラで撮影した。本やファイルの山を調べようと思いたった者がいれば、そのあとおなじようにいい加減に積みあげるはずである。そんなことがあれば、カイルにはわかる仕掛けだった。さらに新しい隣人――タイからやってきた高齢の女性――に、自分はこれから四日間の旅行に出るが、そのあいだに客が来る予定はまったくない、と告げた。もしなにか物音を耳にしたら、すぐ警察に通報してほしい。女性は承諾してくれたが、カイルは自分の言葉が一語でも相手に理解してもらえたのかどうか、まったく自信がなかった。

こうしたスパイ対策はどれも初歩的なものでしかなかったが、スパイ小説によれば、往々にして基本的な作戦が成功するということだった。

ニューリヴァーは、ウエストヴァージニア州内ではアレゲーニー山脈のなかを流れている。場所により緩急さまざまだが、どこであれ一貫してすばらしい景観が楽しめた。なかにはクラス4に分類される急流部分もあり、そうしたところにはカヤックの真の愛好家たちがあつまった。もっとゆるやかな流れが延々とつづく場所には、毎年数千人のラフティング愛好家たちがやってきた。これだけの人気スポットであることを反映し、定評のあるラフティング・ガイド業者がいくつもあった。そのなかでカイルが見つけたのは、ベックリーの街に近い業者だった。

最初の夜、一行はモーテルに集合した。ジョーイとカイル、それにベータ・クラブの仲間四人。一同は独立記念日を祝って二ケースのビールを飲み、翌朝はふつか酔いで目を覚ました。もちろんカイルはダイエットソーダだけにとどめていたし、翌朝は破産法の幾多の謎《なぞ》に思いをめぐらせながら目を覚ました。五人の友人たちのありさまをひと目見ただけで、カイルは自分が酒を断っていることを誇らしく思った。

一行のガイドをつとめてくれたのは、クレムという純朴な雰囲気の地元の男だった。

クレムは自分の生計の途《みち》である二十四フィートのゴムボートに、いくつかのルールを設定していた。ヘルメットと救命胴衣は必須《ひっす》。禁煙。川下りをしているあいだは、ボート内での飲酒は厳禁。ただしボートをとめているときは——すなわち昼食時や夜間には——好きなだけ飲んでもかまわない。積みこまれた十ケースのビールを目にして、クレムは自分がなにに直面しているのかを悟った。初日の午前中はなにごともなかった。日ざしは暖かく、乗りこんだ客たちは静かで、なかには吐き気を感じている者もいた。夕方が近くなるころには水しぶきがあがり、ボートがジャンプするようになっていた。午後五時にもなると、みんなのどの渇きを感じていた。クレムは一日めの夜を過ごすための砂州を見つけた。それぞれがビールを二本飲み、クレム当人も一本飲んだあとで、一同は四つのテントを張り、キャンプの準備をととのえた。クレムがグリルでTボーンステーキを焼いた。夕食のあと、一行は近くの探険に出発した。

カイルはジョーイと川ぞいに一キロ弱歩き、もうだれにも姿を見られていないことを確かめてから、倒木に腰かけ、よどんだ水に足を突っこんだ。

「よし、話をしよう」カイルはすぐに本題に切りこんだ。

もう何週間も、いや何カ月にもわたって、カイルはいずれジョーイとかわすはずのこの会話について思い悩みつづけていた。友人の生活をかき乱すのは不本意だったが、これまでの経緯を打ち明ける以外に道はなかった。一部始終を。そのため、自分がジョーイの立場なら、すべてを知りたいと思うはずだ、という理屈で自分を納得させた。もしジョーイが最初にビデオを見せられて、危険性に気がついたとしたら、自分は教えてほしいと思うはずだ、と。しかし、それ以上に大きな理由があり、それゆえにカイルは自分を身勝手だと思っていた——自分に協力者が必要だという理由である。おおまかな計画は作成ずみだったが、ひとりではとうてい実行不可能だ。ベニー・ライトが暗がりに身をひそめていることを思えば、なおさらひとりの手にはあまった。しかも計画がまったくの不発におわることも考えられたし、危険な情況を招くことも考えられる。実行の放棄を迫られることもあるかもしれない。それればかりか、ジョーイ・バーナードが協力をにべもなく拒絶してもおかしくはない。計画の第一段階には、エレイン・キーナンも含まれていた。

カイルが、ベニー・ライトという名前で知られている男と初めて顔をあわせたときのことを詳細に物語るのを、ジョーイは食いいるようにきいっていた。ビデオが存在するという事実には、かなりのショックを受けていた。脅迫については心底から動揺していた。存在も忘れていたような女から強姦《ごうかん》で告発されたばかりか、その主張を補強する物的証拠があるという事実には、恐怖にふるえあがっていた。

カイルはすべてを打ち明けたが、訴訟の背景についてだけは黙っていた。まだ司法試験に合格して法律実務の免許を交付された身ではないが、〈スカリー&パーシング法律事務所〉とは契約をかわしており、事務所の業務の秘密を守るという倫理面の義務を感じていたからだ。いずれライトにどんな行為を強制されるかを思えば馬鹿馬鹿《ばかばか》しいといえたが、いまこの瞬間はまだキャリアに汚れひとつない状態であり、できれば倫理を大事にしたかった。

最初ジョーイは、エレインとはいかなる関係もなかったと弱々しく否定しようとしたが、カイルは手をふって黙らせた。

「きみの姿がビデオに映っていたよ」カイルは精いっぱいの同情をこめた声でいった。

「ビデオできみは、意識が途切れ途切れになっているらしき女とセックスをしていた。ぼくたちが住んでいたアパートメントで。最初はバクスター、つぎはきみだ。ぼくはそのビデオを、ノートパソコンの十二インチの画面で見た。万が一あのビデオが法廷で上映されるとなれば、大スクリーンに衝撃的な映像が映しだされることになるだろうね。それこそ、映像も音も強調された映画館にいるようなものだ。だから、その場の全員が——とくに陪審の面々が——あれはきみにまちがいない、疑いの余地はない、と思うだろう。残念だよ、ジョーイ。でも、きみはあの場にいたんだ」

「全裸で？」

「一糸まとわぬ姿で。覚えてるかい？」

「五年前だぞ、カイル。それに、意識的に忘れようとしていたし」

「それでも覚えてるだろう？」

ジョーイは気のすすまないようすをありありと見せながら答えた。「ああ、確かに。でも、強姦じゃなかった。それどころか、セックスしようといったのはあの女だ」

「でも、ビデオではその点は明らかになってない」

「そもそも、そのビデオにはいくつかの重要な部分が映ってないはずだ。まず、あの晩、警官たちがやってきたとき、おれたちはみんな散り散りになった。おれとバクスターは、急いで隣のセロのアパートメントに逃げこんだ。そこでも、もっと小人数の静かなパーティーをやっててね。エレインもそこにいた。いつもどおり完璧《かんぺき》に酔っぱらって、ごきげんそのものだったよ。おれたちは数分ほどそっちの部屋で、警官たちが引きあげていくのを待ってた。そのうちエレインが、もうここを出たいといいだした――またおれたちの部屋に行って、〝セッション〟しようって。あの女のお気にいりの表現だよ。バクスターとおれを相手にね。そういう女だったんだよ、カイル――いつも相手をさがしてたんだ。デュケイン大学じゃ、いちばん簡単に抱ける女だった。

だれもが知っていた。とびきり愛らしくて、簡単に抱ける女だったんだよ」

「よく覚えてるさ」

「あんなにだれとでも寝て、あんなに積極的な女には会ったこともなかった。だからこそ、あの女が強姦だといいたてたときには、おれたちみんなが驚いたんだ」

「それもまた、警察が捜査の熱をなくした理由だったね」

「そのとおり。いや、それだけじゃない。ビデオに記録されてないことがあるぞ。あのパーティーの前の日の夜、おまえとアランは何人かと連れだってパイレーツの試合を見にいってたな？」

「たしかに」

「あの晩も、エレインはアパートメントにいたんだ。いや、珍しいことじゃなかった。で、三人でやったんだよ。おれとバクスターとエレインで。その二十四時間後、おなじアパートメントで、おなじ男たち、なにもかもおなじ……エレインは意識をなくし、目を覚まして……自分は強姦されたといいはじめたんだ」

「それは記憶にない」

「あの女が強姦だのなんだのといいたてるまでは、たいしたことじゃなかったんだ。で、バクスターと話しあって、前の夜の件は黙っていることに決めた。あの女が、自分は二回にわたって強姦されたといいたてると厄介だと思ったんでね。だから、そっちの話は秘密にした。でも警察がおれとバクスターを締めあげはじめたんで、やむなく前の晩の話もした。それで警察は荷物をまとめ、引きあげていったわけだ。捜査終了。強姦ではなかった、とね」

小さな亀《かめ》が泳いで倒木の近くまでやってくると、ふたりを見つめているように顔をむけてきた。ふたりは亀をにらみかえした。長いあいだ、どちらも口をひらかなかった。

「バクスターとアランは、このことを知ってるのか？」やがてジョーイが、そうたずねた。

「いや、まだ知らない。きみに話すだけでも大変な苦労だったんだから」

「ありがた迷惑な話だ」

「すまない。友人が必要だったんだ」

「なんのために？」

「まだわからない。とりあえずは、相談相手がほしかった」

「その連中は、おまえになにを求めているんだ？」

「ごく単純な話だよ。まずぼくをスパイとしてあの法律事務所に送りこむ。そのあとぼくは、巨額の金がかかった訴訟で相手方が勝訴するために必要な、ありとあらゆる種類の秘密情報を盗みだすわけだ」

「たしかに単純な話だな。で、つかまったら、おまえはどうなる？」

「法曹資格の剝奪《はくだつ》、起訴、有罪判決、そして懲役五年の実刑――連邦刑務所ではなく、州刑務所だな」

「それだけか？」

「個人破産、屈辱……数えあげればきりがない」

「おまえに必要なのは友人だけじゃないぞ」

先ほどの亀が砂に這《は》いあがり、枯木の根のあいだにはいりこんで姿を消した。

「そろそろあっちにもどったほうがいい」カイルはいった。

「もうちょっと話す必要があるかな。ちょっと考えさせてくれ」

「いや、またあとでこっそり抜けだせばいいさ」

ふたりは川ぞいに歩いてキャンプ地に引き返した。太陽がすでに山の端《は》に隠れて見えなくなり、夜の闇《やみ》がすばやく近づきつつあった。クレムが焚火《たきび》の石炭をかきたて、薪《まき》を追加した。一同は火を囲んであつまり、ビールをあけ、たわいないおしゃべりに興じはじめた。カイルは、最近バクスターから連絡があった者はいるかとたずねてみた。噂《うわさ》によればバクスターは親族によって、高警備態勢の敷かれているリハビリテーション施設に軟禁されているらしい。この三週間、バクスターから連絡をもらった者はいなかった。一同はバクスターにまつわる話を、長すぎるほどたっぷりと語りあった。

ジョーイはそれとわかるほど静かで、明らかになにかに気をとられていた。

「女のことで悩んでるのか？」クレムがそんなふうにたずねたほどだった。

「いや。ただ眠いだけさ」

九時半には、全員が眠気を訴えていた。ビールと太陽、それに赤身の肉がいよいよ一同の体に効果を発揮してきたのだ。クレムが、いずれも長いばかりでおちが弱いジョークを三連発で披露したのち、全員がそれぞれの寝袋にはいる支度にかかった。カイルとジョーイはおなじテントになった。ふたりで薄目のエアマットレスを敷いているとき、キャンプ地の反対側にいるクレムが大声で、「蛇がいないことを確かめておけよ」と叫びかけ、声をあげて笑った。ふたりは、これもクレム流のユーモアのつもりなのだろうと思った。川のせせらぎが、たちまち一同を眠りに誘いこんだ。

カイルが目を覚まして腕時計を確かめると、午前三時二十分だった。司法試験対策講座で荒れ模様の三週間を過ごしたせいで、ただでさえ睡眠時間が乱れがちだった。

地べたに直接寝ているも同然という情況は、これを改善する役には立たなかった。

「起きてるのか？」ジョーイが小声でたずねてきた。

「ああ。きみも起きてるようだな」

「眠れないんだ。話をしにいこう」

ふたりは静かにジッパーをおろしてテントのフラップをひらき、キャンプ地からそっと抜けだした。先に立ったカイルは懐中電灯を手に、蛇がいないかどうかと目を光らせつつ、慎重に足を進めていった。小道はやがて岩の多い山道になり、ふたりはおよび腰のハイキングを数分ほどつづけたのち、大きな岩の近くで足をとめた。カイルは懐中電灯を消した。闇のなかで、ふたりの目のピントがしだいに合いはじめた。

「もう一回だけ頼む」ジョーイはいった。「例のビデオの中身を話してくれ」

内容は頭に焼きついている。それゆえカイルは苦もなく、ビデオを言葉で再生することができた——正確な時間、カメラの位置、アングル、登場する人物、警官の到着、そしてエレイン・キーナンの存在。今回もジョーイは、ひとことも発さずに話にききいっていた。

「オーケイ」話がおわると、ジョーイはいった。「おまえは二月からこっち、ずっとこの件をかかえこんでた。だから考える時間もたっぷりあった。おれは、いまはまだ筋道立てて考えられる状態じゃない。だから、どうすればいいのかを教えてくれ」

「すでに最大の決断はくだされている。いまぼくは〈スカリー&パーシング〉の正式な社員であり、いずれは薄汚い盗み仕事をやらされることになる。でも、とりあえず知りたいことがふたつある。まず心配なのはエレインだ。いまの居場所はわかっているんだが、どんな人間になっているのかが知りたい。あの件をいまさら蒸しかえせる状態なのか？　それとも、以前に輪をかけた状態なのか？　ちゃんと生活をしているのか、それとも過去に生きているだけなのか？　ライトの話だと、エレインは弁護士を雇い、正義がなされることを願っているという。そうかもしれないし、ちがうかもしれないが、とにかく真実が知りたい」

「なぜ？」

「ライトが生まれながらの嘘《うそ》つきだからさ。エレインがいまもまだ怒っているか、あるいはぼくたちから——なかでもバクスターから——金を引きだそうとしているのなら、真実を知っておくことが重要なんだ。ぼくが事務所でやろうとしていることに影響があるかもしれないからね」

「エレインはいまどこに？」

「スクラントンにいるという話だけど、知っているのはそこまでだよ。二千ドルの金があれば探偵を雇って、エレインの身辺調査をさせられる。費用は負担してもいいけど、ぼくが自分で調査を依頼するわけにはいかない。なにせ監視されて、盗聴されている身だからね」

「で、おれにその仕事をやれというんだな？」

「そうだ。しかし、慎重に動いてもらわないと困る。電話や電子メールはつかうな。ピッツバーグできみの会社からもあまり遠くないところに、評判のいい探偵社がある。ぼくがきみに現金をわたし、きみがそれを支払えば、あとは調査員が仕事をして報告書をもたらしてくれるし、他人に知られる気づかいはない」

「それから？」

「ベニー・ライトが何者であり、だれの下で動いているのかを知りたい」

「幸運を祈るよ」

「たしかに見こみ薄ではあるな。対立している法律事務所に雇われているのかもしれないし、例の大規模な訴訟の当事者の下で働いているのかもしれない。それどころか、国内か国外かを問わず、どこぞの諜報《ちょうほう》機関の人間かもしれない。とにかくスパイ行為を強いられるんだから、せめてだれのスパイになるのかを知っておきたくてね」

「危険すぎるぞ」

「ああ、かなり危険だ。しかし、調べなくては」

「どうやって？」

「まだそこまでは考えてない」

「すばらしい。で、そのいまだ形をなしていない計画に、このおれが一枚噛《か》むことは決定ずみなんだろう？」

「助けが必要なんだよ、ジョーイ。ほかにだれもいないんだ」

「もっといい考えがある。いっそFBIに駆けこんで、一切合財を打ち明けたらどうだ？　不気味なやつに脅迫されて、勤務先の法律事務所から秘密を盗みだすように強制されているといって？」

「ああ、それだったら——嘘じゃない——ぼくも考えたさ。そのシナリオにそって行動したらどうなるかを、何時間も何時間も考え抜いた。その結果、いい考えとはいえないという結論にいたったた。そんなことをすれば、ライトが例のビデオを利用するのは目に見えている。あいつはコピーをピッツバーグ警察とエレイン、それにエレインの弁護士に送りつけるだろう。それも、ぼくときみとアラン、そしてとりわけバクスターを不幸のどん底に叩《たた》き落とすための詳細な指示を添えてね。インターネットにもビデオを流すはずだ。そうなれば、あのビデオはぼくたちの人生で大きな役割をもつことになる。ブレアにビデオのことを知られてもいいのか？」

「まさか」

「ライトという男は情け容赦がない。この道の筋金いりのプロだ——無尽蔵の予算と、やりたいことをなんでも実現させられる人的資源をともにそなえた企業スパイだよ。ぼくたちがかんかんに腹を立てているのを、ＦＢＩでも手が届かない場所から高みの見物としゃれこんで、げらげらと大笑いするようなやつさ」

「ずいぶんな人格者だな。近づかないほうが無難だぞ」

「ああ、馬鹿《ばか》な真似《まね》をするつもりはない。いいか、ジョーイ。この件をぼくが無事に乗り切れる可能性だって五割はある。この先数年のあいだ、うしろ暗い仕事に手を染めるが、ぼくがもう用ずみになれば、ベニー・ライトは消えるだろうね。そのころまでにぼくはありとあらゆる倫理規定に違反し、数えられないほどの法律違反もおかしているはずだけど、それでもつかまっていなければ、逃げきれたといえるわけさ」

「きくだに恐ろしい話だな」

そのとおりだ。こうして話している自分の声をききながら、カイルはいまの情況の愚かしさや自分を待っている荒涼とした未来に、あらためて思いを馳《は》せずにはいられなかった。

ふたりはそれから二時間、東の空が白みはじめるまで話しつづけた。テントにもどろうという考えは、どちらの頭にも浮かばなかった。山の峰はいちだんと冷えこんできた。

これが昔のジョーイだったらすぐさま立ちあがって、素手での戦いをさがしもとめたはずだった。しかし最近のジョーイはもっと慎重だった。結婚やブレアとの未来を視野に入れて考えなくてはならないからだ。すでにふたりは共同名義でコンドミニアムを購入しており、ジョーイは——恥じるようすをいっさい見せないまま——部屋の内装を楽しんでいると話していた。あのジョーイ・バーナードが部屋の内装を考えているだって？

朝食はスパイシーなソースをかけたスクランブルエッグと、ベーコンと玉葱《たまねぎ》の炒《いた》めものだった。クレムが料理をしているあいだ、一同はテントを畳んで荷物をゴムボートに積みこんでいた。一行は八時に出発し、どこといって行くあてもないまま、ニューリヴァーをのんびりとくだっていった。

ひと月のあいだ都会で暮らしたあとだったこともあり、カイルは新鮮な空気と広々とした空間を存分に楽しんでいた。山岳地帯に生まれ、わずかな収入でありながら、支出はさらにわずかな生活を送っている気のいいクレムが羨《うらや》ましかった。クレムは

〝このあたりの川〞を相手に二十年暮らし、しかもその一分一秒までをも愛している。ややこしさのかけらもない単純そのものの暮らし。もし立場を交換してやるといわれたら、カイルは一瞬もためらわなかっただろう。

ニューヨークに帰る日のことを思うと気分が沈んだ。七月六日だった。司法試験は三週間後であり、〈スカリー&パーシング法律事務所〉への入社が二カ月後に迫っていた。

14

九月二日、火曜日の朝八時きっかり。こざっぱりした服に身を包んだ、いずれも不安をのぞかせている百三人の新人アソシエイトが、四十四階にある事務所の中二階《メザニン》にあつまって、コーヒーやジュースを飲んでいた。入社手続をおえて名札を受けとったのち、彼らは落ち着かない気分で会話をかわし、自己紹介をしあい、話しやすそうな顔を目でさがした。八時十五分になると、新人たちは列をつくって大きな会議室にむかった。その途中、彼らには表紙に金の箔《はく》押しで〈スカリー&パーシング法律事務所〉のゴシック体のロゴがはいった厚さ十センチのファイルが手わたされた。中身はお決まりの情報に満たされていた——事務所の沿革、住所録、何ページも何ページもつづく事務所の運営方針や規則、健康保険関係の用紙などだった。〝多様性〟と題されたセクションには、今期新人たちの分析が掲載されていた。それによれば男性が七十一人で女性が三十二人。白人が七十五人、アフリカ系アメリカ人が十三人でヒスパニックは七人、アジア系が五人、その他が三人。プロテスタントが五十八人、カトリックが二十二人、ユダヤ教信者が九人でイスラーム教の信者がふたり、宗教を無申告の者が十二人。さらに新人それぞれの小さなモノクロ写真と、一行の簡潔な略歴が掲載されていた。出身大学を見るとアイヴィーリーグが圧倒的に多かったが、それ以外のトップ校――ニューヨーク大、ジョージタウン大、スタンフォード大、ミシガン大、テキサス大、ノースカロライナ大、ヴァージニア大、デューク大など――の出身者もかなりいた。二流大学の出身者はひとりもいなかった。

カイルはイェール出身者といっしょに席につき、頭のなかで計算を進めた。ハーヴァード出身者が十四人。いまのところだれが該当者かはわからないが、同期入社の他大学出身者にそれが知れわたるのもそう先のことではないだろう。イェール大からは五人。ロースクールがないプリンストン大からはゼロ。コロンビア大からは九人。

百三人のアソシエイトたちに支払われる初任給は年間二十万ドル。となると、いまこの部屋にすわっている新進気鋭の法律専門家たちに、総額二千万ドル以上の金が投じられることになる。かなりの大金だ。しかしこれから一年間、彼らは一時間あたり三百ドルから四百ドルで、最低二千時間を報酬請求にまわすことになる。時間数は個人差があるが、新人全員がその初年度に事務所にもたらす報酬額は最低でも七千五百万ドルになる。こういった数字はファイルに綴《と》じこまれてはいなかったが、計算は簡単だった。

ここに掲載されていない数字はそれだけではなかった。二年めをおえた段階で、百三人のうちの十五パーセントが事務所を辞めているだろう。七年ないし八年ののち、パートナーになれるのはわずか十パーセント。人員減少率はかなり高いが、〈スカリー&パーシング〉はそんなことを気にかけなかった。たとえハーヴァードやイェールといった大学出身の知的エリートでも、使い捨てにできる人材は無尽蔵だ。

八時半になると、数人の年かさの男たちが会議室にやってきて、狭いステージにならんでいる椅子《いす》に腰かけた。ついでマネージング・パートナーのハワード・ミーザーが演壇に歩みより、凝った内容の歓迎スピーチをおこなった。もう何年もおなじことをしゃべっているので、すっかり中身を記憶していることは疑いない。新人たちがどれほど慎重に選びぬかれた人材であるかを述べたのち、さらに数分を費やして事務所の偉大さを褒めちぎる。ついでミーザーは、これからの一週間のあらましを述べた。新人たちはこのあと二日間、おなじ会議室で由緒《ゆいしょ》ある〈スカリー&パーシング〉での新たなキャリアと新たな生活のあらゆる側面についての話をきくことになる。水曜はまる一日、コンピューターとテクノロジー面での研修にあてられ、木曜には小人数のグループわけののち、それぞれの専門分野についてのオリエンテーション。たちまち退屈さが近づきつつあった。

つづいて演壇に立った男が、事務所の福利厚生について説明した。そのあとの法律図書室の司書は、リーガルリサーチについて長々としゃべった。心理学者はストレスとプレッシャーについて話したのち、じつに愛想のいい口ぶりで、諸君にはこの先できるだけ長いあいだ独身を守ることをおすすめする、といった。ニューヨークのトップ10の法律事務所に所属する既婚者を対象にした調査によれば、三十歳以下のアソシエイトの離婚率はじつに七十五パーセントだからだ。こういった講義の単調さがやぶられたのは、〝ITチーム〟の面々が新人たちにぴかぴかの新しいノートパソコンを支給したときだった。使用法を解説するチュートリアルが延々とつづいた。ノートパソコンの起動ののちは、ITアドバイザーが悪名高い〝ファームフォン〟を配った。一見したところ市場に出まわっている通常のスマートフォンそっくりだが、これは勤勉な〈スカリー&パーシング〉所属の法律家たちのために特別に設計された携帯電話だった。設計と製造を担当したのは、事務所がいまから十年前に株式公開を手がけて大成功をおさめた某ソフトウエア会社。三十を数えるすべての支社にいる弁護士全員はもちろん、法律家補助職員から秘書にいたるまでの連絡先と簡単な略歴が収録されていた。ニューヨーク・エリアだけで、その人数はほぼ五千人。さらにデータベースには、〈スカリー&パーシング〉のあらゆる依頼人についての簡単な説明や、もっとも一般的な調査にもちいられる小規模の資料集、州と連邦の両裁判所で最近くだされた上訴における裁定、そしてニューヨークとニュージャージー両州の判事と裁判所書記官全員の住所録が収録されていた。さらにこの携帯電話には高速インターネット接続機能があるほか、ありとあらゆる最先端の機能が満載されている。すこぶる高価な品であり、同時に値段のつけられない品だ。かりに紛失したり盗まれたり、ふさわしくない場所に置き忘れたりすれば……その所有者には災難がふりかかるだろう。追ってべつの指示があるまでは、この電話を一週間に七日、一日二十四時間、つねに肌身離さず所持していること。

言葉を変えるなら、この小型の特製ファームフォンが彼らの生活を支配していた。大規模法律事務所のあまたの伝説には、携帯電話と電子メールによる激務の強制にまつわる信じがたい逸話が山ほどあった。

新人たちのあいだからは皮肉なコメントや低く抑えたうめき声があがったが、声を大にする者はいなかった。あえて小生意気な新人だと思われたい道化者はいなかった。

昼食は、中二階での手早い立食だった。午後の時間はのろのろと流れたが、新人たちの集中力が衰えることはなかった。ロースクールでの退屈な講義は、ここには存在しなかった。どれも重要な話だった。オリエンテーションが六時におわると、新人たちはそそくさと退出した。手近なバーを目ざす者も少なくなかった。

水曜日、カイルは最初の試験に合格した。この日カイルはほかの十一人ともども訴訟実務グループに組みいれられ、三十一階の広い会議室に案内されたのだ。一同を出迎えたのは、訴訟部門の責任者であるウィルスン・ラッシュだった。ラッシュはまた、トライロン航空がバーティン・ダイナミクス社を相手どって起こした訴訟において首席代理人をつとめてもいたが、この訴訟のことは話に出なかった。これまでにラッシュについての資料を山ほど読んでいたせいで、カイルは以前に会ったことがあるかのような錯覚を起こした。偉大なる法律家ラッシュは、波瀾《はらん》に富んだ長いキャリアからいくつかの経験談を披露したのち、そそくさと会議室をあとにした。おおかた、またどこかの大企業を訴える仕事にむかうのだろう。このときも分厚いノートが配付され、訴訟準備や訴答、申立てをはじめとする——訴訟を先に進めるための、あるいは訴訟そのものを永遠に葬《ほうむ》り去るための——裁判所への書類提出にまつわる講義がはじまった。

最初の目立ちたがり屋があらわれた。どこのクラスにも、目立ちたがり屋がかならずひとりはいる――ロースクール一年生の契約法のクラスであれ、ウォール街の新人法律家グループの場合であれ事情は変わらない。目立ちたがり屋は最前列に陣どって、ややこしい質問を発し、だれが演壇に立っていようとも、とりいろうとしてお追従《ついしょう》を口にし、あらゆる側面の勉強をおこたらず、優秀な成績をとるためなら人を平気で裏切り、法律評論誌の編集メンバーになるために他人の背中を刺すこともいとわず、就職面接を受けるのは――どれほど世評がわるくても――トップレベルの法律事務所だけ。しかも就職にあたっては、同期入社のだれよりも早くパートナーになってやるとの意気ごみも満々だ。そして、目立ちたがり屋はめざましい成功をおさめ、大多数はパートナーになる。

ここでの目立ちたがり屋はジェフ・テイバー。一同はすぐに、この男の出身校を知らされた。というのも、質問の途中でこんな言葉をはさんだからだ。「いえ、ハーヴァードでは、最初の訴訟の時点で既知事実のすべてを含めるべきではないと教わりました」

講義を担当していた入社五年めのアソシエイトは、〈オズの魔法使〉の名科白《せりふ》ですばやく切りかえした。「ここはカンザスじゃないんだよ、トト。ここでの流儀に従うか、そうでなかったら……出口はあちらだ」

室内の全員が笑い声をあげるなかで、目立ちたがり屋だけは黙っていた。

水曜日の午後九時、訴訟部の十二人の新人アソシエイトたちはミッドタウンの三つ星レストランにあつまっていた。夏のあいだカイルの監督役をつとめていた訴訟部パートナーのダグ・ペッカムと、高級ディナーをとる予定になっていたのだ。アソシエイトたちはペッカムを待ちがてら、バーで飲んでいた。九時十五分、ペッカムが遅刻している件について最初のコメントが出された。十二人の全員がファームフォンを携帯していた。それどころか、全員が二台の携帯をもち運んでいた。カイルのスラックスの右ポケットには以前からの携帯が、左ポケットにはファームフォンがはいっている。九時半になると、一同はペッカムに電話をかけるべきかの話しあいをはじめ、電話をかけないほうがいいという結論が出た。ついで九時四十分にペッカムがカイルに電話をかけてきて、簡単な謝罪の言葉を口にした。訴訟で出廷していたが、予定よりもだいぶ時間がかかってしまった、いまようやくオフィスにもどってきて、これから緊急の問題を処理しなくてはならない、とのことだった。アソシエイトたちは夕食の席につき、勘定書きの心配のないまま飲み食いした。

パートナーが水曜日の夜十時にも仕事をしているという事実が、高級な食事への熱意をかきたてる最後の決定打になった。ワインがまわるにつれて、一同はこれまでに耳にしたなかでも最悪のアソシエイト酷使の実例を披露しはじめた。このコンテストで優勝したのは、例の目立ちたがり屋のテイバーだった——アルコールがはいったいま、この男は昼間の下衆《げす》野郎とは別人になっていた。一年前、就職活動であちこちの事務所を訪問しているあいだに、テイバーは大学時代の友人の顔を見にいった。友人は、某大規模事務所で二年めのアソシエイトをつとめており、この新しい仕事でとことんみじめな思いを味わっていた。オフィスは狭苦しいうえ、友人は話をしながら寝袋をデスクの下に押しこめて、テイバーの目から隠そうとした。それでかえって好奇心を刺戟《しげき》されたテイバーは、なんのために寝袋があるのかと質問したが……質問を口にするなり答えはわかっていた。友人は身を縮こまらせながら、仕事が立てこんだときには夜のあいだに二、三時間の睡眠をとるのがどうしても必要になる、と説明した。テイバーはさらに問いつめて、真実を引きだした。劣悪な労働環境の事務所だった。新人たちはすべておなじフロアに押しこめられていたうえ、そこは〝野営地〟と呼ばれていたのである。

リハビリ施設〈ワショー・リトリート〉にバクスター・テイトが治療のために収容されて十九日め、ウォルター・テイトは小さな面会室にはいって、甥《おい》のバクスターと握手をかわした。ついでウォルターは、バクスターの主治医であるドクター・ブーンとも握手をした。これまで数回ほど電話で話したことこそあれ、ウォルターがブーンに会うのはこれが初めてだった。

バクスターは日焼けして体も引き締まっており、比較的上機嫌だった。酒とドラッグを断って、もう九十日——少なくともこの十年間では最長記録だった。ウォルター伯父の指示によって、バクスターは不承不承ながらクリニックが自分を最長六カ月間軟禁することを許可する旨《むね》の書類にサインしていた。バクスターは退院する気がまえだった。しかしウォルターのほうは、まだ見きわめがつけられなかった。

会合の主導権を握っていたのはドクター・ブーンだった。ブーンはバクスターに、治療の進み具合をかなり饒舌《じょうぜつ》に物語った。適切な解毒《げどく》措置がおわったあと、バクスターはセラピーの第一段階を順調に通りぬけた。自分の問題もきっちりと認識している。二十三日めには、自分がアルコール依存症であり薬物濫用者《らんようしゃ》であることを認めた。しかし、いちばん好きなコカインの依存症であることを認めるまでにはいたっていない。カウンセラーにはこれまで一貫して協力的で、ほかの患者の手助けをすることさえある。毎日熱心にエクササイズにとりくみ、ダイエットにはマニアックなまでに打ちこんでいた。コーヒーも紅茶も口に入れず、砂糖さえとらなかった。お行儀のよさでは、まさしく模範だった。リハビリテーションは成功していた――これまでの段階は。

「で、こいつはもう退院できる状態ですか？」ウォルター伯父がたずねた。

ドクター・ブーンは口をつぐんで、バクスターを見つめた。「どうかな？」

「退院できるに決まってる。最高にいい気分だ。酒も薬もやらない生活を楽しんでるよ」

「その科白は前にもきいたぞ、バクスター」ウォルターはいった。「この前、きれいなままの体でいたのはどのくらいだった？　二週間か？」

「たしかに、依存症者の大多数は二回以上のリハビリテーションを必要としています」ドクター・ブーンは認めた。

「あのときは、今回とはちがうよ」バクスターはいった。「たった三十日間のリハビリだったし、あそこを出るときには、自分がまた飲みはじめるのもわかってた」

「ロサンジェルスにいたら、おまえはきれいな体でいられまいな」ウォルター伯父はいった。

「どこだって、きれいな体でいられるさ」

「怪しいものだ」

「おれを疑ってる？」

「ああ、疑ってるとも。疑いを晴らして欲しかったら、いろいろとたっぷり証明してもらわないとな」

ふたりとも息を吸って、ドクター・ブーンに目をむけた。いよいよ審判のとき、宣告のとき、恐ろしいほどの大金が必要なこの施設における決定的な言葉がくだされるときだった。

「先生の率直なご意見をうかがいたいんだが」ウォルター伯父がいった。

ドクター・ブーンはうなずき、バクスターから視線をはずさないまま話しはじめた。

「きみはまだ退院できる状態ではない。なぜ退院できる状態ではないかといえば、きみが怒っていないからだ。きみはこれから、過去の自分や過去の生活に、みずからの依存症に怒る段階に到達する必要がある。かつての自分のありようを憎む必要があるんだよ。その憎しみと怒りに消耗されつくして、初めてきみのなかに、そんな過去にふたたび立ち帰るまいという決意が生まれる。きみの目を見ればわかる。きみはまだ本心から信じていない。いまロサンジェルスにもどれば、以前の友人たちのところに帰ることになる。そしてパーティーに行くようになり、いずれ酒を口にする。自分に、

〝一杯くらいどうということはない、気持ちを抑えられる、簡単なことだ〟と言いわけしながら。前にもそういうことがあったね。最初はビールを二杯……それが三杯になり……四杯になり……あとは坂道をたちまち転がり落ちるだけだ。手はじめはアルコール……そのあとすぐ、コカインに手を出す。きみに幸運が味方をしていれば、またここに来ることもあるだろうし、そうなればわたしたちも手助けできよう。ただし幸運に恵まれなければ、きみは自殺することになる」

「信じられないな」バクスターはいった。

「ほかのカウンセラーたちにも相談したよ。みんなおなじ意見だった。いま退院すれば、きみはまた挫折《ざせつ》してしまう可能性が大きい、とね」

「そんなことがあるものか」

「だったら、あとどのくらいの入院が必要ですか？」ウォルター伯父がブーンにたずねた。

「バクスターによりますね。わたしたちはまだ肝心な段階には達していません。バクスターがまだ、昔の自分に怒ってはいないからです」ブーンはそう話すと、今度はバクスターの目を見つめて話しかけた。「きみはいまでも、ハリウッドでの成功を夢見ているね。有名人になりたい、スターになりたい、大勢の女たちをものにしてパーテイーに顔をだし、雑誌の表紙を飾って大作映画に出たいと、そう思っている。そうした気持ちを自分のなかから一掃しないかぎり、きみがきれいな体でいられることはありえない」

「だったら、わたしがまっとうな仕事の口を世話しよう」ウォルター伯父がいった。

「まっとうな仕事なんかごめんだ」

「ほら、わたしがいったとおりだ」ドクター・ブーンは仏頂面《ぶっちょうづら》になった。「いまきみはそこにすわって、この場から口先三寸で逃げようとしている――まっすぐロサンジエルスにもどり、中断したことをまたはじめるためにね。わたしがハリウッドの犠牲者を見るのは、きみが初めてじゃないんだよ、バクスター。近くに足を運んだことは何度もある。いまもどれば、きみは一週間もしないうちにパーティーに行くようになるね」

「ロサンジェルス以外の土地に行くとしたら？」ウォルターがたずねた。

「いずれ退院するとなったら、昔の友人たちがいない新しい土地での巻きなおしを推薦します」ブーンがウォルターに答えた。「もちろん、どこの土地にも酒はあります。しかし変えなくてはならないのは、ライフスタイルですから」

「ピッツバーグは？」ウォルターがたずねた。

「いやだ、やめてくれ！」バクスターがいった。「ピッツバーグには家族がいるんだぞ。連中のことを考えてくれ。あんなところに住むくらいなら、いっそスラム街で野たれ死んだほうがましだ」

「では、ここでの治療をあと三十日間つづけましょうか」ボーンはいった。「その時点で再評価します」

入院費が一日あたり千五百ドルである関係上、ウォルターにも忍耐の限界があった。

「これから三十日でなにをする予定ですか？」

「これまで以上に集中的なカウンセリングを進めます。バクスターがここにいる期間が長くなれば、一般社会に〝再突入〟したときに成功する確率が、それだけ高まりますよ」

「再突入か。巧い言いかたもあったもんだ」バクスターはいった。「あんたにこんな仕打ちをされるとは信じられないな」

「わたしを信頼したまえ、バクスター。多くの時間をともにしてきたではないか。そのわたしだからこそ、きみはまだ退院できる状態ではないとわかっているんだ」

「退院できるさ。おれがちゃんと退院できる状態だってことが、あんたにはわかってない」

「わたしを信頼したまえ」

「よし、わかった。だったら、また三十日後に会おう」ウォルターはいった。

15

オリエンテーションは木曜日も丸一日つづき、新人アソシエイトたちに近々割りふられるはずの訴訟ファイルなみに退屈になってきた。そして金曜日、新人たちはついに、月曜からこっち深慮遠謀によって遠ざけられていた分野に初めて案内された——オフィスの割り当てである。不動産。新人に与えられる部屋が狭苦しく、ろくな設備もないうえ、まわりから見えない場所であることに最初から疑いはなかった。それゆえ問題は——どの程度までひどいオフィスになるのか、という点だった。

訴訟部は三十二階と三十三階、そして三十四階に集中していた。その三フロアのどこか、それも窓から遠く離れたところに、新人の名前がはいった小さなプレートを可動式の壁に打ちつけた小部屋があった。カイルは三十三階の小部屋に案内された。狭苦しい部屋がキャンバス地のパーティションによって四分割されていたので、いちおう多少のプライバシーを確保したうえで自分のデスクにつき、静かに電話で話したり、ノートパソコンをつかったりすることはできた。他人に見られる気づかいはなかった——しかし、右のテイバーなり、左のドクター・デイル・アームストロングなりが机から椅子《いす》を六十センチ以上離して後方にさがればカイルを見ることはできたし、カイルからもふたりの姿が見えた。

デスクにはノートパソコンと法律用箋《ようせん》とオフィス用電話機が置ける広さこそあれ、それ以外の物を置く余裕はほとんどなかった。室内デザイン面では、数本の棚が置かれているだけだ。カイルは、寝袋を広げるだけのスペースさえないことに気づいた。金曜も午後になると、早くもこの事務所にうんざりした気分を感じていた。

ドクター・デイルは数学の天才で、大学レベルの数学を教師として教えていたが、なんの気まぐれでか弁護士になろうと思いたったという女性だった。三十歳で独身、魅力的で、にこりともせず、近づきがたい冷ややかな雰囲気をただよわせていた。テイバーは、ハーヴァード出身の目立ちたがり屋。この小部屋の四人めのメンバーはティム・レナルズというペンシルヴェニア大学出身者で、水曜からずっとデイルに色目をつかっていたが、相手は関心のかけらすら見せていなかった。週の頭からずっと奔流のように新人たちがきかされてきた事務所の方針や、〝これをするべし〟〝これをするべからず〟のなかでも、ひときわ大音量で響きわたっていたのが、社内恋愛を厳しく禁じる言葉だった。真剣な恋愛関係が生まれた場合、当事者の片方が事務所を辞めなくてはならない。またカジュアルな関係が露見した場合は、相応の処罰がくだされる——とはいえ、ハンドブックには処罰の具体的な記載がなかった。この件については、すでに熱い噂《うわさ》が流れていた。いわく一年前に未婚のアソシエイトが解雇され、そのアソシエイトの尻《しり》を追いかけていた既婚パートナーが香港《ホンコン》支社に転勤させられたという噂だった。

小部屋の四人には、ひとりの秘書が割り当てられた。名前はサンドラ。この事務所で十八年というストレスに満ちた長い歳月を経験してきた女性だった。かつては上級パートナーのための重役秘書というメジャーリーグの世界に昇ったことがあったが、プレッシャーが過大すぎることが立証されたのち、しだいに格下げされて、とうとう新人リーグにまで落ちてきた。いまでは、つい四カ月前まで学生だった若者たちを手とり足とり教えることで勤務時間の大半を過ごしていた。

一週間めがおわった。カイルは一時間も報酬請求をしていなかったが、月曜日が来てもその点に変化はなさそうだった。事務所を出ると、カイルはタクシーをつかまえてソーホーのマーサー・ホテルにむかった。車の流れがとどこおりがちだったので、ブリーフケースをあけ、ピッツバーグの証券会社から送られてきたフェデックスの封筒をとりだした。ジョーイのこんな手書きのメモが添えてあった。《報告書を同封する。よく意味がわからない。連絡乞《こ》う》

カイルには、いかなベニー・ライトといえども、日々〈スカリー＆パーシング法律事務所〉を出入りしている郵便物の洪水すべてを監視することは不可能だとしか思えなかった。千五百人の弁護士が、書類の大量生産にいそしんでいるのだ。なぜかといえば、それが仕事だからだ。郵便室は田舎の小さな町の郵便局よりも広かった。そこでカイルとジョーイは、通常の郵便や宅配便なら安全に連絡をとりあえると判断したのだ。

報告書を作成したのは、ピッツバーグにある調査会社だった。八ページの報告書にかかった費用は二千ドル。調査対象になったのはエレイン・キーナン、二十三歳。ペンシルヴェニア州スクラントンのアパートメントに、ルームメイトの女性一名と同居中。報告書の最初の二ページは家族構成や学歴、職歴などに割かれていた。デュケイン大学には最初の一年しか通っていなかった。すばやく生年月日を確かめると、例の一件のときには十八歳になるやならずだったことがわかった。デュケイン大学を中退したのちは、エリーやスクラントン周辺のいくつかの学校に入学しては退学していたが、いまもって正式に卒業してはいない。前の春学期にはスクラントン大学で、いくつかの講座を受講していた。またエレインは正式な民主党員で、乗っている二〇〇四年型の日産車《ニッサン》のバンパーに選挙運動のステッカーを二枚貼《は》っていた。ちなみにエレイン自身の名義だった。閲覧可能な記録類によれば、エレインは不動産も銃器も所持しておらず、外国の銀行に預金があることもなかった。軽微な法律違反で事件を起こしたことが二回。いずれも未成年者による飲酒がらみで、どちらも裁判所によって迅速に処理されていた。二回めの事件にあたっては、アルコールとドラッグの濫用《らんよう》についてのカウンセリングが求められていた。顧問弁護士はミシェリン・チーズ、マイクという通称で知られている地元の女性だった。これは注目に値する情報だった。というのもエレインは、〈ミシェリン・チーズ&アソシエイツ法律事務所〉でアルバイトとして働いていたからだ。マイクことチーズは、凄腕《すごうで》の離婚専門弁護士として名高い。しかもつねに妻の側につき、いつでも不埒者《ふらちもの》の夫を去勢する気がまえに満ちているとの評判だった。

エレインはスクラントン市役所の公園レクリエーション局でフルタイムの仕事をしており、そこでは副局長の地位にあった。年俸は二万四千ドル。働きはじめてほぼ二年になる。それ以前には、あちこちのアルバイトを転々としていた。

エレインの生活の実態は明らかではなかった。ルームメイトは二十八歳の女性で、病院に勤務している以外にも地元大学で教鞭《きょうべん》をとっていた。結婚歴も犯罪歴もなかった。三十六時間のあいだ、エレインの姿は断続的に目撃されていた。素行監視の初日には、仕事をひけたあと、サブカルチャー好きな客があつまるバー近くの駐車場で、ルームメイトの女性と落ちあっていた。顔をあわせたふたりは肩をならべてバーにむかうあいだ、ちょっとだけ手をつないでいた。店内でふたりは、さらに三人の女性とテーブルをともにした。エレインはダイエットソーダを飲み、アルコール飲料はいっさい口にしなかった。茶色の細いタバコを吸っていた。女たちはおたがいにきわめて親密……明らかな事実がますます明らかになってきた。

スクラントンには〈ヘイヴン〉という女性むけ保護施設《シェルター》があり、家庭内暴力や性的虐待《ぎゃくたい》の被害にあった女性たちのための避難所兼支援施設であると宣伝していた。〈ヘイヴン〉は個人出資の非営利団体で、スタッフはみなボランティア、多くが自身もまた被害者だった過去があると公言していた。

エレイン・キーナンはこの〈ヘイヴン〉の月刊ニュースレターに、〝カウンセラー〟として掲載されていた。調査会社の女性社員がスクラントンのダウンタウンの公衆電話から、強姦《ごうかん》の被害者をよそおってエレインの自宅に電話をかけ、相談相手が必要だと話した。いろいろな理由で、警察に被害を届けでるにはさしさわりがある。〈ヘイヴン〉の関係者から、エレインに電話をかけるように教えられた。ふたりは三十分以上も話し、途中でエレインは自分も強姦の被害者で、犯人たち（複数）が正義の裁きを受けることはなかった、とみずから打ち明けた。エレインは力になりたがり、その結果ふたりは翌日〈ヘイヴン〉のオフィスで会う約束をかわした。電話での会話はすべて録音されており、もちろん翌日の会合は実現しなかった。

「あいかわらず、自分は被害者だといってるんだな」

カイルはタクシーの後部座席で、ひとり小さくつぶやいた。エレインとセックスをしたのは、強姦だと主張されている事件の約一カ月前のこと。エレインは、カイルがひとりベッドで熟睡しているときを狙《ねら》って全裸でシーツのあいだにもぐりこんできて、欲しいものを手に入れたのだった。

タクシーがマーサー・ホテルの前に到着した。カイルは報告書をブリーフケースの内ポケットにおさめ、運転手に料金を支払って、ホテルにはいっていった。ベニー・ライトは四階の部屋で待っていた。いつものように目的ありげな、もう何時間も前から待っていたかのような態度だった。ふたりはお決まりの挨拶《あいさつ》さえかわさなかった。

「で、第一週の感想は？」ライトがたずねた。

「最高だね。オリエンテーションが山ほど。配属先は訴訟部だ」カイルは、自慢に値する成果をあげたかのような口調でいった。すでに自分は成功をおさめたといいたげに。

「いいニュースだ。吉報だな。トライロン訴訟の情報は？」

「ゼロ。というか、まだ本物の案件に近づけてさえもらえない。本格的な仕事は月曜からだ。今週はウォーミングアップというだけだな」

「当然だよ。ところでノートパソコンは支給されたかね？」ライトがたずねた。

「ああ」

「モデルは？」

「もう知っているだろうに」

「いや、知らない。ハイテク関係は半年ごとに変更されているんだ。ノートパソコンの現物を見たい」

「もってきていないよ」

「では、つぎの会合にはもってくるように」

「考えておく」

「携帯電話は？　ブラックベリーか？」

「そのたぐいの電話だった」

「見せてもらいたい」

「いまはもっていない」

「しかし事務所の決まりで、支給された携帯電話は、肌身離さず常時もち歩くことが義務づけられているのではなかったか？」

「そのとおり」

「だったら、なぜいまもっていないんだ？」

「ノートパソコンをもってこなかったのとおなじ理由だよ。おまえが見たがるに決まっているし、こっちは準備ができるまで見せたくないからだ。現時点では、どちらもおまえたちには価値のない品だ——それなのに見たがる理由といえば、ぼくに秘密漏《ろう》洩《えい》という既成事実を確実につくっておくためだ。ちがうか？　ここでなにかをわたせば、その瞬間ぼくは法律を破り、法曹倫理に違反し、おまえに抱きこまれる。ぼくだって馬鹿《ばか》じゃない。ここでは、ゆっくりと進ませてもらうよ」

「もう何カ月も前に合意に達したはずだぞ。忘れたか？　きみはもう、法律を破って倫理規定に違反することに同意し、わたしが命じるままに行動すると同意したんだ。きみは情報を見つけ、それをわたしに引きわたす。もしわたしがあの事務所内のなんらかの情報を欲しいといったら、それを引きわたすのもきみの仕事だ。さて、わたしはいま事務所支給の携帯電話とノートパソコンを見たいんだよ」

「いいや。まだ見せない」

ライトは窓ぎわに引き返していき、長い沈黙ののち、ようやく口をひらいた。「バクスター・テイトはリハビリ専門の施設に入院しているぞ。知っているのか？」

「知ってる」

「もうかなり前からだな」

「そうきいている。もしかしたら、今度こそきれいな体になって、しっかり生活を立てなおせるかもしれないな」

ライトはふりかえると、腕を伸ばせばカイルを殴れる距離にまで近づいた。「どうやら、ここで主導権を握っているのはだれなのかを、あらためてきみに思い起こさせる必要がありそうだな。きみが命令に従わないのなら、いやでも思い起こさせる手に訴えるだけだ。いまわたしは、あのビデオの前半を流出させることを真剣に考慮している。インターネットじゅうにあの動画を流し、関心をもちそうな向きには片はしから教えてやって、ちょっとばかり楽しもうとね」

カイルは肩をすくめた。「どうせ、酒に酔った大学生たちが映っているだけじゃないか」

「そのとおり。たいしたビデオじゃない。しかし、あのビデオが流出して、世界じゅうの人に見られてもいいのか？〈スカリー＆パーシング法律事務所〉の新しい同僚たちからどう思われる？」

「ありきたりな酔っぱらい大学生だと思われるのがおちさ——そう思う連中にしたところで、若いころはおなじような大学生だったんだから」

「さて、どうなることか」ライトはサイドボードの上から薄いファイルを手にとってひらき、一枚の紙を抜きだした。顔写真が印刷されていた。「この男に見覚えは？」

そう質問されながら手わたされたカイルは、首を横にふった。白人、三十歳前後、上着にネクタイというちゃんとした服装——少なくとも写真に映っている肩から上は。

「名前はギャヴィン・ミード。四年前、〈スカリー＆パーシング〉の訴訟部にはいった男だよ。トライロン航空対バーティン社訴訟の仕事をさせられている約三十人のアソシエイトのひとりだ。なにもなければ、きみも数週間後にはこの男と会っていたかもしれない。しかし、ミスター・ミードはまもなく解雇される予定だよ」

カイルは一枚の紙切れを手にして、ギャヴィン・ミードのハンサムな顔を見つめながら、この男がいったいどのような罪悪に手を染めたのだろうかと考えていた。

「ミードの過去には、ちょっとした問題があったようだ」ライトは死刑執行人の役割を楽しんで演じつつ、話をつづけた。「女相手に手荒な真似《まね》をするのが好きだったらしい。いやいや、強姦ではないよ」

「ぼくはだれも強姦なんかしていないし、そのことはおまえも知ってるはずだ」

「ちがうかもしれないな」

「そっちのビデオも手に入れたのか？　どこかのどぶにまたぞろ潜りこみ、ぼく以外にも破滅させられる相手をさがしていたわけか？」

「いや、ビデオじゃない。宣誓供述書がいくつかあるだけだ。それにこの男は強姦はしない――殴るだけだ。十年前の大学時代につきあっていた恋人が、よく青痣《あおあざ》をつくっていた。ある晩ミードは、この女性を病院に連れていった。結局、警察が呼ばれることになって、それでミードの秘密も明らかにされてしまった。ミードは逮捕され、拘置所に入れられ、起訴され、いよいよ公判にかけられることになった。その後、被害者とのあいだに和解が成立、金がやりとりされた。被害者の女性は公判への出廷を望まず、すべてが取り下げられた。ミードは晴れて自由の身になったが、この件はしっかりと記録に残っている。それだけなら問題にならないが、この男は嘘《うそ》をついた。ミシガン大ロースクールの入学願書にも嘘を書いた。〈スカリー＆パーシング〉に入社するにあたって背景調査を受けたときにも、また嘘をついた。経歴で嘘をつけば、自動的に解雇の対象になるんだよ」

「わがことのようにうれしい話だな、ベニー。その手のちょっとした逸話が、あんたにどんな意味があるのかはよく知ってる。ミードをひっつかまえにいけ。この男を破滅させろ。いいぞ、その調子だ」

「人間だれしも秘密をもっているんだよ、カイル。だからこそ、わたしはどんな人間でも破滅させられる」

「ご立派な男だよ、まったく」カイルは叩《たた》きつけるようにドアを閉めて、ホテルをあとにした。


土曜日の正午、三台の貸切バスが〈スカリー&パーシング法律事務所〉のビルの前を出発し、マンハッタンをあとにした。三台のバスには、百三人の新人アソシエイトの全員が分乗していた。どのバスにも充実した品ぞろえのバーと豊富なスナックが用意されており、たちまち気前のいい酒盛りがはじまった。三時間後、一同はハンプトンズのヨットクラブに到着した。最初のパーティーは、モントーク・ビーチ近くのテントで開催された。そのあとの夕食の会場は、ホテルの敷地内に設置されたべつのテントだった。二回めの、そしてこの日最後のパーティーの会場になったのは、スカリー家の子孫が所有する豪邸。プールサイドでは、レゲエバンドが演奏していた。

　今回の〝小旅行〟の目的は、それぞれの親睦《しんぼく》を深め、この事務所に就職してよかったと新人たちに思わせることにあった。パートナーたちもあらかた顔を見せ、アソシエイトたちに負けないほど酔っぱらっていた。パーティーは夜が更《ふ》けるまでつづき、朝の目覚めはだれにとっても爽快《そうかい》とはいえなかった。数十リットル単位のコーヒーとともに早めのブランチをすませたのち、一同は小さめの宴会場にあつまり、年長の先賢たちが語る〝キャリアを成功にみちびく秘訣《ひけつ》〟に耳をかたむけた。そのあとは、すでに引退して事務所の伝説として語りつがれているパートナーたちが、それぞれの経験談を披露したり、ジョークを飛ばしたり、助言を授けたりした。聴衆にも発言が許されており、どのようなことでも質問できた。

　口やかましい年輩者たちがいなくなると、壇上で多彩な顔ぶれの面々によるパネルディスカッションがはじまり、それぞれの経験談がつづいた。黒人男、白人女、ヒスパニック、そして韓国系のいずれもパートナーの面々が、事務所が人種面での寛容性や男女平等にむけて努力していることを語った。

　夕方近くにプライベートビーチでシュリンプと牡蠣《かき》を食べたのち、一行はふたたびバスに分乗してマンハッタンに引き返した。バスが到着したときには、すっかり日が暮れていた。疲れはてた若き弁護士たちは、短い夜を過ごすためにそれぞれの自宅にむかった。

新人たちがそれまでいだいていた〝疲労困憊《こんぱい》〟の概念が、まもなく一新されようとしていた。

16

意味のある仕事をまかせてもらえるのではないかという期待は、月曜の朝七時半に打ち砕かれた。訴訟部の新人アソシエイトの十二人全員が、〈書類精読〉の迷宮に送りこまれたのだ。それこそロースクールに入学した最初の年から、カイルは明敏で熱意にも満ちた若きアソシエイトたちがどこかの不気味きわまる地下室行きを命じられて、デスクに鎖でつながれ、ぎっしりと文字が詰まった山のような書類をひたすら読まされる、という恐怖譚《たん》をいくつもきかされてきた。そのため事務所での初年度には、こういった罰をたっぷりと科されることも知識として知ってはいたが、単純に心がまえができていなかった。カイルとドクター・デイル――日に日に美しく見えてきたが、いまだに内面をまったくうかがわせない女性――が割り当てられたのは、財政的窮地に追いこまれた依頼人がらみの案件だった。

この日新しく彼らのボスになったのは、カーリーンという名前の上級アソシエイトの女性だった。カーリーンは一同を自分のオフィスに招き、説明をおこなった。これから数日間、新人たちはきわめて重要な書類を精読し、一時間あたり三百ドルで、一日最低八時間を報酬請求にまわすこと。十一月に司法試験の結果が出るまでは、新人たちは一時間あたり三百ドルで仕事をする。司法試験に合格すれば、レートは四百ドルになる。

司法試験に合格しなかったらどうなるのかという点については、簡潔な言葉さえ口に出されることはなかった。昨年度の〈スカリー＆パーシング法律事務所〉からの受験者の合格率は九十二パーセントだが、最初から全員合格が当然視されていたのだ。

少なくとも、当座は一日最低八時間——ランチやコーヒーブレイクの時間を計算に入れれば、おおざっぱに一日十時間だ。遅くとも午前八時には仕事にとりかかり、午後七時前に帰ることを考える者はいなかった。

新人たちが知りたがると思うので……そう前置きしたカーリーンは、昨年度の年間報酬請求時間が二千四百時間だと明かした。事務所にはいって五年めのカーリーンは、早くもここで一生働くことを決めた人間のような態度だった。未来のパートナー。設備のととのったオフィスをちらりと見まわしたカイルは、コロンビア大学ロースクールの卒業証書を目にとめた。馬に乗っている若きカーリーンの写真は飾ってあったが、夫やボーイフレンドや子どもといっしょの写真はなかった。

またカーリーンは、パートナーのだれかがカイルかデイルを必要とする事態も考えられるので、つねに準備をしておくようにと指示した。〈書類精読〉は派手なところのない地味な仕事だが、新人アソシエイト全員にとっての安全ネットでもあった。

「というのも、そこにもどれば、いつでも報酬請求のできる仕事があるからよ」カーリーンはいった。「一日最低八時間、上限はないわ」

こんなすばらしい話はないな――カイルは思った。一日に十時間の報酬請求をしてもまだ不足なら、〈書類精読〉という門戸がいつでも開放されているわけだ。

ふたりが最初に担当した案件の依頼人は、〝平穏〟を意味するプラシッド住宅金融という滑稽《こっけい》な社名をもつ会社だった――いや、滑稽な社名だというのはカイルの私見にすぎず、それゆえ口に出したりはしなかった。というのも、カーリーンがこの案件についてのさらなる情報を猛然とまくしたてていたからだ。二〇〇一年に関係省庁で業界規制を担当している官僚の顔ぶれが一新されて規制緩和の動きがはじまると、プラシッド社をはじめとする住宅金融専門の大企業は、こぞって融資利用者の新規開拓に積極的に乗りだしはじめた。どの会社も大々的に広告を――とりわけインターネット上で――展開し、アメリカじゅうの数百万の中産階級や低所得者層にむけて、本来なら買える余裕のない住宅でも買うことができる、と売りこみ口上をならべたてた。餌《えさ》にもちいられたのは昔からある変動金利住宅ローンだったが、プラシッド社をはじめとする狡猾《こうかつ》な連中の手にかかると、これがだれも想像しなかったような〝変動〟を遂げた。プラシッド社は客をかきあつめ、簡単な書類を作成しただけで前払いの手数料をたんまりと受けとり、じっさいには返済の見こみのない債権を金融商品として投資家に販売したのだ。やがて過熱した不動産バブルが一気にはじけ、不動産価格が急落し、返済が不可能になった顧客の住宅差し押さえが急増しはじめたときには、プラシッド社はもう手形の所有者ではなくなっていた。

カーリーンはもっと穏当な表現で説明したが、カイルは〈スカリー&パーシング〉がプラシッド社の代理をつとめていることを以前から知っていた。このサブプライムローンの破綻《はたん》については十あまりの記事を目にしていたうえ、そこでは〈スカリー&パーシング〉の名前を頻繁に目にしたが、それは決まってプラシッド社の最近の苦境を擁護する文脈においてだった。

いま弁護士たちは、この騒動のあと始末をしようとしていた。プラシッド社はいくつもの訴訟で訴えられていたが、なかでも最大規模の訴訟といえば、同社とローン契約をした債務者三万五千人が関係する集合代表訴訟である。この訴訟は一年前にニューヨークで起こされていた。

カーリーンはふたりを、細長い地下牢《ろう》めいた部屋へと案内した。窓はなく、床はコンクリート、照明は貧弱で、《プラシッド住宅金融》という語がスタンプで捺《お》されている白い段ボール箱が部屋の奥に整然と積みあげられていた。これこそ、カイルがさんざっぱら耳にしてきた〝山〟の現物だった。カーリーンの説明によれば、ここにある箱には三万五千人の原告全員についてのファイルがおさめられているという。そのすべてのファイルを精読する必要があった。

「読むのは、あなたたちだけじゃないのよ」ちょうどカイルとデイルの両者がともにこの場で辞職を申し出ようとしたとたん、カーリーンは空疎《くうそ》な笑い声をあげてそういった。「この精読作業にはほかのアソシエイトはもちろん、数人の補助職員もかかわってるの」

そういってカーリーンは箱のひとつをあけ、三センチ近い厚さのファイルをとりだすと、訴訟チームが目を凝らしてさがすべき情報について、手早い要約をおこなった。

「いずれ法廷で――」カーリーンは重々しくいった。「訴訟担当の弁護士が、〝当事務所は裁判関係のすべての書類を精読した〟と判事に明言できるかどうかが、訴訟の行方を左右する重要な要素になるかもしれないの」

そして事務所にとっては、このような無意味な仕事にも法外な弁護士報酬を支払えるだけの資金をそなえた依頼人をかかえることも重要な要素なのだろう——カイルはそう思った。さらに、わずか数分後には生まれてはじめて一時間あたり三百ドルを請求する仕事の第一歩を踏みだすことを思うと、頭がくらくらする気分も味わった。自分はとてもそんな報酬を請求できる立場ではない。なんといっても、弁護士の正式な資格さえない身だ。

カーリーンはふたりを残して早足で部屋を出ていき、磨きぬかれたコンクリートの床にヒールの音を響かせながら消えていった。カイルは茫然《ぼうぜん》としたまま箱の山を見つめ、その目をデイルにむけた。デイルもまた、カイルに負けないほど茫然とした顔つきだった。

「こんなの冗談だろう？」カイルはいったが、デイルはなにかを実証したがっているらしく、箱をひとつかかえあげるとテーブルに置き、数冊のファイルをとりだした。カイルはデイルからなるべく距離をとるべく部屋の反対側に行き、そこでやはり数冊のファイルをとりだした。

そのうち一冊をひらくと同時に、腕時計に目をむける——七時五十分。〈スカリー&パーシング〉の弁護士たちは、報酬請求にあたって十進法をもちいる。〇・一時間は六分、〇・二時間は十二分……という具合。一・六時間は、一時間三十六分。となると、ここで時計の針を二分もどして七時四十八分にし、八時前に〇・二時間分を請求するべきか？　それとも両腕をストレッチし、コーヒーをひと口飲んで、もっと準備をととのえ、弁護士として生涯初の報酬請求をおこなうのを七時五十四分まで待つべきか？　頭を悩ませるほどの難問ではなかった。ここはウォール街。なにもかも積極的に打ってでる土地である。迷ったら積極的に報酬請求をせよ。自分がやらなかったら、つぎの人間が積極的に打ってでて、結局はその人間に追いつけなくなる。

ファイルを一語残らず読むには一時間かかった。正確には一・二時間だ。いきなりプラシッド社にむけて、一・二時間分の報酬――すなわち三百六十ドル――を請求することへのためらいが消えた。ついこのあいだなら……たとえば、そう、九十分前なら、自分が一時間三百ドルに値する人材だとは信じられなかったはずだ。司法試験に合格さえしていない身でありながら！　ところが、いまではすっかり宗旨変えをしていた。プラシッド社には自分に金を払う義務がある――というのも、金に欲をかいたからこそ訴えられた会社だからだ。だから復讐《ふくしゅう》の意味で、積極的な報酬請求をおこなってやろう。テーブルのずっと先のほうでは、デイルがわき目もふらず一心にファイルを読み進めていた。

　三冊めのファイルを読んでいるあいだ、カイルはわずかに手を休めて、いろいろなことに思いをめぐらせた。報酬請求のための時計の針が動くなかで考えたのは、トライロン航空対バーティン社訴訟の専用室はどこにあるのだろうか、ということだった。極秘情報はどこにあって、どのように保護されているのか？　金庫にしまわれているのなら、どんな種類の金庫なのか？　見たところこの地下牢には、セキュリティ措置がとられていないようだ――しかし、破綻した住宅ローン関係の山ほどの資料を守るために金を出す者がいるだろうか？　かりにプラシッド社に外聞をはばかる薄汚い秘密があれば、カイルにも見つけられるような場所に放置されているはずはない。

　ついで、自分の人生についても考えた。弁護士としてのキャリアを踏みだしてから三時間めで、早くも自分の正気が疑わしく思えていた。こんなところに腰をすえ、何時間も何日もぶっ通しで無意味な書類を読みつづけていても頭がおかしくならないのは、どういった人間だろう？　自分は一年めのアソシエイトの生活になにを期待していたのか？　ほかの事務所なら、これよりもましということがあるのか？

　デイルは部屋を出ていったが、十分でもどってきた。トイレ休憩だろう。そのあいだも、デイルのメーターの針は動きつづけていたにちがいない、とカイルはにらんだ。

ランチは、四十三階にある事務所のカフェテリアでとった。食事の質を高めるためにかなりの努力が払われていた。顧問として有名シェフを迎え、新鮮で吟味された食材をつかった、目もくらむほど多彩な軽食のメニューがならんでいた。昼休みには外に出てレストランで食事をとることも自由だったが、出かけていくアソシエイトはほとんどいなかった。事務所の運営方針は明文化されて配付されていたが、なかには不文律もあった。そのひとつが、依頼人に代金を請求できる本物の昼食でないかぎり、新人は事務所内で食事をとるべし、というルールだった。パートナーの多くもカフェテリアを利用した。部下たちにその姿を見せることが重要だったし、高級な食事について吹聴《ふいちょう》することも大切だったが、なにをおいてもいちばん大事なのは、食事を三十分ですませることで効率よい仕事ぶりの手本を示すことにあった。アールデコ調に統一された内装こそすばらしかったが、カフェテリアの雰囲気は刑務所の食堂と大差なかった。

どこの壁にも時計がかかっており、秒針が時間を刻む音がきこえるかのようだった。カイルとデイルは、ティム・レナルズともども、ほかの高層ビルのすばらしい景観がのぞめる大きな窓のそばのテーブルに席をとった。ティムは砲弾ショック状態にあるかのようだった――目はどんよりと濁って焦点があわず、声は弱々しい。三人は

〈書類精読〉にまつわる恐怖譚を交換し、法律の仕事を離れることを冗談にしはじめた。料理はどれもおいしかったが、ランチタイムの目的は食事ではなかった。ランチタイムはなにより、書類から離れるための口実にほかならなかった。

しかし、その時間も長くはつづかなかった。三人は仕事がおわったあとで飲みにいく約束をかわすと――デイルが初めて見せた人間らしい一面――それぞれの地下牢にむかった。二時間後、カイルは幻覚を見ており、そのなかでイェール大学ロースクール時代の栄光の日々に一瞬だけ逆もどりしていた。自分専用のオフィスに陣取り、何十人というとびきり頭脳明晰《めいせき》な学生たちを手足のようにつかいながら、権威ある法律評論誌を編集していたあの日々。編集の仕事には長い時間がかかったが、その結果として年に八冊つくりだされた重要な専門誌は、多くの弁護士や判事や学者などに読まれていた。カイルの名前は、奥付のいちばん上に編集長として記載されていた。この名誉ある称号を冠される学生はきわめてわずかだ。一年のあいだ、カイルはまさしく名誉の男だったのである。

そんな自分が、どうしてこれほどあっけなく、しかも壮絶に転落したのか?

これも、軍隊でいう新兵訓練の一環にすぎない――カイルはくりかえし自分にいいきかせた。基礎トレーニングだ、と。

それにしても無駄ではないか！　プラシッド社とその株主、債権者はもちろん、おそらくはアメリカの納税者たちまでもが法律関係の費用を負担することになる。かきあつめられた費用のなかには、カイル・マカヴォイなる人物が気乗りしないまま請求した金も含まれる。しかもこの人物は無慮三万五千冊のファイルからわずか五冊を読んだだけで、自分の事務所を代理人にしている会社の関係者は刑務所送りになるべきだ、と確信していた。最高経営責任者も、経営幹部も、重役会議のメンバーも——とにかく全員だ。ひとつの企業を丸々刑務所に入れることなどできっこないが、プラシッド住宅金融に勤務したことのある人間全員にかぎっては例外をもうけるべきだ。

ジョン・マカヴォイがいまの息子の姿を見たらどう思うことか？　そう思うと、カイルは笑いたくなると同時に、身を震わせた。父は滑稽でありながらも情け容赦のない言葉で攻撃してくるだろうし、いまのカイルなら、反撃することなく受け入れるだろう。いまこの瞬間、父は事務所で問題をかかえた依頼人の相談にあたっているか、法廷でほかの弁護士たちといっしょにいるはずだ。どちらにしても父は、血の通った人間と意味のある会話をかわしており、毎日の生活は退屈の二文字とは無縁である。

デイルは四、五メートル離れた椅子《いす》に、カイルに背をむけて腰かけていた。見える範囲でいうなら、きれいなカーブを描いた引き締まった美しい背中だった。いまはすべてを目にすることはできないが、すでに体のほかの部分についても調べはおわっていた。足はすらりと細く、ウエストは締まっており、胸はそれほどでもない。しかし、すべてを兼ねそなえた人間はいない。カイルは考えた。もしも――(仮定その一)これから何日も何週間もかけて、ゆっくりと焦《あせ》らずデイルに近づき、(仮定その二)首尾よく口説けたとして、(仮定その三)ふたりの関係が確実に露見するようにした場合、なにが起こるだろうか？　そうなれば事務所からほうり出されるだろうが、いまはこれが魅力的な展開に思えた。ベニー・ライトはどういうだろうか？　スキャンダルが原因で、不本意ながらも〈スカリー&パーシング法律事務所〉から解雇される？　若い男ならだれでも、女を追いかける権利をもっている。それでつかまったからといって……そう、なんだというのだ？　それなりに意味のある理由で、事務所を馘《くび》になるだけではないか。

そうなれば、ライトは子飼いスパイをうしなうことになる。スパイは事務所を解雇されるが、法曹資格を剝奪《はくだつ》されるわけではない。

なかなかおもしろいではないか。

もちろん幸運が味方をしていれば、またビデオが出てくるかもしれない。今回はカイルとデイルのビデオだ。汚い手口が得意なライトがそのビデオを手にいれて……その先がどうなるかはだれにもわからない。

こういったことを、カイルは一時間あたり三百ドルで考えていた。メーターを切っておくことは考えもしなかった。プラシッド社に血を流させたかったからだ。

カイルはすでに、デイルが二十五歳の若さで――それも最高峰のマサチューセッツ工科大学で――数学の博士号を取得したことや、そのあと数年間は教職についていたものの、やがて教室が退屈にほかならないと思いいたったことを知っていた。法律は――コーネル大学で学んでいた。教室から法廷に転身できるとデイルが思った理由は――少なくともカイルには――さだかではなかった。いまなら、幾何の勉強に苦労しているひとクラスの生徒たちが楽しいパレードにさえ思えたからだ。デイルは当年三十歳、結婚歴はない。多くを語ろうとしないこの複雑な女性の秘密を解き明かすという仕事に、カイルは手をつけたばかりだった。

カイルはちょっと歩いてこようと思って立ちあがった。麻痺《まひ》した頭脳に血液を流れこませることが必要になったからだ。

「コーヒーでも買ってこようか？」カイルはデイルにそう声をかけた。

「いえ、けっこう」デイルはそう答え、驚いたことに笑みを見せた。

濃いコーヒーを二杯飲んでも頭を刺戟《しげき》するにはいたらず、夕方が近くなってくると、カイルは脳に修復不可能なダメージを負うのではないかと心配になってきた。カイルとデイルは無難な線を守ることにして、午後七時に仕事を切りあげた。ふたりはともに事務所をあとにしてエレベーターに乗ったが、そのあいだどちらも無言のまま、おなじことを考えていた――これほど早い時間に帰宅の途につくことで、自分たちはまた不文律をひとつ破ってしまったのだ、という思いだった。しかしふたりはその思いをふり払い、四ブロック歩いて一軒のアイリッシュパブにはいっていった。ティム・レナルズはすでに店でボックス席を確保していたばかりか、早くも一杯めのジョッキをあらかた飲み干していた。同席していたのは、エヴェレットというニューヨーク大学出身の新人アソシエイトだった。配属先は商業用不動産実務。それぞれが席について身を落ち着けると、四人は同時に自分のファームフォンをとりだした。テーブルにならぶ四つのファームフォンは、さながら銃弾を装塡《そうてん》された四挺《ちょう》の拳銃《けんじゅう》だった。

デイルはマティーニを注文した。カイルはクラブソーダ。ウェイターがさがっていくと、ティムが口をひらいた。「きみは飲まないのかい?」

「飲まない。酒は大学時代にやめたんだ」カイルはこの種の質問に決まってこう答えたし、どのような質問がつづくのかもすべて知っていた。

「やめるしかなかったのか?」

「そうだ。浴びるように飲んでいたので、きっぱりやめたんだ」

「リハビリ施設やアル中の更生会とか、その手のところに行ってたとか？」エヴェレットが質問した。

「いや。ただカウンセラーとは会って、飲酒がこの先もひどくなる一方だと説得された。それで酒をきっぱり断つことにして、二度と過去をふりかえらなかったんだ」

「身の毛もよだつ話だな」ティムはそういって、一パイントのエールをがぶ飲みした。

「わたしも飲まないの」デイルがいった。「でもきょうの仕事をおえたあとでは、大酒を飲みたい気分だわ」

ユーモアのセンスのかけらもない人間の口から出たことを思えば、これはなかなか愉快な発言だった。大いに笑ったのち、四人はそれぞれの一日めについて話しはじめた。ティムは、集合代表訴訟を堰《せ》きとめることを目的に制定された昔のニューヨーク州法の立法史を読む仕事で、八・六時間の報酬請求をしたという。エヴェレットは賃貸借契約証書をひたすら読む仕事で九時間。しかしこのゲームで勝ったのは、地下牢《ろう》と三万五千冊のファイルについての話を披露したカイルとデイルだった。

飲み物が運ばれてくると、四人はプラシッド住宅金融と同社が引金となった四十万件の差し押さえに乾杯した。さらに、真夜中までデスクにかじりつくことを誓ったテイバーにも乾杯した。〈スカリー&パーシング法律事務所〉と、その気前のいい初任給にも乾杯。マティーニを半分飲むころには、疲れた脳にジンが効き目を発揮したようで、デイルがくすくすと笑いはじめた。デイルが二杯めを注文するころ、カイルはその場を辞去し、歩いて自宅に帰った。

火曜日の午後五時半、カイルは地下牢での二日めの仕事を切りあげつつ、頭のなかで辞表の文面を書いていた。ベニー・ライトには喜んで〝くたばれ〟と啖呵《たんか》を切ってやろう。エレインと強姦《ごうかん》容疑での訴えには、ピッツバーグの法廷で喜んで正面から対決してやる。たとえなんだろうと、いま耐えなくてはならない事態とくらべたらましというものだ。

火曜日をなんとかこうして乗り切れたのは、ひたすら呪文《じゅもん》をとなえていればこそだった。「そうはいっても、この事務所は二十万ドルの年俸をくれるんだぞ」という呪文を。

しかし五時半には、事務所からどれだけの給料をもらっているのかもどうでもよくなった。ファームフォンが電子音とともにダグ・ペッカムのメールの着信を告げた。こんな文面だった。《カイル、人手が必要だ。わたしのオフィスに。できればいます

ぐ》

カイルは辞表のことも忘れて弾《はじ》かれたように立ちあがると、急いでドアにむかった。早足で歩きながら、デイルにこう声をかける。「訴訟部のパートナーのダグ・ペッカムに会いにいかないと。仕事があるんだ」

これが残酷な言葉にきこえたのなら……それは仕方がない。自慢にきこえたところで、気にかけなかった。ショックを受けて傷ついた顔を見せていたデイルをひとりプラシッド社の地下牢に残して、カイルは部屋を出た。ついで二フロア分の階段を駆けおり、息を切らしながら、ひらいたままのペッカムのオフィスにはいっていった。ペッカムは落ち着かないそぶりで電話中だったが、デスクとさしむかいに置いてある高級な革張りの椅子にすわるよう、カイルに手ぶりでうながした。

「おまえは馬鹿《ばか》だな、スレイド。救いようのない馬鹿だ」という文句で電話を切ると、ペッカムはつくり笑いを浮かべてカイルにむきなおった。「さて、仕事の調子は？」

「書類精読をしています」それ以上を話す必要はなかった。

「かわいそうに。しかし、われわれ全員がくぐり抜けてきているんだよ。さて、こっちの仕事で手伝いが必要になってね。頼まれてくれるか？」ペッカムは荒っぽい動作で椅子に腰をおろすと、体を前後に揺すりはじめた。自分の体を前に突きだしては、うしろに退《ひ》くあいだも、目は片時たりともカイルから離れない。

「なんでもやります。いまは、あなたの靴磨きだってしたいくらいです」

「靴は磨いてある。さて、仕事というのは、ニューヨーク州南部裁判区のある案件だ。規模の大きな訴訟だよ。フィラリア症を起こす心糸状虫対策の薬を飲んだあげくに文句をいいたてはじめた連中が集合代表訴訟を起こし、うちの事務所は被告バークス社の弁護を担当している。いくつもの州で同時進行中、規模が大きく、やたらにこみいっている泥沼のような訴訟だ。で、木曜日の朝にはカファティ判事の前に出なくちゃならない。カファティは知っているか？」

この事務所で働きはじめて、まだ二日ですよ――カイルは思わずそう口にしかけた――だれも知りません。「いいえ」

「通称カフェイン・カファティだ。体内の化学物質のバランスが崩れているとかで、何日もずっと起きていられるんだよ。バランス改善の薬を飲んでいないときには、弁護士たちに電話をかけまくり、訴訟の進行が遅すぎると怒鳴りつけてくる。薬を飲んでいるときにも怒鳴りつけてくるが、それほど乱暴な言葉はつかわない。ともかく、カファティのスケジュールは、〝ロケット審理予定表《ドケット》〟と呼ばれている。とにかく、訴訟を先に進める判事だからだ。いい判事だが、目の上のたんこぶみたいな男だ。それはともかく、この裁判がだらだら長引いているものだから、判事はこれをほかの裁判区に移すという脅しをかけてきている」

カイルは精いっぱい手を早く動かしてメモをとり、話の最初の切れ目を逃さずに質問をはさんだ。「心糸状虫？」

「まあ、じっさいには心臓の左右の心室を含め、大動脈内プラークを除去する薬だ。医学の見地からは、非常に複雑な話でね。きみが心配する必要はまったくない。裁判のそっちの側面には、医学博士号のあるパートナーがふたりもついている。合計で四人のパートナーが担当し、さらに十人のアソシエイトが担当しているんだ。主任代理人はこのわたしだよ」

ペッカムはかなり鼻高々に最後のひとことをいいおえると、椅子から立ちあがり、重たげな足どりで窓に近づいて、都会の光景を一瞥《いちべつ》した。糊《のり》のきいたワイシャツはサイズが大きすぎるものの、ぽってりと膨らんだ体が巧く隠されていた。

ベニー・ライトの要約書は、例によって簡潔で要を得たものだった。ペッカムはイエール大学を卒業して〈スカリー＆パーシング法律事務所〉にくわわったが、十三カ月後に最初の妻と離婚していた。現在の妻は、おなじウォール街にある法律事務所のパートナーである。妻もまた長時間労働に打ちこんでいた。まだ幼い子どもがふたり。

一家が住んでいるアッパー・ウエストサイドのアパートメントは、推定評価額が三百五十万ドル。さらに当然のことながら、ハンプトンズにも別荘を所有。昨年度のペッカムの年収は百三十万ドルで、妻は百二十万ドル。法廷にみずから足を運ぶことはめったにないが、巨大製薬会社の代理を専門とするトップクラスの訴訟担当者だと目されていた。六年前には自殺の原因となった鎮痛薬についての大規模な訴訟で——少なくとも陪審の意見では——敗訴の側に立たされた。〈スカリー&パーシング〉は二週間の療養のため、ペッカムをイタリアの温泉療法地に送りだした。

「カファティはこの訴訟を厄介払いしたがっているんだ」腰が痛むのだろう、ペッカムは背中のストレッチをしながらいった。「もちろん、われわれは反対するつもりだよ。しかし本音では、わたしもほかの裁判区での審理を望んでいる。候補地は四カ所——フロリダ州デュヴァル郡、メンフィス市のダウンタウン、ネブラスカの田園地帯にあるフィルモアという郡、そしてイリノイ州のデスプレインズだ。そこできみの仕事は——引きうけてくれる気があればの話——この四つの裁判区を調査することだ」

ペッカムはふたたび椅子に腰を降ろして、体を前後に揺らしはじめた。「それぞれの裁判区の陪審の動向を知りたい。どのような評決をくだしているのか？　それぞれの土地で大企業はどのようにやっているのか？　たしかに陪審調査専門の会社がいくつかあって、それぞれがデータを販売しているし、事務所はそのすべてを購読してはいるが、つねに正確だとはかぎらなくてね。数字はどっさり書かれてはいるが、有用な情報はさほど多くない。きみには調べて調べて、調べまくってほしい。四カ所の現地の弁護士たちに電話をかけて、役に立つ情報を掘りあてるんだ。やってもらえるかね、カイル？」

まるで、選択の余地があるようないいぐさだ。「もちろん。おもしろそうです」

「わたしなら、おもしろいとはいわないね。木曜の朝七時半までには調査結果が欲しい。もう徹夜仕事は経験したか？」

「いいえ。というのも、まだこの事務所で働きだして、たったの——」

「ああ、そうだったな。では、仕事にかかってくれ。事務所覚え書の書式は守ってほしいが、飾りたてる必要はないぞ。木曜の朝七時半に、ふたりのアソシエイトをまじえてここで会おう。その席で十分間あげるから、要約を述べてくれたまえ。ほかには？」

「いまはありません」

「今夜は十時までここにいるから、なにか必要なものがあったら連絡をくれ」

「ありがとうございます。それに、書類精読の仕事から救いだしてくれたことにも感謝しています」

「なんたる才能の浪費だ」

カイルが早足でオフィスをあとにしたときには、デスクの電話が呼出音を鳴らしていた。カイルはその足で小部屋内の自分のブースに行ってノートパソコンを手にすると、三十九階にある事務所の主図書室に大急ぎでむかった。事務所全体には、ここよりも規模の小さな図書室が四カ所にもうけられていたが、カイルはまだその所在を見つけていなかった。

調査仕事を前にして、これほど気分が高揚したことは記憶になかった。本物の訴訟だ――なにごとにも期限があり、怒れる判事がいて、いまはまだ未決定の戦略的意思決定がある。自分がこれから作成する覚え書は、その戦闘のただなかにいる弁護士たちに読まれ、信頼を寄せられることになる。

いまもまだ書類精読にとり残されている哀れな新人たちが気の毒にさえ思えてきた。しかし、自分がすぐそこにもどることもわかっていた。食事も忘れて仕事に打ちこむうち、気がつくと午後十時近くになっていたので、陪審調査報告を読みふけりながら自動販売機の冷たいサンドイッチをむさぼった。そのあと手近に寝袋がなかったので、図書室を夜中の十二時に引きあげて――その時点でも少なくとも二十人のアソシエイトが残っていた――タクシーでアパートメントに帰った。それから四時間眠り、ふつうなら三十二分かかるブロード・ストリートまでの道のりを二十二分で歩ききった。これでは太りはじめる暇もない。四十階には事務所専用のトレーニングルームがあったが、これはジョークそのものだった。いつでも無人だったからだ。昼休みに数人の秘書が利用することはあるが、うっかり姿を目撃される弁護士はいなかった。

カイルのメーターは午前五時きっかりに動きはじめた。午前九時には、フロリダ州デュヴァル郡のジャクスンヴィル市内およびその周辺の法廷弁護士やそれ以外の弁護士たちに、片はしから電話をかけていた。手もとには陪審審理にまで達した裁判の長いリストがあったし、カイルは電話でつかまえられるかぎり多くの弁護士たちから話をきくことを計画していた。

電話をかければ、それだけリストが長くなった。フロリダ、メンフィスおよびテネシー州西部、リンカーンとオマハ、そしてシカゴ周辺の数十の街の弁護士たち。見つかった訴訟や陪審審理の数もどんどん増え、電話をかけるべき弁護士も増えた。さらにカイルは過去二十年間にバークス社が関与した訴訟すべての経緯を調べて、それぞれの評決内容を比較した。

ダグ・ペッカムからは、ひとこととの連絡もなかった――法律用箋《ようせん》の横にはつねにフアームフォンを置いていたが、ショートメッセージやメールは送られてこなかった。こんなふうに配慮され、自由に仕事を進めさせてくれることがうれしかった。デイルから昼食の予定をたずねるメールが送られてきた。ふたりは一時にカフェテリアで待ちあわせ、手早くサラダの昼食をとった。デイルはいまもまだプラシッド社の地下牢につながれたままだったが、砂を嚙《か》むような仕事の手伝いに、ありがたくも三人の新人が追加で送りこまれてきたという。三人とも辞職を検討していた。またデイルは、自分の知りあいが本物の仕事を割りふられたことを心の底から喜んでいるようだった。

「ぼくのために、プラシッド社のファイルを残しておいてくれよ」ふたりでカフェテリアをあとにしながら、カイルはいった。「あしたにはそっちにもどるから」

水曜日には十八時間をバークス社に報酬請求し、真夜中になってから図書室を引きあげた。前日の火曜日は六時間。さらに木曜の早朝には、十五ページの覚え書を推敲《すいこう》し、ペッカムや上級アソシエイトからなるチームの前でおこなう十分間のプレゼンテーションの練習で、さらに二時間を請求にまわした。そしてきっかり七時半にペッカムのオフィスに近づいていったが、ドアは閉まっていた。

「七時半に会う約束なんですが」カイルは丁寧な口調で秘書に話しかけた。

「いま取り次ぎます」秘書はそういったが、電話に手を伸ばしさえしなかった。

カイルが内心で神経をなだめ、落ち着いた顔をよそおっているあいだに、五分が過ぎていった。胃がぎゅっとよじれ、ワイシャツのカラーのあたりに汗が噴きだしていた。なぜ? そうくりかえし自問する。身内を聴衆としたごく短時間のプレゼンテーションにすぎない。おなじチームに属する仲間だ――ちがうか? 十分が過ぎ、十五分になった。ペッカムのオフィスからは話し声がきこえていた。やがてようやくアソシエイトのひとりがドアをあけ、カイルはオフィスにはいっていった。

ペッカムはカイルを見て意外そうな顔をのぞかせると、「ああ、そうだったな、カイル。うっかり忘れていたよ」といって指をぱちりと鳴らし、顔を曇らせた。「メールで連絡しておくべきだったね。審理は延期になった。だから、あの仕事はもう必要ない。覚え書は手もとにとっておきたまえ。あとで、われわれが必要とするかもしれないからね」

カイルは口をあんぐりとあけたまま、オフィスを見まわした。ふたりのアソシエイトが、一面に書類の広がった作業テーブルをはさんですわっていた。さらにふたりのアソシエイトが、近くのデスクについていた。四人ともにやにやと笑っていた。

いわゆる〈架空締切〉だ。

もちろんカイルも、このちょっとした悪戯《いたずら》のことを耳にしていた。不運なアソシエイトがこきつかわれて、厳しい時間的制約のなかで覚え書なり摘要書なりを作成させられるが、どれも無用の書類、結局つかわれることはない。とはいえ、依頼人には報酬請求がなされるし、それだけの金が事務所に支払われる。そのため、調査仕事そのものは不必要だったにしろ、少なくとも事務所の利益にはなるのだ。

〈架空締切〉の話はきいていたが、これがその現物だとは思いもしなかった。

「ええと……はい、わかりました。お気づかいなく」そういいながら、あとずさる。

「助かったよ」ペッカムは、べつの書類のページをめくりながらそういった。「では、またあとで」

「はい」

カイルがドアを通りぬけようとしたそのとき、ペッカムがこんな質問を投げかけてきた。「そうだ、カイル。この裁判で、バークス社にもっとも有利な土地はどこだと思う？」

「ネブラスカ州フィルモア郡です」カイルは待ってましたとばかりに答えた。

ふたりのアソシエイトが声をあげて笑い、残るふたりも大いに楽しんでいる顔を見せていた。そのひとりがこういった。「ネブラスカ？　ネブラスカで裁判をする者はいないよ」

「ご苦労だった、カイル」ペッカムは恩着せがましくいった。「いい仕事ぶりだったよ」では、とっとと出ていきたまえ——という意味だ。

年俸二十万ドルに各種の手当までつくとなったら、当然ながら顔から火の出る思いをさせられる場面がおまけでついてくる。こういったことのために給料をもらっているんだぞ——上のフロアにのろのろとむかいながら、カイルは何度も自分にそういいきかせた。こんなことはさらりとかわせ。気丈になるんだ。なに、だれもが経験するんだから。

地下牢《ろう》にもどったカイルは、顔につくり笑いを貼《は》りつけた。デイルから、「どんな首尾だったの？」とたずねられ、「ひとことでは話せないな」と答える。部屋のずっと奥では、ふたりのアソシエイトが、住宅ローン関係のファイルをこつこつとひたすら読み進めていた。カイルはふたりに会釈《えしゃく》を送り、デイルの近くに席をとると、ペンと法律用箋とファームフォンをならべた。それから箱をあけてファイルを一冊とりだし、プラシッド住宅金融の世界に再突入した。すでに知っている世界だからだろう、奇妙にも安心感をおぼえた。これなら、悪戯のカモにされたり物笑いの種になったりする心配はない。書類精読者としての長いキャリアは退屈にはちがいないが、訴訟担当者の生活とくらべたら、危険な要素がはるかに少なくてすむのだ。

17

金曜日の夕方、事務所をあとにしながら、カイルは新人としての自分の第一週が惨《さん》憺《たん》たるものだったとはいえ、それでも成功をおさめたと考えていた。プラシッド社に三十時間を報酬請求し、バークス・バイオメディカル社には二十六時間を請求した。この高価な時間は、どちらの依頼人にもほとんど意味がないが、そんな心配をするために給料をもらっているのではない。事務所にいる目的はたったひとつ——すなわち弁護料を請求するためだ。このペースを守って一週間に五十時間の請求ペースを確立すれば、一年で二千五百時間を請求することができる。そうなれば同期の新人たちのなかでも第一位になって、上層部からの注目をあつめることもできよう。

おなじこの一週間で、目立ちたがり屋のティバーは五十時間を請求していた。デイルは四十四時間。ティム・レナルズは四十三時間。

この仕事についてからわずか五日だというのに、彼らが時計で早くも頭をいっぱいにしているのは驚くべきことだった。

カイルはアパートメントまで歩いてもどった。ジーンズに着替え、左右のポケットのそれぞれに携帯電話を押しこめてから球場にむかう。ホームグラウンドでメッツがパイレーツと試合中だった。パイレーツは今期もまた敗北が確実になっていた。残り試合は十七といういま、首位はメッツ——二位のフィリーズとは二ゲーム差、今期も終盤で息の根をとめられそうだった。

カイルは事務所の補助職員に推薦されたチケット屋で、二枚のチケットを現金で購入していた。シェイ・スタジアムにむかうあいだ、カイルは自分に目をつけている監視スタッフの姿を目にとめた。

カイルの席は、三塁側ダッグアウトから十五列離れたところだった。暑い夜だった。メッツが一回の攻撃中。球場は満員。正確にタイミングを調整して入場したので、一回裏の最初の球が投げられると同時に座席に腰をおろすことができた。左にすわっていたのは、野球のグローブを握りしめてアイスクリームを食べている少年。右側には、メッツの野球帽をかぶり、メッツのトレーナーを着て、青とオレンジのリストバンドをはめ、さらには愚かしげなメッツのサングラスまでかけている生粋《きっすい》のメッツ・ファン。野球帽の下、サングラスの陰にいるのはジョーイ・バーナードだった。ピッツバーグで生まれ育ったジョーイはフィリーズが大きらいだったが、それに負けないほどメッツをきらってもいた。

「赤の他人のようにふるまえよ」カイルはグラウンドに目をむけたままいった。

「わかってる。いまはおまえが大きらいだ。ついでにいっておけば、メッツのこともおまえとおなじくらい憎らしいよ」

「ありがとう。サングラスが似あってるぞ」

「はずしてもいいか？　これをかけてると、なにも見えないんだ」

「だめだ」

ふたりは口の端だけをつかい、おたがいにやっときこえる程度の小声で話をしていた。ピッチャーが一球投げるたびにシェイ・スタジアムにはどよめきが湧《わ》き起こり、話を盗みぎきされる気づかいはなかった。

ジョーイはLサイズの紙コップからビールをひと口飲んだ。「ほんとうに尾行されているのか？」

「されているよ。毎日、どこにいても」

「おまえが尾行に気づいていることを、やつらは知っている？」

「知らないと思う」

「しかし、どうして尾行を？」

「もっとも基本的なスパイ活動だからだ」

「それはわかる」

「情報がすべての鍵《かぎ》なんだ。監視や盗聴の機会が多くなれば、それだけ連中はぼくのことにくわしくなれる。ぼくがなにを飲み食いし、どんな服を着て、どんな映画やテレビ番組を見て、どんな音楽をきくのか。だれと話し、だれと外出するのか。買物をする行きつけの店はどこで、どんな店を見てまわるのが好きなのか。人目を避けてこそこそ足を運ぶのはどこか。そういったことを把握しておけば、連中はいつの日かその手の情報を自分たちに有利に利用できる。ぼくやきみには退屈な話だけど、連中にとってはちがうんだ」

話をききながら、ジョーイはさらにビールを飲んでいた。

打球がレフトの外野フェンスにあたって跳ねかえり、メッツが一点を獲得すると、場内が総立ちになった。カイルとジョーイも、ほかのファンとおなじ行動をとった。場内が落ち着いてくると、カイルはつづけた。「一例をあげよう。ぼくは、あらゆるスパイ用品を売っている最高にすばらしい小さな店をミッドタウンに見つけた。超小型カメラ、隠しマイク、電話用盗聴器、軍隊の置き土産であるハイテク機器の数々。店の経営者は社会に適応できないふたりの人物で、元CIAを自称してはいるが、本当にCIA出身なら、そのことを公言するはずはない。店はネットで見つけた――いや、アパートメントではなくオフィスのコンピューターをつかったよ。そのあと尾行を振り切れた隙《すき》を見て、その店に二回ばかり足を運んだ。いつかその店が必要になるかもしれない。しかし、ぼくがそんな店を見つけたことを知ったら、連中はさぞや興味をいだくことだろうね」

「気味がわるいどころの話じゃないな」

ジョーイの前列にすわっている女性客がふりかえって、怪訝《けげん》な視線を送ってきた。ふたりはそれから一回がおわるまで、じっと黙っていた。

「エレインの報告書はどうだった？」ジョーイがささやいた。

「不安にさせられたよ」

「で、つぎはどうする？」

「きみがエレインに会いにいくべきだと思う」

「よしてくれ」

「簡単だ。偶然に出会ったふりをして、なにが起こるかを確かめればいい」

「そりゃいい！　十年も行ったことがないスクラントンの街まで車を走らせて、どうにかしてエレインを見つけ、相手がおれを覚えていたら挨拶《あいさつ》をするわけか。そのあとは？　最後にいっしょにいたときのことを話題にして、親しくおしゃべりをする？　昔のことを思い出して笑う？　馬鹿馬鹿《ばかばか》しい。おれに強姦《ごうかん》されたと主張している女だぞ」

「しいいっ」カイルは低い声でたしなめた。〝強姦〟の一語が蒸し暑い空気のなかにただよっているかに思えたが、さいわいだれにも気づかれなかった。

「すまん」ジョーイがささやきかえし、ふたりはそれから長いこと黙って試合を観戦した。

きわどい判定ののち、一塁ベースぎわで猛然たる抗議がはじまった。五万人の大観衆のひとりひとりに意見があるようだった。この喧噪《けんそう》のなかで、カイルはいった。

「興味ぶかい会合になるぞ。エレインの反応を確かめられる。きみと話をするのか？　激しく怒っていて、復讐《ふくしゅう》の念に燃えているのか？　きみは正面作戦をとり、あの一件のことがずっと心にひっかかっているので、きちんと話しあいたいと申してる。それでエレインが、酒を飲みながらの真剣な話しあいに応じてくれるかどうかを確かめろ。といっても、きみはなにひとつ認めるわけではなく、エレインのいまの気持ちを確認するだけだ。この一件にけりをつけたいといってもいい。それでなんの損がある?」

「エレインがおれを思い出して銃を引き抜き、〝ずどん〟と一発撃ってきたら?」

「ブレアのことはぼくに任せろ」カイルはにやりと笑いながら応じたが、ジョーイの婚約者とまたともに過ごすことを思うと、愉快な気分にはなれなかった。

「ありがたい。ブレアは妊娠してるんでね。きみの気づかいがありがたいよ」

「なぜ妊娠した?」

「初歩の生物学だな。しかし、ふたりとも驚いてる」

「おめでとう、パパ」

「結婚だけならともかく、父親になることを思うといささか不安でね」

「ブレアは仕事で大忙しの毎日だとばかり思っていたよ」

「大忙しさ。おれもね。ブレアはピルを飲んでいたといってるが……さあ、どうだか」

カイルが深入りしたい話題ではなかった。それに話が長引けば、それだけ会話が気楽な方向に流れる。賢明なことではない。

「ちょっと洗面所に行ってくる」カイルはいった。

「ついでにビールを買ってきてくれ」

「断わる。ぼくたちは赤の他人同士なんだぞ、忘れたのか？」

「いいじゃないか。いまもだれかが、おまえを監視しているとでも？」

「ああ、双眼鏡でね。少なくともふたり。球場までぼくを尾行して、ゲートの外にいるダフ屋からチケットを買って入場し、いまは監視中だ」

「どうして？」

「基本的な素行監視だよ。あいつらにとって、ぼくは貴重なスパイだけど、ぼくを信用していないんだ。きみもスパイ小説を少し読んだらいい」

「おまえのいけない点はそこだ。小説の読みすぎだぞ」

イニングのあいまに、カイルはいったん座席を離れた。男子洗面所に行ってから、売店でダイエットソーダとピーナッツを買う。座席にもどってからは、右側にすわっている少年と話をした。少年は熱烈なメッツ・ファンで、選手全員の名前と成績を記憶していた。少年の父親は広告代理店勤務で、カイルはしばらく父親の仕事に興味がある顔を巧みによそおっていた。ピーナッツを割って殻を足もとに落としているあいだも、ジョーイのことはまったく無視していた。

あいかわらず、大きすぎるメッツのサングラスで視界を半分封じられているジョーイは、この沈黙に落ち着かないものを感じているようだった。四回がおわった時点では、パイレーツが四点差で負けており、ジョーイはいますぐにも帰りたそうだった。

しばらくしてカイルは姿勢を変え、バックスクリーンのスコアボードに顔をむけると、

「バクスターから連絡は？」と、あごを動かさずにジョーイにたずねた。

「なにもない。どこかの洞窟《どうくつ》にでも閉じこめられているんじゃないか」

「どんな気持ちかは想像できるな。ぼくもこの一週間、地下牢《ろう》に閉じこめられていたからね」

「そんな話はききたくないね。おまえあれだけ給料をもらってるんだ、文句をいったらばちがあたるぞ」

「オーケイ、わかった。連中はバクスターがリハビリ施設にいるのを知っているし、施設の所在地もつかんでいると思う」カイルがいうのと同時に、高く打ちあげられたフライを外野手が注意領域《ウォーニングゾーン》でキャッチした。

「連中？」

「悪党連中だよ。先週、悪党の親玉が、バクスターはリハビリ施設にいると話していたんでね」

「そいつとはどの程度の間隔で会っている？」

「いやになるほど頻繁に」

「なにか秘密情報を手わたしたのか？」

「いや。だから、犯罪の既成事実をつくってはいないよ」

ジョーイはビールをわずかに口に含むと、ゆっくりと飲みくだし、カップを口の前にかかげたままでいった。「連中がバクスターのことを知っているのなら、おれのことも見張っているのか？」

「その可能性はある。安全第一を心がけてくれ。行動にはバリエーションをもたせること。電話や手紙やメールの中身には気をつけるように」

「最高にいい話だな」

「ぼくのアパートメントには、カメラとマイクがどっさり仕掛けてあるよ。連中はいつでも好きなときに出入りできる。防犯装置はないし、そんなものは欲しくもないけど、連中が侵入すれば、ぼくにはわかるんだ。アパートメント内でのぼくの行動は、すべて監視と記録の対象になってる。しかし連中は、ぼくが知っているということを知らない。だからこっちも、それをうかがわせる行動を避けてる」

「つまりおまえは、プロのスパイ連中を知恵で出し抜いているわけか？」

「そうであってほしいよ」

パイレーツがまた投手を交替するあいだ、会話は長く途切れていた。

「で、終盤戦はどうなる？」ジョーイがたずねた。

「まだ考えてない。いまは安全を確かめながら、一歩ずつ足を進めているだけだ。つぎはエレインと接触して、そっちの情勢がどれくらい暗いのかを確かめるんだ」

「どうせ、めちゃくちゃ暗いに決まってる」

「とにかく確かめよう」

ポケットから振動が伝わってきて、カイルはファームフォンを抜きだした。画面をスクロールダウンさせて、新着メールを表示させる。思わず呪《のろ》いの文句を口にしたくなった。

「なにがあった？」ジョーイは電話に目をむけないようにしながらたずねた。

「パートナーからだ。仕事があるから、あしたの朝七時にオフィスに来いといわれたよ」

「あしたは土曜だぞ」

「オフィスに出て働く日に変わりはないね」

「事務所の連中は正気か？」

「いや、がめついだけさ」

七回も大詰めを迎えるころ、カイルは席を立ってゲートにむかった。ジョーイは八回まで試合を見たのち、愛するパイレーツが十九回めの試合で負けを喫しつつあるなか、ようやく球場から引きあげていった。

土曜日と日曜日は、ジーンズでの出社が許可されていた。たとえゆるめの規則ではあれ、週末にも服装規定が存在するということ自体、ウォール街での企業法務がどのようなものかを雄弁に物語っている。

そもそも、なぜ週末用の規定が必要なのか？

カイルはジーンズで事務所に出た。デイルもおなじくジーンズ——タイトなジーンズに包まれた足は眼福そのものだった。ティム・レナルズは糊《のり》を効かせたチノパン姿。三人とも、スタートを切ったばかりのキャリアで迎えた二度めの土曜日の朝七時に、三十四階の小さな会議室にいるという事実が信じられなかった。三人以外にも、年上のアソシエイトが四人いた。これまでの二週間の仕事でカイルが会ってもらったこともなければ、姿を見たことさえない面々だった。簡単な紹介がおこなわれたが、建前上必要だからでしかなかった。

この会議を招集したパートナー本人の姿は、まだ見あたらなかった。名前はトバイアス・ローランド。本人がいないところではトビーと呼ばれていたし、これまでにカイルが耳にした数々のホットなスキャンダルのなかでも、最悪のスキャンダルはトビーにまつわるものだった。トビーがらみの逸話はふんだんにあったが、わずかでも本人を褒める逸話はないも同然だった。イェール大学を経てコロンビア大学ロースクールを卒業。お世辞にも環境がいいとはいえない地域の貧しい家庭の出身で、やたらに喧嘩腰《けんかごし》。切れ者で情け知らず、しかも卑劣な性格のトビーは、わずか五年でパートナーの座を獲得した。もっぱらほかの仕事中毒者以上に仕事に打ちこみ、めったに休まなかったからだ。この男にとって休憩とは、オフィスのソファの上で秘書を相手に十分ですませる情事のことだった。大多数の秘書はトビーを恐れて怖がっていたために、苦情を申立てたり告訴したりすることはなかった。そればかりか、トビーをセクシーだと思って、この短時間の情事にみずから応じる秘書もいた。娯楽のために若いアソシエイトたちを叱《しか》り飛ばし、ほんの些細《ささい》な違反行為を理由に激烈きわまる悪罵《あくば》を投げつけることも珍しくはなかった。またトビーは、ほかのパートナーを威嚇《いかく》した——自分のほうが賢く、下準備もぬからなかったからだ。当年四十四歳のトビーは、事務所でもいちばん生産性の高い（つまり報酬請求時間がいちばん多い）訴訟担当の弁護士であり、陪審裁判ではこの八年間ずっと負け知らずである。それゆえ、多くの大企業の社内法務担当者から引く手あまただった。

一年前カイルはフォーチュン誌で、〈ス

カリー&パーシング法律事務所〉の〝もっとも華麗なる訴訟弁護士〟を賞賛する記事を読み、切り抜いて保存していた。トビーから呼ばれたら、いくら恐怖に震えあがろうとも、走って駆けつけなくてはならない。

この日の朝トビーの代役をつとめたのは、ブロンスンという上級アソシエイトだった。ブロンスンは熱意のかけらも見せずに、とりあえず自分がミスター・ローランドの代理をつとめているが、氏はすぐ近くの部屋で担当中の訴訟の別の側面にとりくんでいる、と説明した。だから、いつこの部屋に姿を見せてもおかしくない。その場面を思って、全員が目をぱっちりと覚ました。

事務所の依頼人は大きな石油会社だった。この会社は、メキシコ湾の海底油田をめぐる係争で近々オランダの会社から訴えられることになっていた。裁判は、ニューオーリンズで起こされる見込み。ただし、ミスター・ローランドは先手を打ってニューヨークで訴訟を起こす意向であり、月曜の朝一番で提訴手続をとることになった。不意討ちの先制攻撃であり、裏目に出かねない大胆な戦略だったが、トビーはこうした危険ぶくみの策略をとることで有名だった。

Dデイ攻撃を思わせるような用語をちりばめた訴訟の説明を数分ほどきいただけで、

カイルには土曜日と日曜日がどちらも丸つぶれになり、法律図書室で裁判管轄権《かんかつ》がらみの調査をさせられることがわかった。ついでファームフォンに目をむけて受信メール一覧をスクロールさせたところ、あるものに目を吸いよせられた。土曜の朝七時半、事務所は所属弁護士全員に同報メールを送っていた——入社四年めになる訴訟部のアソシエイト、ギャヴィン・ミードの辞職を知らせるメール。詳細は書かれていない。コメントもなし。静かですばやい退場が報じられただけだ。

人間だれしも秘密をもっている——そうベニー・ライトは話していた。ライトはどんな手をつかったのか？　人事部に匿名《とくめい》で小包を送りつけたのか？　宣誓供述書や警察の記録などの一切合財を詰めて。かわいそうなミード。犯罪をおかしてから十年もたち、年俸四十万ドルの高給で苛酷《かこく》な労働をひたすらこなしていたそのさなか、いきなり秘密会議の場に呼びだされてしまったとは。

ブロンスンは、自分が木の車輪の中心《ハブ》になるという話をしていた。この〝ハブ〟から突き出ているスポークは部下である七人のアソシエイトたちにつながり、自分よりも上のトビー・ローランドや訴訟部のほかのパートナーたちにも通じている。ハブにいる自分は、上層部と新人のあいだの情報の流れのすべてをさばく立場にある。自分の役目は、仕事を組織立てて、調査を監督し、パートナーたちと新人たちのあいだの橋渡し役をすることだ。すべては自分のデスクを通過することになる。一刻の猶予《ゆうよ》もならぬ。この話が外部に洩《も》れれば、オランダの会社とその弁護士たちがあらゆる邪悪な手に訴えてくるかもしれない。アメリカへの石油供給が左右されるばかりか、西欧文明の命運さえもがこの裁判にかかっている。

一同は図書室にむかった。

18

しだいに緊張を高めた電話による一連の交渉で、ようやく話がまとまった。ドクター・ブーンとウォルター伯父はバクスターの意向をのんだが、なんとか条件をつけることに成功した。バクスターは予定よりも早めに退院こそするが、そのあと現実社会に〝再突入〟する前に、中間施設に三泊することになったのだ。かくして血中アルコール濃度〇・二八パーセントの泥酔《でいすい》状態で施設に到着してから百五日めに、バクスターは車でゲートを通過し、〈ワショー・リトリート〉という安全な領域をあとにした。いまではすこぶるつきにきれいな体になって、体重も五キロ近く減っていた。酒とドラッグを完全に断ったばかりか、ついに禁煙にも成功していた。体は引き締まって健康的に日焼けし、頭は澄みわたっていた。ようやく自身の悪魔を退治し、これからは酒やドラッグと無縁の生活を送れるものと心の底から信じて疑わなかった。ドクター・ブーンやカウンセラーたちの教えで、これからの戦いにそなえて武装もしていた。バクスターは〝高次の力〟――それがなにであり、何者であるかはともかく――におのれの罪を告白し、その〝力〟に自分をゆだねていた。二十五歳にして新たな人生の第一歩を踏みだしたバクスターは、自身を誇らしく感じる一方では不安もおぼえ、恐怖すら感じていた。車が施設から遠ざかるにつれて、ますます落ち着かない気分がつのった。自信の念がたちまち薄らいで消えていった。

これまで自分は、あまりにも多くのことで、あまりにも多くの失敗をしでかしてきた。これは一家の伝統だった。それがDNAにも刻みこまれているのでは?

バクスターは看護助手の運転する車で、ナイティンゲール山脈にあるリハビリ施設からネヴァダ州リノに連れていかれた。二時間のドライブのあいだ、会話はほとんどなかった。リノの街が近づいたころ、冷たい緑色の瓶にはいった輸入ビールを派手に宣伝している大きな立て看板の横を車が走りすぎた。セクシーな若い女がそのビールを手にしているところを見たら、たいていの男はどんなことでもしたい誘惑に駆られるだろう。恐怖がこれまで以上の勢いでバクスターに襲いかかってきた。頭が恐怖でいっぱいになり、ひたいに汗が噴きだした。いますぐに回れ右をして、リハビリ施設に――アルコールが存在せず、それゆえ誘惑も存在しない世界へと――急いで帰りたくなった。しかし、バクスターはなにもいわなかった。

〈ホープ・ヴィレッジ〉は、リノのなかでもさびれた地域にあった——廃屋となったビル、安カジノ、そしてバー。ここにこそ、〈ホープ・ヴィレッジ〉の創設者にして主任牧師、そして指導者でもあるブラザー・マニーの領分だった。バクスターが暑い歩道に足をおろしたとき、牧師は教会の玄関前まで出て待っていた。牧師はバクスターの手を握り、荒っぽく上下にふった。「ミスター・テイト……いや、バクスターと呼んでもいいかね？」

この質問自体が、すでに答えを暗示していた。いまの自分はただのバクスター、ミスター・テイトと鄭重《ていちょう》に苗字《みょうじ》で呼ばれる者ではない。

「もちろん」バクスターは答えた。この肉体への攻撃ともいえる握手に、思わず背すじがまっすぐに伸びたままこわばってしまった。

「わたしがブラザー・マニーだ」牧師はそういうと、太い左腕をバクスターの肩にかけることで、この荒々しい歓迎の挨拶《あいさつ》を完成させた。「われらが〈ホープ・ヴィレッジ〉にようこそ」

マニーは五十歳ほどのヒスパニックで、赤銅色《しゃくどういろ》の肌と、きっちりとポニーテイルに束ねた腰にまで届く白髪混じりの髪、やさしげな光をたたえた目、白い歯のこぼれる

ようなにこやかな笑みのもちぬしだった。左の鼻梁《びりょう》に小さな傷痕《きずあと》があり、右の頬には
もっと大きな傷痕があった。その顔にいろどりを添えているのが、かなりの年数をか
けて伸ばされたらしい、柔らかそうな白い山羊《やぎ》ひげだった。
「〈ワショー・リトリート〉からの脱走者がまたひとりか」マニーはよく響く楽の音
のような声でいった。「名医ブーンは元気でやっているのかね？」
「元気です」バクスターはいった。マニーの鼻が自分の鼻から十センチちょっとのと
ころにまで迫っていた。こうした親しげな触れあいもマニーは気にしていないようだ
ったが、バクスターは落ち着かない気分にさせられた。「あなたによろしくとのこと
でした」
「立派な男だよ。さあ、来たまえ。案内しよう。たしか、ここには三泊しかしないと
いう話だったね」
「ええ、そうです」
ふたりはゆっくりと歩きはじめた。マニーはずっと、腕をバクスターの肩にかけて
いた。樽《たる》を思わせる分厚い胸の大男だった。着ているのはジーンズと白い麻のシャツ
――シャツは上からふたつまでボタンをはずし、ジーンズから出している長い裾《すそ》が背
後にたなびいていた。足にはサンダル、靴下は履いていない。

かつてこの教会は金まわりのいい白人会衆のための場所だったが、白人たちはこの地域から郊外住宅地に逃げだしていた。早足で教会内部の見学ツアーをしているあいだに、バクスターはそのあたりの裏話もきかされた。マニー・ルセーラは、生涯二度めの刑務所暮らしのあいだに神を見いだし——罪状は武装強盗、自分用のドラッグを買う金欲しさの犯行だった——そののち仮釈放のあいだに聖霊に導かれてリノにやってきて、みずから神に奉仕しはじめた。それが十七年前のことで、神はマニーを盛大に祝福した。教会は成長し、いまでは地下にホームレスの保護施設や、姿を見せる人だれにでも食事をふるまう無料食堂、近隣一帯の貧しい家の子どもたちのためのコミュニティセンター、男たちの虐待《ぎゃくたい》から逃れてきた女性や子どもの受入施設などをそなえていたし、児童養護施設をつくる計画もあった。教会は隣接する古いビルを買い取って、全面的な改装もすませていた。どちらの建物にも人がいっぱいいて——従業員、ボランティア、それにストリートピープル——ブラザー・マニーを目にすると、だれもがうやうやしくお辞儀をした。

ついでふたりは日陰のピクニックテーブルをはさんで腰をおろし、缶入りのレモネードでのどをうるおした。

「どんなドラッグをやってたんだ?」マニーがたずねた。

「コカイン、それに酒。でも、すすめられれば、なんでも断われない性質《たち》でした」バクスターは認めた。最初からすべてを知っている人々に、みずからの魂のすべてをあらわにする日々を十五週間も過ごしたいま、真実を打ち明けることにためらいはなかった。

「期間は？」

「はじめたのは十四歳ごろで、最初はのんびりしたペースでした。でも、大きくなるにつれてペースがどんどん速まって……いま二十五歳ですから、十一年間です」

「出身は？」

「ピッツバーグ生まれです」

「どんな家庭だった？」

「特権階級ですよ」

ブラザー・マニーはじつに自然に質問を発しては答えを受けとめていたので、わずか十五分いっしょにいただけで、バクスターはもう何時間も牧師と同席して、すでにすべてを打ち明けたような気分にさせられた。

「今回が最初のリハビリだったのかな？」

「二回めです」

「わたしはね、きみが名前をきいたこともないものも含めて、およそありとあらゆるドラッグを二十年もつかっていたよ。ドラッグを買い、売り、密輸し、密造していた。ドラッグが原因で刃物で四回刺され、三回撃たれ、刑務所にも二回行った。最初の妻とふたりの子どもをうしなったのは、ドラッグとアルコールのせいだ。教育の機会もうしなった。刑務所のおかげで八年の歳月もうしなった。人生すべてをうしないかけたんだ。依存症については、いやというほど知りぬいている——わたし自身がそうだったからだ。わたしは資格をもったドラッグとアルコールの専門カウンセラーであり、依存症者を相手に毎日仕事をしている身だ。で、きみは依存症者か？」

「はい」

「きみに神の祝福を。キリストを知っているかね？」

「たぶん。昔は毎年クリスマスになると、母が教会に連れていってくれましたから」

ブラザー・マニーは微笑《ほほえ》みをのぞかせ、巨大な尻《しり》をゆっくりと揺り動かしながら立ちあがった。

「きみが泊まる部屋に案内しよう。リッツ・ホテルとまではいかないが、まあ役には立つさ」

ホームレス保護施設は、広い地下室を間にあわせのパーティションで区切ってあった。片側は女性用、片側は男性用。どちらもオープンスペースで、陸軍余剰品の簡易寝台が整然とならべてあった。

「ここにいる大多数の人たちは、昼間は働きに出ている。職もない浮浪者ではないよ」マニーはそう説明した。「午後六時前後になると、ぽつぽつ帰ってくる者が出てくる。さあ、ここがきみの部屋だ」

シャワーの近くに、ほかよりは上等な寝台と携帯型の扇風機がそなわっている小さな個室がふたつあった。ブラザー・マニーは片方のドアをあけた。

「きみはこの部屋をつかっていい。本来は監督者用の部屋でね。この個室にはいるためには、仕事をしてもらう必要がある。だから夕食の準備を手伝い、さらにそのあと、みんながベッドにはいってからは警備員をつとめてほしい」

この有無をいわさない決定的な発言を口にしたときのマニーは、どのような抗議でも、相手が思いつくと同時にさえぎり、問題外として切り捨てることも辞さない口調だった。

バクスターの世界はぐるぐると回転していた。きょうという一日がはじまったときには、まだ四つ星クラスの豪華なリハビリ施設の豪華な部屋に閉じこめられていて、やっとそこから出られることに笑いをこらえきれなかった。ところがいまは、アメリカでもっとも貧しい層に属する五十二人が寝泊まりする、古い教会の蒸し暑い地下室に身を置き、これから三日はその人々と暮らしをともにすることになった。しかも彼らの食事をつくったり、喧嘩《けんか》の仲裁をしたりするというのだ。

バクスター・テイト。ピッツバーグのテイト王朝の一員。銀行家一族の高貴な血筋。みじめな世代から、つぎのみじめな世代へと継承されていく大邸宅に住む、誇り高くも傲慢《ごうまん》な人々。似たりよったりの他の一族の者と結婚し、浅はかな遺伝子プールを拡大再生産するしか能のない人々。

まだ若いというのに、自分はどうしてこんな境遇になってしまったのか？

法的には、いつでも好きなときにここを出ていく権利はある。ドアをあけて外に出て、タクシーをつかまえ、二度とふりかえらなければいい。バクスターをここに拘束する裁判所命令が出ているわけではないのだ。ウォルター伯父は失望するだろうが、ここから逃亡した場合にバクスターが心配しているのは、そこまでだった。

「大丈夫か？」ブラザー・マニーがたずねた。

「いいえ」正直に答えると、生き返ったような気分が味わえた。

「昼寝をするといい。顔色がわるいぞ」

しかし、暑さのせいで眠れなかった。一時間後、バクスターはこっそりと教会を抜けだして、リノのダウンタウンをうろついていた。まず軽食堂《ダイナー》で遅めの昼食をとった——数カ月ぶりで口にするハンバーガーとフライドポテトだった。ホテルに一、二泊する程度の金は手もとにある。街の通りをあてどもなく歩きまわっているあいだは、ホテルに泊まろうという思いが頭を占拠していた。いくつものカジノの前を通りかかった。ギャンブルに手を出した経験はなかったが、カジノといえばバーがつきものでは？　もちろんバーは立入禁止だが、少なくともいまはまだ、〈ホープ・ヴィレッジ〉に帰ろうという思いにむきあう覚悟はできていなかった。

バクスターはブラックジャック・テーブルにつくと、二十ドル紙幣五枚と引き換えに緑のチップを何枚か受けとり、数分ばかり五ドルのゲームをしてみた。年を食ったカクテルウェイトレスが通りかかって飲み物をたずねてきたときには、バクスターは一瞬のためらいもなく、「水のボトルを」と答えたし、そんな自分を褒めてやりたくなった。おなじテーブルで遊んでいたのは、黒いカウボーイハットをはじめ、全身の服装をすっかり決めたカウボーイただひとり。この男は前に瓶ビールを置いていた。バクスターは水を飲みながらブラックジャックをつづけ、あいまにちらちらとビールに目をむけた。まったく無害に見えた。たとえようもなく美しくも見えた。

チップを残らずディーラーにとりあげられると、バクスターはテーブルを離れてカジノをうろつきまわった。陰々滅々としてくる場所だった。本来ここにいてはならない客がちらほらいて、本来そんなことに投じる余裕のない金を賭《か》けていた。スポーツバーの前も通った。大画面のテレビに昔のフットボールの試合が映しだされていた。客寄せのためだろう、週末はポイントスプレッド制の賭けをおこなう旨《むね》のポスターが出ていた。バーは無人だった。バクスターはカウンター前のスツールに腰をおろし、水を注文した。

これを見たら、ドクター・ブーンはどういうだろうか？　〝再突入〟から六時間もたたないうちにバーに腰をすえているとは。落ち着けよ、ドクター・ブーン。水を飲んでいるだけさ。アルコールの〝爆心地《グラウンド・ゼロ》〟めいたこのバーでも飲みたい衝動をこらえられれば、つぎの場所ではもっと簡単に酒を我慢できるはずだ。バクスターは水をちびちびと飲みつつ、あいまには棚にならんだ酒瓶に視線をむけた。どうして、あれほどいろいろな形とサイズの瓶があるんだ？　なぜ、酒にはあんなにたくさんの種類がある？　棚の一段が、バクスター最愛の各種フレーバードウォッカで占められていた。酒びたりだった日々には、あの美味なる酒をそれこそ樽単位でがぶ飲みしていたものだ。

そうした日々がおわりを告げたことを神に感謝した。

おなじフロアのどこか遠くでサイレンがけたたましく鳴りわたり、鐘の音が響いた。幸運な客が、スロットマシンでジャックポットを当てたのだ。にぎやかな騒ぎは、ギャンブルで勝つのがいかに簡単かを人々に知らせていた。バーテンダーがグラスにドラフトビールをなみなみと注ぎ、バクスターの前にどんと置いた。

「店のおごりです！」バーテンダーはいった。「スーパースロットでジャックポットが出たんでね！」

バーにいる客全員に無料で飲み物がふるまわれる決まりらしいが、バーの客はバクスターひとりだった。〝わるいな、下げてくれ。おれは酒をやめたんだ〟という言葉《ば》が舌の先まで出かかった。しかしバーテンダーはすでに離れていたし、そもそもが馬鹿《か》げてきこえる言葉ではないか。午後の三時にカジノのバーのスツールに腰をすえる禁酒家が何人いるというのか？

グラスの外側は白い霜で覆《おお》われている。ビールは凍りつくほど冷たいはずだ。色はふつうのビールよりも黒っぽい。バクスターはビールサーバーに目をむけた。〈ネヴアダ・ペールエール〉という銘柄だった。飲んだことはない。のどが渇いてきたので、バクスターは水をひと口飲んだ。合計で百五日のあいだ、バクスターは〈ワショー・

リトリート〉のドクター・ブーンをはじめとする専門家たちから、一杯でも飲めば、あとは昔の依存症に逆もどりするだけだ、とくりかえし叩《たた》きこまれていた。ほかの患者たち――施設での呼び名にしたがうなら〝滞在客たち〟――が解毒《げどく》プロセスで苦しむところを見たし、彼らが自分たちの度重なるあやまちを告白した言葉を耳にしてもいた。騙《だま》されてはいけない――彼らはくりかえし警告した――一杯の酒が命とりになる。完全な禁酒がなによりも必要なのだ、と。

そうかもしれない。

グラスの外側に小さな水滴が浮かびはじめ、それが側面をつたってコースター代わりのナプキンを濡《ぬ》らしていった。

いまはまだ二十五歳。自分がこれから死ぬまで酒を一滴も飲まずに過ごすとは――たとえ〈ワショー・リトリート〉滞在中でも――本心から信じたことはなかった。魂の奥深いところの一部では、一杯、あるいは二杯ぐらいの酒なら、その晩は手のほどこしようがなくなる前にすっぱり切りあげられるだけの意思の力を奮い起こせるはずだ、と信じていた。いずれ飲むつもりなら、いま飲みはじめてもいいのでは？　この前リハビリをおえて出てきたときには、十四日のあいだ我とわが身を苦しめたあげくに屈した。二週間ずっと自分に嘘《うそ》をつきとおしたばかりか、友人たちにも禁酒生活のすばらしさを吹聴《ふいちょう》していながら、そのあいだずっと酒を飲みたくてたまらなかった。あの苦しみをくりかえす理由がどこにある？

ビールがだんだん生ぬるくなってきていた。

カウンセラーたちの声がきこえた。ほかの滞在客たちが涙ながらに告白する言葉が思い出された。さらには、禁酒家のモットーをとなえている自分自身の声がきこえてきた。

「自分はアルコール中毒で、意思の弱い無力な人間であり、だからこそ高次の存在の力を必要としています」

たしかに意思の弱い連中だった、〈ワショー・リトリート〉にいた自分以外の負け犬どもは。しかし、この自分、バクスターはちがう。自分なら数杯の酒に飲まれることはない。あいつらよりも意思が強いからだ。さらにバクスターは、いかなる境遇になろうと、コカインのもたらすロマンスと恐怖には二度と飲みこまれまいと誓うことで、自分を納得させてもいた。強い酒にも引きこまれない。たまに、ちょっとビールを飲むだけ。それに……ワインの知識を深めるのもいいかもしれない。

たいしたことじゃない。

しかし、どうしても前に手を伸ばしてグラスをつかめなかった。グラスまでは四十センチちょっと。腕を伸ばせば届くところだ。そこに立つグラスは、とぐろを巻いて攻撃準備をととのえているガラガラ蛇にも似ていた。ついでグラスは、あの妙《たえ》なる夢心地をもたらす絶世の美味なるものに姿を変えた。元にもどって、また変わる。元にもどって、また変わる。悪と善との戦いだ。

「きみに必要なのは新しい友だちだ」ドクター・ブーンは、そうくりかえしていた。「それから、くれぐれも昔の縄ばりにもどってはいけないよ。新しい土地を見つけ、新しい友人をつくり、新しいことにチャレンジする。とにかく、これまでとちがう土地に住むことだ」

だったら、これはどうかな、ドクター・ブーン？　こうして、もう名前も思い出せないリノの裏ぶれたカジノに生まれて初めてすわっているのは？　そう、前に来たことのない場所だぞ？　大笑いだ。

両手があいていた。ふと気がつくと、右手がかすかにふるえていた。呼吸も苦しく、息づかいが重くなっていた。

「大丈夫ですか、お客さん？」バーテンダーが近くを通りすぎざま質問してきた。

答えはイエスでありノーだった。バクスターはなんとかうなずいたが、なにもいえなかった。ビールのグラスから目が離れない。いま自分はどこにいる？　なにをしている？　リハビリ施設を出てからわずか六時間後に早くもバーに腰をすえ、また酒を飲みだそうかどうしようかと自分相手に論争しているとは。さっそく負け犬になってしまった。いまの自分の居場所を見てみろ。

バクスターは左腕を前に伸ばしてグラスに指先を触れさせ、ゆっくりと引き寄せた。十五センチほどの場所にまで近づけると、手をとめる。大麦とホップの香りが鼻をついた。グラスはまだ冷たかった――いや、まずまず冷たいというべきか。

これまでは悪と善との戦いだったが、いまでは〝ここから逃げる〟か〝ここにとどまるか〟の戦いに変化していた。自分をバーのカウンターから引き離し、スロットマシンのあいだを駆けぬけてカジノから飛びだす寸前にまで漕《こ》ぎつけはした。あと一歩だった。奇妙なことに、決断をくだす助けになってくれたのはキーフィだった。キーフィは、〈ワショー・リトリート〉でのいちばんの友人だった。裕福な家庭の出身で、三回めのリハビリの費用も家族が負担していた。最初の二回のリハビリで得た成果が崩れ去ったのは、キーフィが〝ちょっとマリファナをやるくらい害にはならない〟と自分を説得したからだった。

バクスターは自分にむけてささやいた。「いまこのビールを飲んで……それでまずいことになったとしたって……いつだって〈ワショー〉にもどれる。二回も失敗すれば、そのときには完全な断酒が必要だってことも身にしみてわかるはずさ。キーフィみたいに。だけど……いまおれは……切実にこのビールを飲みたいんだ」

バクスターは両手でグラスをつかむと、ゆっくりともちあげ、そばに引き寄せながら芳香に鼻をひくつかせた。冷たいグラスが唇にふれると、思わず顔がほころんだ。そして……〈ネヴァダ・ペールエール〉の最初のひと口は、これまで味わったことのない美味なる天上の美酒に思えた。バクスターは目を閉じた穏やかな顔つきで、ビールをじっくりと味わった。

いきなり、右肩の上のあたりから大声で叫びかけてくる声があった。「そこにいたのか、バクスター！」

思わずビールにむせそうになり、グラスをとり落としかけた。ぎくりとしてふりかえると、ブラザー・マニーが早足で近づいてくるところだった。どう見ても楽しそうな顔ではなかった。

「なにをしているんだ？」ブラザー・マニーはそういいながら、パンチの応酬にでもそなえているように、がっしりとした手をバクスターの肩に置いた。

そう質問されても、なにをしているのかはバクスター本人にも判然としなかった。絶対禁制の品であるビールを飲んでいたことは事実だったが、恐怖のあまり口が凍りついてしまっていた。ブラザー・マニーは優雅な手つきでグラスをとりあげてカウンターに置き、「これを片づけてくれ」と、うなるような声でバーテンダーにいった。それから隣のスツールに腰をおろし、またしても鼻同士が十センチちょっとの近さになるほどバクスターに顔を寄せてきた。

「わたしの話をききたまえ、若いの」と、低く抑えた声でバクスターに話しかける。「わたしがいますぐ、きみをここから引き立てるわけにはいかない。どうするかを決めるのは、あくまでもきみ自身だ。だが、わたしに手を貸してほしければ、そういたまえ。そうすればきみをここから引きずりだし、わが教会に連れ帰ってコーヒーを淹《い》れ、きみにちょっとした話をきかせてやろう」

バクスターは両肩を力なく落として、顔を伏せた。ビールはいまもまだ味蕾《みらい》を攻撃していた。

「いいか、これはきみの生涯でもいちばん重要な決断だぞ」ブラザー・マニーはいった。「いま、この場で決めろ。ここにとどまるか、ここから立ち去るか。ここにとどまれば、きみは五年以内に死ぬ。ここから出ていきたければ、そう口に出したまえ。そうしたら、いっしょに出ていこう」

バクスターは目を閉じていった。「おれはなんて弱い人間なんだ」

「そのとおり。しかし、わたしはちがう。わたしに、きみを連れだす役をさせてくれるか？」

「お願いします」

ブラザー・マニーはスツールから抱えあげるようにしてバクスターを立たせると、太い腕を肩にまわした。それからふたりはゆっくりと、スロットマシンや客のいないルーレット台のあいだを通りぬけて歩いていった。あと少しで出口というときになって、ブラザー・マニーはバクスターが泣いていることに気がついた。涙を目にして、マニーは顔をほころばせた。依存症者が這《は》いあがろうとするなら、その前にまず落ちるところまで落ちなくてはならないからだ。


牧師の執務室は、教会内陣の隣の広いけれども乱雑にちらばった部屋だった。牧師づきの秘書——マニーの妻——が、コーヒーのポットとそろいではないふたつのマグカップを置いて出ていった。バクスターは古い革張りのソファにすわって背中を丸め、親の仇《かたき》のようにコーヒーを飲んでいた。舌からビールの味を洗い流そうとしているかに見えた。いまのところ、涙はとまっていた。

ブラザー・マニーはその近くの木の揺り椅子《いす》にすわり、話をしながら椅子を前後に揺らしていた。「あのころわたしは、カリフォルニアの刑務所にいたよ。刑務所は二度めでね。塀のなかではギャングの一員として、往来を自由に歩いていたころ以上の悪事をあれこれやっていた。ところがある日、うっかり油断して自分の縄ばりから出てしまってね。すぐさま、ライバルのギャング団のひとりが襲いかかってきた。つぎに目を覚ましたときには刑務所病院のベッドだった。あちこち骨が折れて切り傷だらけの、ひどいありさまだった。頭蓋骨《ずがいこつ》にひびがはいっていた。耐えがたい痛みだった。これだったら、いっそ死にたいと思ったことはいまでも覚えている。生きることにうんざり、毎日の暮らしにもうんざり、そもそも自分という人間にもうんざりしていた。もし生きのびて、いずれ仮釈放になったところで、結局は路上に舞いもどり、またおなじゲームに手を出すとわかっていた。わたしが育った界隈《かいわい》では、刑務所に行くか、若死にするかの二者択一しかなかった。きみの育ち方とはずいぶんちがう話にきこえるんじゃないかな、バクスター？」

バクスターは肩をすくめた。

「多くの点でちがうといえるし、多くの点でちがいがないともいえるな。そのころのわたしは、自分のことしか考えずに生きていた――きみの生き方と似たようなものだ。きみとおなじく、わたしも邪悪なことどもを愛していた。快楽、おのれの利益、そして自慢――それがわたしの生き方だった。きみのこれまでの生き方もおなじ。そうではないかな？」

「ええ、そうです」

「すべては罪だ――そして罪の行きつく先はつねに変わらない。悲嘆と苦痛、破壊と破滅、そして死だ。いまきみは、そこにむかっているのだよ。しかも、猛スピードで目的地にまっしぐらの状態だ」

バクスターは小さくうなずいた。「そのあと、あなたになにがあったんです？」

「幸運にも生きのびることができたし、それからほどなくしてひとりの受刑者に出会った。常習犯罪者で、とうてい仮釈放される見こみのない男でね。しかも、わたしが話をした相手のなかではもっとも物腰が丁寧で心やさしく、明るい人間でもあった。なんの悩みもない、毎日が楽しくてたまらず、人生は薔薇色《ばらいろ》だ――これが、十五年間を最高度警備刑務所で過ごしていた男の口から出た言葉だぞ。この男は刑務所の教誨《きようかい》師《し》を通じてキリストの福音に触れ、信者になったんだ。この男はわたしのために祈るといってくれた――ほかにも、刑務所に入れられた悪人大勢のために祈っていたようにね。そしてある晩、男はわたしを聖書の読書会に招いてくれた。わたしはほかの囚人が語る身の上話に耳をかたむけ、囚人たちが神を讃《たた》え、神の赦《ゆる》しを乞《こ》い、愛と力を求め、永遠の救済の約束を求める声に耳をかたむけた。想像してもみたまえ——腐ったような刑務所に閉じこめられている海千山千の犯罪者集団が、神を讃えるために歌っているんだよ。じつに力に満ちた歌声で、わたしにもその力が少し必要だった。神の赦しも必要だった。生まれてからずっと、戦争のなかにいたようなものだったからだ。愛が必要だった。過去がじつにたくさんの罪悪で満ちていたからだ。心の平和も必要だった。周囲の人すべてを憎んでいたからだ。力も必要だった。心の奥底では、自分はいかに無力な人間かを痛感していたからだ。幸せも必要だった。長いあいだ、ずっと惨《みじ》めな毎日だったからだ。だから、わたしたちは祈った——わたしは子羊みたいになった悪党集団といっしょに祈り、神に自分が罪人だと告白し、イエス・キリストを通じての救いが必要だと訴えた。それを境に、人生が一瞬で変わった。あまりにも劇的な変化だったので、いまでも信じられないほどだ。聖霊がわが魂にはいってきて、昔のマニー・ルセーラが死んだ。そして新たなマニーが生まれた。過去を赦され、永遠の安らぎを得たマニーだ」

「ドラッグについては?」

「すっかり忘れた。聖霊のそなえる力は、人間の欲望よりもはるかに強大だ。依存を断ち切ろうとしてあらゆる手を——リハビリ施設や州の施設、精神分析医や普通の医者、代替物として売られている高価な薬品にいたるまで、あらゆる手を――尽くしてきた千人もの人々で、わたしはその実例を見てきたよ。依存症者でいるかぎり、目の前の酒やドラッグにぜったい抵抗できない無力な存在だ。力は自分以外からもたらされる。わたしの場合、力は聖霊からもたらされた」

「いまは、あまり力のある人間だという気分がしません」

「いまのきみが無力な人間だからだ。自分を見たまえ。〈ワショー・リトリート〉を出てわずか数時間後に、うらぶれたカジノの安っぽいバーにすわっていたとはね。最短記録かもしれないぞ、バクスター」

「あんなバーに行きたくはなかったんです」

「そうだろうね。しかし、きみは行った」

「なぜでしょう？」いまにも消えいりそうな小さな声だった。

「きみがこれまで一度として、ノーといわなかったからだよ」

頬をひと粒の涙が転がり落ちていき、バクスターは手の甲でその涙をぬぐった。

「ロサンジェルスにはもどりたくありません」

「もどってはならないよ」

「ぼくを助けてもらえますか？　なんだか不安でたまらないんです。いや……本音をいえば、怖くてたまりません」
「では、いっしょに祈ろうではないか、バクスター」
「努力します」

19

裁判所への正式提訴で、トライロン航空とバーティン社の争いが世間に公表されてから六カ月後、戦いの場がさだまり、兵隊たちが所定の位置についた。攻守どちらもが少しでも有利な位置を確保しようと大量の申立書を裁判所に提出していたが、これまでのところ一方が優勢になったということはなかった。もちろん、書類の提出期限やスケジュール、訴訟争点、開示、さらにはだれが、いつ、どの書類を見るのかといった点でも、両者は争っていた。

多くの弁護士たちがつくる波が一致協力して動いているせいで、訴訟そのものは遅々たる進み具合だった。正式事実審理はまだ見えてこなかったが、どのみちいまの段階ではまだまだ時期尚早な話だった。トライロン航空への月間報酬請求額が平均五百五十万ドルであることを思えば、訴訟を無理に終結させようとする理由はなかった。

対するバーティン・ダイナミクス社側も、〈エイジー、ポー&エップス法律事務所〉の仮借なき訴訟担当者たちが編みだす金めっき張りの鉄壁の弁護に、ほぼ同額の金を支払っていた。事務所はこの訴訟に四十人の弁護士を割り当てており、さらには〈スカリー&パーシング〉と同様にまだまだ人員の余裕はあったので、必要なら弁護士の第二波を繰りだすことも可能だった。

これまでの最大の論点は、両事務所の訴訟担当者たちにとって意外なものではなかった。トライロン航空とバーティン社の強制結婚が破綻《はたん》し、最初からぎこちなかった共同事業が分解すると同時に、書類をめぐる激しいバーチャルな殴打《おうだ》合戦がはじまっていた。B‐10型超音速爆撃機の開発中には、数十万枚……いや、ことによったら数百万枚単位で書類が作成された。トライロン航空に雇われた調査員たちは、手につかみとれるかぎりの書類をつかんでいった。バーティン社の調査員たちもおなじことをした。ソフトウエアが漏洩《ろうえい》し、再漏洩して、なかには破壊されたものもあった。ある会社が管理していたハードウエアが、ほかの会社の管理下に移りもした。機密ファイルが数千冊の単位で行方不明になった。印刷文書の詰まった箱がいくつも、どこかにひそかに運びこまれて隠された。この大騒動のなか、どちらの会社も相手の会社が嘘《うそ》をつき、スパイ行為をおこない、あからさまな窃盗行為に手を染めたといって非難した。狂乱が一段落したときには、どちらも相手がなにを入手したのかもわからないありさまだった。

そもそもこの研究は扱いに慎重を要する性質のものであり、二社のたがのはずれたふるまいを、ペンタゴンは恐怖とともに見まもっていた。ほかの情報機関ともども、ペンタゴンも醜悪な秘密を洩《も》らすべからずと圧力をかけたが、最終的にはなんの効果もなかった。この段階で戦いを左右しているのは、すでに弁護士と裁判所だったからだ。

ウィルスン・ラッシュをはじめとする〈スカリー&パーシング法律事務所〉のチームの面々にとって最大の仕事は、トライロン航空が所有する関連文書のすべてをあつめ、索引をつくり、コピーし、保管しておくことだった。その目的のために、ノースカロライナ州ウィルミントンの倉庫が借り受けられた。B-10型機の開発研究の大半が進められていたトライロン航空の試験施設から、一キロ半ほどの場所である。賃貸借契約ののち、倉庫は全面的に改装されて、火災や風害、水害にも耐えるつくりになった。窓はすべて撤去され、厚さ九十センチのコンクリートブロックの壁になった。ワシントンに本社を置く警備会社が、倉庫全体の二十カ所に監視カメラを設置した。四カ所にある大きな出入口には赤外線警報装置と金属探知機。そして文書が運びこまれるずっと前から、武装警備員ががらんとした倉庫内を巡回していた。いざ運びこまれてきたときには、書類はなんのマークもロゴもないトレーラートラックに積みこまれており、このときにもご丁寧に武装警備員が随伴していた。九月中旬の二週間のあいだに、数十回にもわたって書類がどんどん運びこまれた。白い段ボール箱に詰めこまれた書類がトン単位で整然と積みあがっていくにつれ、〈フォート・ラッシュ〉という綽名《あだな》のついた倉庫は活況を呈してきた。そのすべては、はるかニューヨークにいる弁護士にしか理解できないシステムによって、系統立てて整理されるときを待っていた。

倉庫の借受名義人は〈スカリー&パーシング法律事務所〉だった。契約書のすべてにサインをしたのはウィルスン・ラッシュ——改装工事の契約から保安警備関係の契約、さらには書類運搬にまつわるものまで、およそありとあらゆる契約書である。ひとたび倉庫に運びこまれると、文書はAWP——〝弁護士職務活動の成果《アトーニーズ・ワーク・プロダクト》〟——と認定され、訴訟相手方への証拠開示にまつわる別種の規則の対象になった。

ラッシュは、自身の訴訟チームから十人のアソシエイトを選抜した。もっとも頭脳明晰《めいせき》、かつもっとも信頼できる十人である。不幸な十人はウィルミントンに運ばれ、〈フォート・ラッシュ〉に案内された——細長くて窓のない、飛行機の格納庫めいた建物で、床はつややかなコンクリート、つんと鼻をつく工場めいたにおいが立ちこめていた。倉庫の中央に段ボール箱の山があった。その山の左右に、なにも置かれていない折りたたみ式テーブルの列があり、さらにテーブルの向こうには見た目もいかめしい大型コピー機が十台ならんで、周囲のいたるところにケーブルやワイヤが張りめぐらされていた。むろんコピー機はカラーコピー対応の最新鋭の機種であり、高速スキャン機能や自動ページそろえ機能、さらにはホチキスによる簡易製本機能までそなわっていた。

ニューヨークの本社オフィスからはるか遠く離れていることもあって、アソシエイトたちにはジーンズとランニングシューズの着用が認められていたほか、巨額のボーナスをはじめとする数々の特典も約束されていた。しかし、百万枚もの書類をただコピーしたりスキャンしたりするだけの単調で気の滅入《めい》る肉体労働は、なにをもってしても埋めあわせられるものではなかった。しかもウィルミントンくんだりで！　大半は既婚者で、配偶者と子どもを家に残していたが、それでも十人のうち四人はすでに離婚を経験していた。〈フォート・ラッシュ〉がさらなる結婚生活上の問題を引き起こすことになるのは、ほぼ確実だった。

一同は、ミスター・ラッシュその人が監督するなかで、この忌《い》まわしい仕事に着手した。すべての書類のコピーが瞬時に二枚作成され、同時にスキャンされて事務所の電子図書室にデータのかたちで収納されていった。数週間後、ここでの作業が完了したあかつきには、電子図書室は保安コードによる入室認証が必要になる。ひとたび図書室にはいれば、弁護士は目的の文書を数秒以内に見つけられる。図書室を設計したのは事務所のコンピューター技術の専門家であり、突破不可能なセキュリティシステムを構築したことに絶対の自信をいだいていた。

脳細胞をまったく必要としないように思えるこの作業が重要だと印象づけるため、ミスター・ラッシュは三日間ウィルミントンに滞在し、段ボール箱の開封から書類の仕分け、スキャンとコピー作業、そして箱に詰めなおす作業にもかかわった。ラッシュが去っても、訴訟部所属のほかのパートナーふたりが残り、書類整理の仕事の指揮をとった。通常こういった単純作業はコピーサービスの会社に下請けさせ、訴訟部の補助職員が監督する形をとるが、今回の書類の場合にはあまりにも危険すぎた。ここにある書類は、その重要性を知りぬいている本物の弁護士にしかまかせられない。ここでいう〝本物の弁護士〟とは、年収約四十万ドルで、大半がアイヴィーリーグに属する大学の学士号をもつコピー係集団の意味である。大学時代とその後のロースクール時代をふりかえってみても、いずれ自分たちが延々とコピーをとらされるとはだれひとり、一瞬たりとも予想していなかったが、〈スカリー&パーシング〉で四、五年働いていれば、どんなことにも動じたりはしなかった。

第一週ののち、作業スタッフのローテーションが組まれた。八日間を倉庫で過ごしたのち、ニューヨークで四日過ごして、ウィルミントンに帰る。ローテーションは交替制で、総勢十五人のアソシエイトが順ぐりに作業にたずさわることになった。〈フォート・ラッシュ〉でのことについては、ニューヨークのだれとも話題にしてはならないという厳命がくだされた。セキュリティと機密保持が、すべてに優先された。

この第一段階の作業には六週間を要した。総計二百二十万ページの書類がコピーされ、索引づけられ、図書室におさめられた。アソシエイトたちは〈フォート・ラッシュ〉から解放され、ジェット機のチャーター便でニューヨークに帰った。

そのころまでには、ベニー・ライトは倉庫の正確な所在や、セキュリティ態勢のおおまかな概要を把握していた。しかし、そういった面への関心は一過性だった。ベニー・ライトの狙《ねら》いは、いうまでもなく電子図書室へのアクセスだった――そこにアクセスできるのは、配下のスパイだけだった。


（下巻へつづく）

J・グリシャム
白石朗訳
謀略法廷（上・下）
大企業にいったんは下された巨額の損害賠償。だが最高裁では？ 若く貧しい弁護士夫妻に富裕層の反撃が。全米280万部、渾身の問題作。

S・キング
白石朗訳
セル（上・下）
携帯《セル》で人間が怪物に!? 突如人類を襲う恐怖に、クレイは息子を救おうと必死の旅を続けるが――父と子の絆を描く、巨匠の会心作。

T・R・スミス
田口俊樹訳
チャイルド44（上・下）
CWA賞最優秀スリラー賞受賞
連続殺人の存在を認めない国家。ゆえに自由に凶行を重ねる犯人。それに独り立ち向かう男――。世界を震撼させた戦慄のデビュー作。

T・R・スミス
田口俊樹訳
グラーグ57（上・下）
フルシチョフのスターリン批判がもたらした善悪の逆転と苛烈な復讐。レオは家族を守るべく奮闘する。『チャイルド44』怒濤の続編。

M・シェイボン
黒原敏行訳
ユダヤ警官同盟（上・下）
ヒューゴー賞・ネビュラ賞・ローカス賞受賞
若きチェスの天才が殺され、酒浸り刑事とその相棒が事件を追う。ピューリッツァー賞作家によるハードボイルド・ワンダーランド！

M・シェイボン
黒原敏行訳
シャーロック・ホームズ最後の解決
声を失った少年のオウムが失踪した。同時に起こる殺人事件。オウムが唱えていた謎の数列とは？ 鬼才が贈る、正統派ホームズもの。

新潮文庫最新刊

伊坂幸太郎著
砂漠
未熟さに悩み、過剰さを持て余し、それでも何かを求め、手探りで進もうとする青春時代。二度とない季節の光と闇を描く長編小説。

重松清著
青い鳥
非常勤の村内先生はうまく話せない。でも先生には、授業よりも大事な仕事がある——孤独な心に寄り添い、小さな希望をくれる物語。

リリー・フランキー著
東京タワー
—オカンとボクと、時々、オトン—
本屋大賞受賞
オカン、ごめんね。そしてありがとう——息子のために生きてくれた母の思い出と、その母を失う悲しみを綴った、誰もが涙する傑作。

海堂尊著
ジーン・ワルツ
代理母出産は人類への福音か、創造主への挑戦か。冷徹な魔女・曾根崎理恵と医学界の未来を担う清川吾郎、それぞれの闘いが始まる。

阿刀田高著
街のアラベスク
ふと、あなたのことを思い出した。まるで街角の風景が、あの恋の記憶を永久保存していたかのように——切ない東京ロマンス12話。

乙川優三郎著
露の玉垣
露の玉のように消えていった名もなき新発田藩士たち。実在の人物、史実に基づき、儚い家臣の運命と武家社会の実像に迫った歴史小説。

Title : THE ASSOCIATE (vol. I)
Author : John Grisham

アソシエイト（上）

新潮文庫　ク－23－27

Published 2010 in Japan
by Shinchosha Company

平成二十二年七月一日発行

訳者　白《しら》石《いし》朗《ろう》

発行者　佐藤隆信

発行所　株式会社新潮社

郵便番号　一六二―八七一一
東京都新宿区矢来町七一
電話　編集部(〇三)三二六六―五四四〇
読者係(〇三)三二六六―五一一一
http://www.shinchosha.co.jp

価格はカバーに表示してあります。

乱丁・落丁本は、ご面倒ですが小社読者係宛ご送付ください。送料小社負担にてお取替えいたします。

印刷・株式会社光邦　製本・憲専堂製本株式会社

ISBN978-4-10-240927-5 C0197